新潮文庫

幻色江戸ごよみ

宮部みゆき著

新潮社版

6159

目次

幻色江戸ごよみ

第一話　鬼《き》子《し》母《ぼ》火《び》

一

火が出たのは師走《しわす》の二十八日の夜、伊丹屋《いたみや》の誰もがぐっすりと眠っている時刻だった。折《おり》悪《あ》しく北風の強い夜で、しかもここ十日というもの一滴の雨も降っていなかった。もしも、火元の仏間に近いところで寝起きしている番頭の藤兵衛が眠りの浅い体質《たち》でなく、かすかな煙の匂《にお》いに気づいて飛び起きていなかったなら、新年を三日後に控えた寒空の下で、伊丹屋の全員が野晒《のざら》しにあうところだった。

おとよは台所のすぐ裏手、土蔵の脇《わき》に建増しされた奉公人たちのための座敷で、おかつとふたり枕《まくら》を並べていた。火事だ！という大声におとよは寝床から跳ね起きたが、おかつのほうはゆすぶって起こしてもまだ寝ぼけ顔という有様だった。近在の親元からひとり江戸へ出てきて、先月奉公にあがったばかりで年齢もまだ十二とはいえ、万事において気働きのないこの娘にいいかげん焦《じ》れてきていたおとよは、思わず、

「勝手に焼け死んじまいな！」と怒鳴りつけておいて廊下へ走り出た。

古着を何枚か包んだふろしき包みひとつを担《かつ》いで江戸へ奉公に出てきて三十年、これまでにも、おとよは何度か火事を見てきた。火の粉をかぶってもきた。だが、それらの火事はみ

な半鐘《はんしょう》の音から始まったもの、つまりは外から襲ってきたものだ。伊丹屋での奉公の年月の長さでいったらおとよの次、日ごろいちばん頼りにしている藤兵衛の声が火事を報《しら》せるなど、この伊丹屋が火元になるなど、おとよには夢にも思わなかったことだった。

火事の恐ろしさよりも、そのことのほうがおとよを震えあがらせた。なんてこ、と、だ、い、お、て、ん、と、う、さ、ま、に、顔向けできやしない、あたしのこの伊丹屋が火を出すなんて。

勢いあまって左右の壁にどしんばたんとぶつかりながら、おとよは藤兵衛の声のする方向へ走った。ほかの奉公人たちも飛び出してくる。そして、仏間にかけつけた面々の頭上で、ぱちぱちとはぜるような音をたててもえあがっているものを見つけたとき、おとよは、口があきっぱなしになってしまうほどに驚いた。そこではとんでもないことが起こっていた。

燃えているのは、神棚だった。

伊丹屋は、新川《しんかわ》の一帯に軒を並べる酒問屋のなかでは、さほど古い歴史を持つ店ではない。日本橋川と大川にはさまれたこの堀割を、上方《かみがた》からの下り酒が船に揺られて江戸に荷揚げされるようになったのは、おとよなどにとってははるかに昔、明暦《めいれき》の振袖《ふりそで》火事のころからのことだそうだが、その当時には、のちに伊丹屋を興《おこ》すことになる先々代の旦那《だんな》さまは、まだ江戸の地を踏むこともなく、遠く伊丹の地のどこかで畑を耕していた。伊丹屋が一人前の顔をしてこの地にお店《たな》を張り土蔵を建てることができてから、たかだか四十年ほどしか経《た》っていない。

だがそれは、逆に言えば、たかだか四十年のあいだに、伊丹屋がそれだけのし﹅て﹅き﹅たということでもある。酒問屋の組合は結束が堅く、元禄《げんろく》のころからがっちりと横に手を繋《つな》ぎ、独自の序列や力関係をつくって互いの商売を支えあってきた。そういうなかに成り上がり者が割り込んでゆくには、理屈抜きの苦労がある。町屋のなかにまじった八百屋や魚屋のように、商いだけ上手にしていればいいというものではない。木場の川並《かわなみ》が角材の上を渡ってゆくときのような、微妙な技術やよく見える目や、ものの動きを計る敏感な秤《はかり》が要るのだった。

こうした苦労の積み重ねで、伊丹屋はお店を大きくしてきた。そしてその道中のかなりの部分を、おとよはいっしょに歩んできた。がんぜない子供の身で女中奉公にあがった日から、女中頭として若い娘たちを使うようになった今日まで、おとよはずっと伊丹屋のなかで生きてきた。毎年暮れも間近になると、新川をのぼってくるはしけ船から、灘《なだ》や伊丹からの下り酒が着いたことを報せる男衆の威勢のいい声が聞こえてくる。おとよは奉公に勤めながら、早着きを争うそれらの声を、年毎《としごと》に誇らしく聞くことができることに、そのことだけに喜びを感じて暮らしてきた。

その伊丹屋が火を出したなどといったら、これまでの苦労は水の泡だ。酒問屋組合のお年寄り衆は、新川一帯の土蔵に眠る無数の富士見酒を、不粋《ぶすい》な煙でいぶしてしまいかねない失態をおかした伊丹屋を、終生、許してはくれないだろう。それだから、火元が神棚で、仏間の天井を焦《こ》がしただけで消し止めることができたというのは、これ以上ないほど幸運なことだった。

「まあ、おおごとにならなくてよかったとは、私も思うんだけども……」

歯切れの悪い言い方をして、藤兵衛が痩《や》せた腕を組んでいる。気《き》っ風《ぷ》と威勢のよさが売り物の男衆たちとは違い、藤兵衛はそろばんひとつでここまできた男だ。二十数人の大所帯を切り回し、力仕事もこなすおとよの太い腕でどんと突かれたら、ふっとんでしまいそうな貧弱な体格である。

「思うんだけども、なんですか」

小火《ぼや》の翌朝、朝飯が済んで一段落したところで、子細ありげな顔をしてやってきた藤兵衛が、おとよを井戸端に呼び出した。そして、なんとも言いにくそうにもごもご呟《つぶや》いているのである。

この番頭とは長い付き合いだ。こんな様子をしているときには、何か大事な話、それもおとよにしか話せないことを話そうとしているのだとわかる。

三十年前、古着を包んだ風呂敷《ふろしき》包みひとつを背負って伊丹屋にやってきたおとよと同じく、藤兵衛もまた、身ひとつの丁稚《でっち》奉公を振り出しに、先代の旦那さまにお仕えしてきた。五年前に先代が亡《な》くなり、何かと先代と折り合いの悪かった今の旦那さまがあとをとったときには、藤兵衛はお暇をもらうのではないかという噂《うわさ》がしきりとあったのに、涼しい顔で何事もなかったかのように、今もつとめている。

この男もあたしと同じように、伊丹屋の骨なのだと、おとよは思う。旦那さまが代わろうと、どんな女が嫁に来てお内儀《かみ》さんにおさまろうと係わりはない。あたしたちはこの伊丹屋に奉公しているのだから。

「実は、小火のあとを片付けていて、妙な物を見つけたんだがね」

藤兵衛はおとよを手招きし、井戸端の先の、薪《たきぎ》や焚《た》きつけを積んである裏庭へと歩いていった。そこで薪の山の脇に身を屈《かが》め、懐《ふところ》から紙に包んだ細長いものを取り出した。紙の端からしっぽがのぞいていたので、おとよにもそれが何だかすぐにわかった。注連縄《しめなわ》である。

「燃え残りですか」

「半分ばかりな。早くに水をかけたから」

藤兵衛は紙包みを開き、おとよにそれを見せた。全体に黒く煤《すす》け、水で湿った注連縄の燃え残りが出てきた。端のほうがざんばらになり、今にもほどけそうだ。

「お内儀さんに、不吉だから神社に持っていって燃やしてもらってくれと言われたんだがね」

藤兵衛のような忙しい番頭をつかまえてそういうことを頼むのは、いかにもお内儀さんらしいとおとよは思った。お嬢さん育ちで、商人の家のことなど何もわからない人なのである。嫁いできて三年になるが、まだ子供もいないし舅《しゅうと》姑《しゅうとめ》もいない身分なので、正月まであと三日というところにきても、晴れ着の心配ぐらいしかすることができない娘さんのままでいる。

「ここを見てごらん」

藤兵衛が指さしたのは、注連縄のざんばらになった部分だった。縒《よ》ってある縄がゆるんで透き間ができている。

そこに、白いこよりのようなものがはさまっていた。

「取り出してみてくれないかね」

藤兵衛が触ってみたからだろうが、こよりの端はほどけていた。おとよは指をのばし、すぐにそれと悟って、思わず声をあげた。

「なんですかこれ、気味が悪い」

注連縄にはさまれたこよりのなかには、髪の毛が入っているのである。

「妙だろう?」藤兵衛は眉間《みけん》にしわを寄せ、おとよの顔をのぞきこんだ。「髪の毛をこよりにいれて、それを注連縄のなかにはさんであるんだ。いったい、誰がなんのためにこんなことをしたんだろう? しかも、昨夜のあの小火だ」

「番頭さん、この髪の毛とあの小火が、何か係わりがあると思ってるんですか?」

おとよは、あの小火は、神棚のお灯明《とうみょう》を消し忘れたために起こったものだろうと思っていた。ほかに理由が考えられない。

伊丹屋の内々のことを仕切るのはおとよの役目だが、仏壇の世話だけはお内儀さんの仕事である。お灯明を点《つ》けたり消したりするのもそうだ。だから昨夜の小火も、例によってお内儀さんがうっかりして灯明を消し忘れたために火が出た——ということだろうと思っている。むろん、はっきりそれと口には出さなかったけれど。

ところが、藤兵衛は首を振った。「私も気になったんでお内儀さんに確かめたんだ。かなりしつこくね。するとお内儀さんは、昨夜は風が強かったし、とりわけ念を入れて火の用心をした、お灯明もちゃんと消したとおっしゃる。あの様子には、嘘《うそ》はないと思った」

「だけどそれじゃ、火のないところから火事が出たことになるじゃないですか」

「だから、この注連縄が怪しいんじゃないかと……」

さすがに、自分の思うことに自信が持てないのか、藤兵衛は苦笑した。

「わからんよ。でも、この髪の毛、いかにもいわくありげじゃないかね。この伊丹屋に仇《あだ》をなそうとして、なにやら悪い呪《まじな》いでもかけるために仕掛けられたもののように見える。ここからぼうっと鬼火が出て神棚を焼いたってことだったんじゃないかね?」

藤兵衛は、この世にそろばんで弾《はじ》けないものはないと思っているような男だと、おとよは見ていた。それだけに意外だった。ほう、案外こういう面も持っているものであるらしい。お化けをこわがる子供みたいなことを言い出して。

「あたしはもっと当たり前のことを考えますよ、番頭さん」

「どういうことだね?」

「この注連縄を買ってきたのは誰なのか、どこから買ってきたのか、いつ誰がどうやって飾ったのか、それを知りたいですねえ」

藤兵衛が、一瞬妙に顔をひきつらせてから答えた。「買ってきたのは私だよ」

「あらまあ」

「旦那さまに、直《じか》に言われたんだ。来年、私は年男だろう?」

そう、藤兵衛は還暦を迎えるのである。

「お飾りは縁起ものだから、年男が買いにいくといいとおっしゃってね」

まだ三十路《みそじ》にかかったばかりだというのに、旦那さまはこういうことにはかつぎ屋なのである。

「買ってきたのは昨日の昼過ぎだ。それですぐに飾り付けにかかった。一夜飾りはよくないからね。それも私が手伝ったよ。だから、おまえの知りたいということはすぐに調べられる。だけど、それでどうなる? そうすれば、誰がこの注連縄に髪の毛を入れたのかがわかるってことかい?」

「いいえ、違いますよ」おとよは肩をゆすって笑った。「そうすれば、伊丹屋の近くにいる人は、誰もこの注連縄に髪の毛を入れることなんかできなかったってことがわかるでしょうから」

空っ風に吹かれて乾いたくちびるに湿りをくれて、藤兵衛はきいた。「じゃあ、この注連縄が伊丹屋に来たのは――」

「ただの巡り合わせでしょうよ。こういうことをした不届きな男だか女だかは、きっとお飾りをつくる賃仕事をしてる人でしょうよ。まあ、何か目的があったのか、ただの嫌がらせかね。どっちにしろ、うちで小火が起こらなければ、この注連縄は、無事にお正月のあいだ神棚に飾られて、時期がきたらはずされて、神社にお焚きあげに出されちまってたでしょう。

誰も、ここに髪の毛が仕込まれてるなんて、気づきもしなかったですよ」
「そうすると、あの小火は、あくまでまっとうな火元があってのものだと言うのかい？」
「火元にまっとうもまっとうでないもあったもんじゃないけど」と、おとよは笑った。「鬼火なんてもの、あたしには信じられないですよ、番頭さん」
「まあ、理屈ではあんたのいうとおりだが」藤兵衛は薄い肩をすくめた。「しかし、私にはどうも、不吉な感じがするんだがね」

二

お飾り売りは、たいていの場合、鳶《とび》の組や仕事師などが、歳末のこの時期だけ小屋をかけて商いをするものだ。藤兵衛が今年、伊丹屋のお飾り一式を買い込んだ大川端にあるお飾り売りの小屋は、小網町の鳶職が出しているものだった。

おとよは藤兵衛といっしょに、もう一度その小屋を尋ねた。大川端まで、まだあわただしい師走の新川町を抜けてゆくあいだ、落ち着きのない人々の動きのなかで、軒先に揺れている正月の飾りだけが、妙に落ち着き払って見えた。

お飾り売りの小屋はすぐにわかった。相手も藤兵衛を覚えていた。「伊丹屋さんですか」と、すぐに言った。口元に大きな火傷《やけど》のある、小柄だが機敏そうな四十がらみの男で、話す声は低いが笑い声は高かった。

注連縄に何か隠したり仕込んだりすることなど、ここでは絶対にできないと、男は言下に言い切った。

「俺がここで目をしっかり開いてるからねえ」

「こういうものは、どこから仕入れてくるんだい?」

「近いところは砂村あたりでもつくってるし、遠くは佐原《さわら》のほうからも買い込んできますがね。近在の村は、冬になると、たいていどこでもこういう賃仕事をするんでさ」

「そういう賃仕事をする男や女が、縁起ものの注連縄に縁起でもないいたずらをするようなことはあるかねえ」

藤兵衛の問いに、鳶の男は、暮れの晴れ渡った空に響き渡るような笑い声をあげた。「そういうこともあるかもしれねえが、だからどうだっていうんです? 注連縄は神さんのもんでしょう。神さんのもんに不届きなことをしたら、罰が当たるのはしたほうの野郎で、その注連縄を買った伊丹屋さんのほうであるわけねえよ」

なるほど、と藤兵衛は呟き、おとよは笑い出した。

「ホントだね。筋が通ってるわ」

伊丹屋に帰ると、ふたりで今度は、お店の者たちひとりひとりから、話を聞いていくことにした。一緒に飾り付けをした者たち、飾り付けのときそこにいなかった者たち、飾り付けをする前に注連縄やお飾りが、座敷に置かれているのを見た者たち。

もっとも、大晦日《おおみそか》を控えた忙しい日の仕事のあいだに、聞き歩きをするのである。悠長にはやっていられない。とりこぼしもある。おかつもそのひとりだった。

おかつがおとよと同じ部屋に寝起きしているのは、まだひとりにしておくのが心配な子供であるからだ。ほかの女中たちから妙に苛《いじ》められたりしないようにするためにも、もうちょっとしっかりしてくるまでそばに置いておいたほうがいいと、おとよ自身がそう思ってしたことだ。それだけに、何事においてもおかつは勘定に入っていなかった。今回もそうだった。夜、部屋に戻ったとき、寝る前にでもちょいと話を聞けばいい。あの子のことだ、やっぱりぼんやりした答えしか返ってこないだろう――

そのくらいに思っていたから、その晩、おかつの姿が見えない、どうやら店を逃げ出したようだと知らされたときには、おとよは一瞬、声を失った。

子供の足で、しかも慣れない江戸の夜の町を行こうというのだ。土台無理な話だった。逃げ出してから一刻《いっこく》と経たないうちに、木戸番に見とがめられ、おかつは伊丹屋に連れ戻されてきた。彼女を見つけた番太郎は、最初は迷子かと思ったそうだ。それほどに、おかつは弱々しい子供だった。

今度の小火と注連縄の一件もそうだが、この種のごたごたは、みな藤兵衛が一度あずかりおき、いろいろと塩梅《あんばい》をして、旦那さまのお耳をわずらわせるのは最後の最後ということになっている。そういう点でも、藤兵衛は商いのことだけを扱う奉公人ではなく、まさに伊丹屋一家の大黒柱なのだ。連れ戻されたおかつを仏間の近くの自分の部屋につれてゆき、火鉢にあたらせて暖まらせると、この大黒柱は、まだ涙を流しているおかつに、旦那さまもお内儀さんも、おまえが逃げたことさえご存じないのだから、このことだけでお店を追い出されるとか罰を受けるとかの心配はしないでいいと言い聞かせることから始めた。おかつはそのあいだもずっとしゃくりあげていた。

おとよは、小さな握り飯をつくりそれに白湯《さゆ》を添えて、おかつの前に差し出した。

「おなかが減ったろう、まずお食べ」

だが、おかつは手をつけようともしない。

「そうかい。悲しくて胸がいっぱいなら、じゃあまずそれを吐き出しちまわないと駄目だね。いったいぜんたいどうして逃げたのか、それを話しておくれでないかい？」

藤兵衛も、懐手《ふところで》をしたまま困ったように眉毛《まゆげ》を上げ下げしていたが、やがてきいた。

「なあおかつ、おまえが逃げたのは――今日の今日という日に逃げたのは、正月を家で――おとっつぁんやおっかさんたちといっしょに過ごしたかったからかい？」

おかつはしゃくりあげながら泣くだけだ。

「それとも、誰かに意地悪でもされて、後先を考えずに飛び出しちまったの？」

おとよの問いに、おかつは涙をぽろぽろこぼしながらも、激しく首を横に振った。

おとよは藤兵衛の顔を見た。彼は、おかつの小さい手の甲に落ちる涙を見つめている。

「ねえ、おかつ」と、おとよは切り出した。「そうするとね、今夜あんたが逃げ出したのは、昨夜の小火のせいじゃないかい？」

おかつの痩《や》せた肩が強《こわ》ばった。身体の震えを封じ込めようとするかのように、膝《ひざ》についた両腕をつっぱっている。

「もっと言えばさ、昨夜の小火と、神棚の注連縄のなかに隠されていた髪の毛のせい——そうだね？」

その言葉を聞いて堰《せき》が切れたのか、おかつはいっそう激しく泣きじゃくり始めた。ああ当たりだ、と、おとよと藤兵衛は顔を見合わせた。

「あんまり泣くと、目が溶けちまうよ」

まだなまりが残り、泣いたせいで息を切らしているおかつから話を聞き出すのには、大骨が折れた。

「あの注連縄に髪の毛を隠したのはあんたなんだね？」

震えながら、おかつはうなずく。「はい」

「どうしてあんなことをしたんだい？」

喉《のど》をごくりとさせて嗚咽《おえつ》を飲み込み、囁《ささや》くように、おかつは答えた。「供養《くよう》になると思ったから——」

「供養？」と藤兵衛が目をむいた。

「あの髪の毛は誰のものなんだい？」と、おとよは尋ねた。

「あたしの……おっかさんのです」

三

おかつは水郷の水飲み百姓の家に生まれた。六人兄弟のなかの末娘。食べるにさえ事欠くような貧乏な暮らしだったから、悪くすると、おかつはどこかに身売りしなければならなくなるような立場だった。だから、伊丹屋に奉公が決まったのは本当に幸せなことだったし、お店に仇をなすような気持ちは一度だって持ったことはない、という。

今から二月足らず前——おかつが伊丹屋に奉公に出ることが決まった直後、おかつの母親が突然病に倒れた。高い熱にうなされ、やたらに水を欲しがり、喉が塞《ふさ》がったようになって、病みついて十日とたたないうちに死んでゆく——そういう恐ろしい流行病《はやりやまい》が、そのころ水郷一帯を跳梁《ちょうりょう》しており、おかつの母親もまた、それに憑《つ》かれたのであった。

どれほどばたばた死人が出ようと、水飲み百姓の村のことなど、代官所では気にもとめてくれない。ただ、この病が、どうやら人から人に感染《うつ》るものであるらしいという噂《うわさ》がたち始めると、ようやく腰をあげて、何度か役人を寄越し、及び腰であれこれ調べてまわったりした。

そういう役人のなかに、医師がひとり混じっていた。このひと独りで、代官所の保護もない状態で、大勢の病人の面倒をみることは、とてもできない。だがしかし、苦しみ怯《おび》える村の人たちに、この医師は、いくつかためになる忠告をしてくれた。

病人と同じ器で物を食べないこと。生水を飲まないこと。そして、なかでももっとも大切な忠告が、この病で亡《な》くなった病人を、直に土に埋めて葬《ほうむ》らないこと、ということだった。長崎に遊学しているときに得た知識で、これさえ守っていれば、流行病もいつかはおさまると言った。

村人たちは、藁《わら》にもすがる思いでこの言葉を信じた。村人の半数近くがこの病で倒れている。全滅を防ぐためには、どんな厳しい教えにでも従おうと、話しあって決めた。それだから、やがて、なんの手当ても受けられないままに母親が亡くなったとき、おかつは、母の死の悲しみのそのうえに、母の身体を火で焼くという辛《つら》いことに耐えねばならなくなったのだった。

この村には、亡骸《なきがら》を荼毘《だび》にふすなどという習慣は、まったくない。おかつを可愛《かわい》がってくれたおばあちゃんも、七つのときに早死にしたおかつの兄ちゃんも、みんな村はずれの墓場の土まんじゅうの下に眠っている。兄ちゃんが死んだとき、兄ちゃんの身体はこの土の下に入って、そこから花が咲いたり草が伸びたりして、おかつのことを楽しませ、おかつと遊んでくれる、兄ちゃんはどこにも行かず、ずっとここにいる――そう教えてくれたのは、ほかでもないおっかさんだった。

そのおっかさんを焼いてしまうなどということが、どうしてできよう。焼いてしまったら、おっかさんは土の下で眠れない。そこから花が咲くこともない。おっかさんを焼いて灰にしてしまったなら、寂しいとき、いったいどこにおっかさんを探しに行ったらいいのかわからなくなる。だからおかつは泣いて嫌がった。

だが父親は、厳しくおかつを諭した。

「おっかさんは、自分のかかったこの病のことを知っていたからな。死んだらきっと焼いてくれ、子供たちに感染《うつ》らないようにしてくれと、父ちゃんに頼んでいったんだぞ」

そう言われては、もうどうすることもできない。おかつは、母の身体を焼く炎を見、立ち上る煙を見送った。金がないので、お経ひとつ読んでもらうことのできない野辺送りだった。焼かあちゃんは、本当にこんな寂しいことを望んでいたのだろうかと、おかつは思った。焼いてほしいなんて、本当に思っていたのだろうか。

そういう疑いがあったからだろう。おかつは、父に隠れて、遺体を焼く前に、こっそり母の髪を切り、それをこよりに隠して身に付けていたのだった。着物の襟に縫い込んでおいたので、おっかさんの髪の毛は、片時もおかつのそばから離れなかった。

――そして、そのまま江戸に出てきた。

「よくわかったよ」と、おとよは言った。「だけどおまえ、そんな大事な髪の毛を注連縄のなかに隠すことが、どうして供養になるんだい？」

「うちは貧乏だし、大急ぎのお弔《とむら》いだったから、おっかさん、ちゃんとしたお経も読んでもらえなかったし、お線香もあげてもらえなかったんです」

つっかえつっかえ、おかつは言った。

「それだから、注連縄を見たとき、思ったんです。このなかに髪を隠しておけば、神棚に飾ってもらって、みんなに拝んでもらえるって。お灯明もあげてもらえるし、お榊《さかき》も飾ってもらえるし、お餅《もち》も供えてもらえるし」

ううんと、藤兵衛がうなるような声をあげた。

「お正月がすぎて注連縄をはずすときがきたら、またこっそり髪の毛を取り出して、着物の襟のなかに戻そうと思ってました」

「じゃ、藤兵衛さんが注連縄を買ってきて、それを旦那さまたちが飾りつけをするまでのあいだに？」

おかつはうなずいた。易しいことだったとも言った。彼女の家では、冬場になると、よく賃仕事でお飾りをつくったのだ。

「おまえの気持ちはよくわかったから、もう泣くんじゃないよ」話を聞き終えた藤兵衛は、そう言っておかつを慰めた。「さて、握り飯を食うかい？　それとも、おまえの部屋に持っていって食べたほうが落ち着くかね」

おかつは真っ赤になった目をまばたきしている。

おとよは、ひと膝乗り出してそっと言った。「あのね、おかつ。あんたのおっかさんの髪とあの注連縄ね、まだ燃え残ってるんだよ」

おかつがはっと目を見張った。小さな右手がぴくりと動いた。燃え残りの髪をすぐにも返してほしいと、その手の動きが言っていた。

だが、おとよはゆっくりと首を振った。「ねえおかつ、昨夜の小火《ぼや》は、なんで起こったと思う?」

おかつよりも先に、藤兵衛が口を出した。「でも、あんたはそんなこと信じないって言ってたじゃないか」

おとよは藤兵衛を無視して、おかつの顔だけを見つめてしゃべった。「あの小火の火元はね、注連縄のなかの、あんたのおっかさんの髪の毛だよ。そうなんだ、間違いない。だって、ほかに火元はなかったんだもの」

「お灯明とかじゃ……」おずおずと、おかつが言った。

「いや、違う。お灯明は消えていた。ほかに火の気もなかった。あんたのおっかさんの髪の毛が燃え出して、それで注連縄が燃えて、神棚が燃えた。そういうことさ。じゃあ、どうして髪の毛が燃え出したかわかるかい?　いや、誰が髪の毛を燃やしたかわかるかい?」

おかつは無言だった。

「それはね、あんたのおっかさんさ。おっかさんの魂が、あの髪の毛を焼いたんだ」

おとよは身をかがめ、おかつの小さな顔をのぞきこんだ。

「おっかさんは、何かがちょっとでも残れば、そのために可愛いあんたに病気が感染るかもしれないと心配だったから、亡骸は残らず焼いてくれと言ってたんだろう?　だけどあんたは髪の毛を切り取って、着ている着物の襟のなかに隠してた。おっかさんはそれを本当に喜んだろうか。考えてごらん、おかつ」

おかつの目の隅から、新しい涙がこぼれ出た。

「あんたのおっかさん、あんたの着物の襟のなかで、どれだけ気をもんでおられただろうね。早く燃えちまいたいって。だけど、あんたに怪我《けが》をさせるわけにはいかないもの。着物の襟のなかにいるうちは、燃え上がることはできなかった」

「それで、神棚にあげられたとたんに燃え出したってわけか……」と、藤兵衛が呟《つぶや》いた。

おとよはうなずいた。「だからさ、おかつ。あの髪の毛は、やっぱり燃してあげようよ。明日裏庭で、番頭さんとあたしとあんたとで、そっと燃やそう。お念仏をとなえながら燃してあげよう。お念仏はあたしが教えてあげるからさ」

ぽろぽろ涙を流しながら、おかつは何度も何度もうなずいた。


おかつが座敷を出てゆくと、藤兵衛がぶすりと言った。「私が、火元は注連縄じゃないかと言ったときには、頭から信じてくれなかったくせに」

おとよはにやりとした。「今だって、信じちゃいませんよ」

藤兵衛は仰天した。「なんだって？　じゃ、おかつに言ったことはみんな嘘《うそ》かい？」

「ああでも言わなきゃ、あの娘が可哀相《かわいそう》だもの。それに、ああいう話を聞いた以上、あの髪の毛は絶対に燃しちまわないといけません」

さばさばと着物の裾《すそ》をはらって、おとよは立ち上がった。「さてと、これで注連縄の件は済んだわけだ。小火のほうもね、火元はやっぱり、お灯明だと思いますよ。今夜からは、あたしが寝る前に、こっそり仏間の火元を確かめるようにします」

座敷を出ようとしたとき、藤兵衛が口のなかで何か呟くのが、背中で聞こえた。「情の強《こわ》い人だ……」と言っているように聞こえたけれども、おとよは振り向かなかった。

四

翌日の大晦日《おおみそか》の早朝、約束どおり、おとよは裏庭で火を焚《た》いて、おかつの母親の髪に供養をしてやった。おかつの小さな両手を合わさせ、念仏を唱えることも教えた。藤兵衛もいっしょに、調子っぱずれのなむあみだぶつを唱え、そのあと一日、神妙な顔をしていた。

注連縄だけでは燃えかたが頼りないので、薪《たきぎ》もいっしょにくべた。炎に不足はなかったはずだ。燃え切った灰は、残っている分だけきれいにあつめて、裏庭の片隅にきちんと埋めた。上には目印の丸石を乗せた。春になると、そのあたりにはちらほらと、黄色くて可愛い花が咲くことを、おとよは知っていた。だからね、ここにいても、おっかさんはずっとあんたと一緒だよとおとよが言うと、おかつは初めてにっこり笑った。

ただひとつ、おかしなことが起こった。

そうやってすべて片付いたはずなのに、どういうわけかおとよの鼻に、煙でいぶされたような匂《にお》いがついていて離れないのである。髪も焦《こ》げ臭いような気がする。風呂《ふろ》に入っても、着替えても、それがとれない。

まるで、煙に付きまとわれているかのようだ。だがそれでいて、他人に尋ねると、何も匂わないですよおとよさんという返答がかえってくる。

（妙なこともあったもんだけど）と、おとよは思った。（小火のことであんまり驚いたからかもしれないね）

気にしないようにしようと決めて、忙しいその日を過ごした。が、ようやく新年を迎える準備も整い、そろそろ除夜の鐘も聞こえてこようかというころ、おとよは我が目を疑うようなものを見た。

おせち料理の支度も終えて、台所で洗い物をしているときだった。あいかわらず煙の匂いが鼻について離れない。何か燃え残りでもあって竈《かまど》がくすぶってるんじゃなかろうかと頭をめぐらせたとき——見つけたのだ、おとよの袖《そで》のそばにくっついて、まるで小鳥の雛《ひな》のように頼りなげに、おとよの指図にだけ従って働いているおかつの周囲にも、薄い煙のようなものが漂っているのを。

立ちすくんだまま、おとよは台所の薄明かりの下で目をこらし、煙を目で追いかけた。皿を拭《ふ》くおかつ。箱膳《はこぜん》を片付けるおかつ。彼女の動きにつれて、煙もふわふわと動き流れる。おかつを包みこむように。おかつに手をさしのべるように。

ひどくとらえにくいその薄煙は、おとよの見守る目の前で、ほんの一瞬だけれどはっきりと、小柄な女の姿を形づくった。

今度ばかりは藤兵衛には話せない。あれやこれやと考え迷い、頭を抱えて、ようやく心を決め、深夜、おとよは独り裏庭に出た。

あの裏庭のたき火の跡と、そして灰を埋めた地べたの上の小さな丸い石。おとよは呼吸を整えた。

「あのさ、おかつのおっかさん」

夜の闇《やみ》に向かって、おとよは口を開いた。息が白く凍った。

「想《おも》いが残ってるんだね。だけど、おかつのことならもう心配ないよ」

地べたを両足でぐいと踏み締め、両手を身体の脇《わき》でしっかりと握り締めている自分に気づいた。あたしは怖がってるんだろうか？

「あの子の面倒は、あたしがちゃんと見るから。任せてくださいよ。あたしの目の黒いうちは、あの子の世話はちゃんとやいてあげるからね」

通じているのかいないのかわからない。そもそも、こんなとっぴょうしもないことを考えるなんて、あたしらしくもない。おかつの母の魂がこの世に留まっているなどと、どうして考えたりしたんだろう？

だがそれでも、おとよはしゃべり続けた。

「あの子が一人前の女になって、立派に自分で自分の口を養っていくことができるようになるまで、あたしが引き受けるからね」

耳元で風が泣いている。そう、泣いているのは風だ。

子供を持つとはどういうことだろうと、おとよは考えた。片時も心を離れることがないほど心配で、愛《いと》しいもの。

あたしが伊丹屋を思って生きているようなものだろうか。あたしはここに生きがいを持っていて、もし伊丹屋から離れたらとても辛い。それと同じようなことだろうか――働いて働いて、脇目もふらずに生き抜いてきて、とうとう子供を持つこともなかったおとよは考える。おかつのおっかさんの気持ちがあたしにわかるだろうか。

「約束するよ、本当だよ」

闇に向かい、繰り返し、言えるのはただそれだけだ。

おとよの言葉が通じたのか通じないのか、風は答えてくれなかった。だが、しばらくそうやって佇《たたず》んで、爪先《つまさき》も指先も冷え切ってしまって、遠く空の彼方《かなた》から除夜の鐘の最初のひと突きが聞こえてきて、はっと我に返ったとき、おとよは、鼻先や身体のまわりから煙の焦げ臭い匂いが消えてなくなっていることに気がついた。

新しい年になったのだ。おとよはゆっくりと裏庭を立ち去った。

第二話　紅《べに》の玉《たま》

一

「今年もとうとう、王子のお稲荷《いなり》さんの初午《はつうま》参りに行けなかったね」

布団《ふとん》に横になったまま、お美代がそう呟《つぶや》いた。

「いつも、初午のころって、きまってあたし、寝ついてるんだもの。そのたびに、来年こそ来年こそって言ってばっかり」

佐吉はその声を背中で聞き、手にしていた目打ちを脇《わき》に置いて、笑みをつくって振り向いた。

「そうだよ、来年てもんがあるよ。王子のお稲荷さんは逃げも隠れもしねえ」

お美代はほほ笑みを返してきた。だが、「そうね」とあいづちを打ちはしなかった。かわりに、枕《まくら》からちょっと頭をあげて、佐吉の手元を遠くのぞき見るような仕種《しぐさ》をした。

「それはなあに? こうがいかしら」

「ああ、そうだよ。仕上げにかかっているところなんだ。いぶし銀で目立ちにくいから、細工にはちっと凝ったつもりなんだが」

「あんたの腕は一流だって、差配さんが言ってた」お美代は少女のように、自慢気に声の調子をあげた。「大川からこっちでは、あんたがいちばんの飾り職人だって」

「そりゃあそうさ」佐吉はおどけた口調で言って胸を張った。お美代がくすくすと笑う。

ほとんど寝たきりの暮らしで、髷《まげ》を結うことさえ少なくなってしまったお美代は、長い髪を肩のところでひとつに束ね、その髪の束を胸の前に抱くようにして横たわっている。身体が痩《や》せているのはもとからだが、このごろは、どうも、髪も痩せてきて量が少なくなっているようだ。今さらのようにそれに気づいて、佐吉はどきりとした。

お美代と所帯を持って、今年で三年目の春を迎えた。その歳月のうち、彼女がそこそこ元気に立ち働き、ときには佐吉の仕事を手伝ったりしながら暮らすことのできたのは、はじめの半年ぐらいのあいだだけだった。それからこっち、これまでの歳月は、お美代の身体の具合がどうしようもなく煮くずれるようにして悪くなってゆくのを、ただおろおろしながら見つめているだけの暮らしだったような気がする。

以前に一度だけ、根津のほうで開業していて、めっぽう腕がいいと評判の町医者のところへ連れていったことがある。金をつくるために、佐吉は、そのころ、お美代にはわからないように気を配りながら、一日ごとに飯を抜いていた。それだから、町医者のところにいったときには、ふたりとも病人だと思われてしまった。

佐吉はがっくりした。どれだけ評判なのか知らないが、飯を抜いて痩せてる俺と、病気で飯が食えねえから痩せているお美代との見分けもつかねえようじゃ、せっかく骨を折って連れてきた甲斐《かい》もねえかもしれない……。

町医者はお美代を診て、労咳《ろうがい》ではないということは確かだが、どこがどう悪いのか、しかとはわからないというようなことを言った。手足がいつも冷たく、顔の色も青白く、長いこと立っていたり歩いたりすると気分が悪くなって、しゃがみこんだり、ときには倒れてしまったりもする。棟割《むねわ》り長屋のなかでもいちばん狭い、土間を入れても畳五枚分くらいしかないような住まいのなかを箒《ほうき》ではこうとするだけで、息が切れて顔が真っ白になってしまう。ひどく寒がりで、真夏でもきちんと夜着《よぎ》をかけないと眠れない。そのくせ、凩《こがらし》が吹き荒《すさ》ぶ真冬でも、朝目をさますとびっしょり寝汗をかいている。お美代がひとつひとつ訴えてゆくそういう症状にも、町医者は渋い顔で腕組みをするだけだった。

「あんたが羽振りのいいお店《たな》のお内儀なら」と、いくぶん皮肉な口調で言った。「ただの気《き》鬱《うつ》、気の病、だらだら病だと診たてるところだ。だが、あんたら夫婦は、どうみてもそんな暮らしぶりには見えないからな。生まれつき身体が弱いのだろう。無理をしないで横になっていて、滋養のあるものを食べなさい」

お美代にはそう言っておいて、あとで佐吉だけをちょっと脇へ呼び、小声で言い足した。

「おまえさんの女房は、心の臓が弱いのだろうと思う。これぱっかりは、どうすることもできないね。長崎あたりへ行けば、腕のいい蘭方医《らんぽうい》がいるかもしれないが、診てもらうには法外な金がかかる。とても無理だろう」

町医者は、佐吉の擦り切れかかった半天の袖口《そでぐち》や、使い古しの手ぬぐいを縫いつけた襟元などを見ながら言っているのだった。

「とにかく、女房を一日でも長生きさせてやりたいなら、さっき言ったとおりにしてやることだ。寝かせて、食べさせ、病のことでくよくよさせないこと。手に入れれば、朝鮮人参《にんじん》など煎《せん》じて飲ませるといい強壮薬になるんだが」

なんとかしますと、頭を下げただけで、佐吉は何も言わなかった。朝鮮人参か。いったい、どれだけ飯を抜けば買うことができるだろう。蘭方医の先生ときた日には、佐吉が二度ほど生まれ変わって、飲まず食わずで一心不乱に働き続け、ひと財産築きでもしない限り、診てもらえるはずもない。

帰り道、お美代の肩を綿入れ半天でくるみ、石原町《いしわらちょう》の住まいへ、うなだれてとぼとぼと歩いた。もう陽は暮れかかっていた。佐吉はお美代だけでも駕籠《かご》に乗せたかったのだが、町医者への払いが思っていたよりもさらにかかってしまって、懐《ふところ》には文字通り一銭も残っていなかったのだ。ふたりとも朝から何も食べていなかったし、町医者では長く待たされ、身体は冷えきり疲れ果てていた。

漂い流れてくるそば汁《つゆ》の匂《にお》い、屋台の寿司《すし》や天ぷらをつまむ職人ふうの男たち、おつかいに出された子供が、煮売り屋の煮豆をどんぶりいっぱい買って帰るところ――そのすべてから顔をそむけて、ただひたすら歩いた。綿入れの下で、寒さに震えながらすぐ隣を歩いているお美代も、それらのものをはっきりと見、同じように感じているに違いないのに、おなかがすいたわねのひと言も口に出さないことに、佐吉は泣き出したいような惨《みじ》めさを感じた。

「うちへ帰ったら、今夜は久しぶりにあたしが何かこさえるわ」

ようやく、南割下水《みなみわりげすい》の近くまで帰ってきたころに、お美代がぽつりと言った。

「お医者さまに診てもらったおかげで、気持ちが楽になったみたい。あたしは病気にかかっているわけじゃないんだもの。ただ身体が弱いだけなんだもの。無理さえしなければ、これからだってずっと、あんたの世話をしたり、ご飯をつくったりすることができるわ。元気になれば、内職だってできるようになるわ」

そして、綿入れの襟をかきあわせるようにしながらほほ笑んだ。

「そのうち、子供だってできるわよね」

佐吉はほほ笑んだ。「そうだとも」と言った。頬が強《こわ》ばってしまったのは、夕暮れの冷たい風のせいだと、自分の心に言い聞かせながら——。

以来、医者に頼ったことは一度もない。が、根津の町医者に言われたことは忠実に守ってきた。佐吉は懸命に働き、家のなかのことも、そこそこ手をかけてこなしてきた。だがそれでも、お美代はいっこうに元気にならない。それどころか、どんどん影が薄くなってゆくようだ。

切実に金がほしかった。おあしさえあれば、この江戸ではどんな暮らしでもすることができる。長屋のなかで、もっと日当たりのいい場所へ移ることもできる。お美代に、一日に二度、真っ白な米の飯や、やわらかく炊《た》いた粥《かゆ》を食べさせることもできる。卵や鶏や、これからの季節には鰆《さわら》もいい。桜鯛《さくらだい》の刺身をおごるなんてのもどうだろう。旬《しゅん》のものや初物は、縁起担《かつ》ぎだけでなく、本当に滋養があって身体にいいのだそうじゃないか。

もっと稼ぐことさえできれば。金さえあれば、何でも手に入るのに。金さえあれば、少しば

(王子稲荷の初午参りにだって、連れてってやることができるんだ。

かりお美代の身体の具合がよくなくたって連れていってやれる。駕籠を雇って、あったかいものを着せて、あっちのほうで宿をとって、旨《うま》いものを食べさせて、のんびり物見遊山《ゆさん》をさせてやれる――）

いつか王子稲荷の初午参りに行こうというのは、ふたりが所帯を持ったころからの約束だった。お稲荷さんはどこにでもあるし、どこでも初午参りは盛んだが、お美代はどうしても王子稲荷に行きたいと言っていた。

「だってあそこには、王子七滝って、きれいな滝が七つもあるんでしょう。お社もとっても立派で、神楽《かぐら》もそりゃあ見事なんですって。ほかのどんなお稲荷さんのよりきれいなんですってよ」

所帯を持つ前、お美代は一時、女中奉公に出ていたことがある。そのころからあまり丈夫なほうではなかったので、長くは続かず親元へ戻されてしまったのだが、そのころの奉公仲間のひとりが王子の出で、王子稲荷の初午の賑《にぎ》やかさを、ことあるごとにお美代に話してきかせていたらしい。お美代はそれをうんとうらやましく思っていたらしい。

だから、所帯を持つ前から、いつかきっと、ふたりで出かけようねと言いあってきたのに、いまだに実現していないのだ。

お美代の一家は、近在の貧しい農家だったが、お美代がまだ物心のつく前に、夜逃げ同様にして江戸に出てきた。父親も母親も、日雇い仕事や賃仕事を必死でこなし、お美代をかしらに四人の子供たちを育てあげたのだった。

佐吉がお美代と知り合ったのは、彼女が、佐吉が弟子入りしていた飾り職人の家の下職をしていたころのことだった。彼女の仕事は、かんざしに使う玉を丸くするというものであった。

値の張るものだとそうはいかないが、量《はか》っていくらで買い付けてくるような玉のたぐいは、目笊《めざる》のなかに丸い小石をいっぱい入れたもののなかに放りこんで、その目笊を何日もかけてゆすり、こすりあわせて、だんだんに丸くしてゆく。ただそれだけの仕事だ。佐吉も昔、子供のころに親方のところに弟子入りしたばかりのころには、一年も二年もこれだけやらされていたものだった。

だから、これが根《こん》仕事であることはよくわかっていたし、一面、かなりの力仕事であることも知っていた。どっさり石を入れた目笊を、日がな一日動かし続けるのだ。最初のうちは、大の男だってくたびれるし肩が凝る。それを、見るからにひ弱そうな身体つきのお美代がやっているというのを知ったときには、驚いたのと同時に、胸が痛んだ。事実、親方のところに玉を届けたり、材料を持って帰ったりするためにやってくるとき、お美代はしょっちゅう加減が悪そうだったり、疲れたような顔をしていたりした。それでも、いつも明るい笑顔だけは絶やさなかったけれど。

佐吉はその健気《けなげ》さに惹《ひ》かれた。多少は同情もあったかもしれないが、それだけではないと自分では思う。そして幸いなことに、お美代も佐吉を好いてくれた――

所帯を持つのを機会に、親方のところを離れて独立するから、最初のうちはちっと貧乏するかもしれねえと、佐吉が腹をわって打ち明けたときも、いつものように明るく笑って、お美代は自分の胸を叩《たた》いたものだった。

「まかしといて。貧乏暮らしなら、佐吉さんよりあたしのほうがコツを知ってる」

最初はそんなふうだった。お美代の身体が弱いということも、そのときはまだ、さして大きな差し障《さわ》りになるようには思えなかった。

俺がお美代を守ってゆこう――と、佐吉は心に誓っていた。ちゃんとした屋根と、あったかい飯と、贅沢《ぜいたく》ではないけれどきれいな着物。少し身体の具合が悪くなるたびに親兄弟に気兼ねをし、横になりたいのも我慢して働き、働けなかったときには遠慮して飯を減らす――そんな暮らしから、お美代を抜け出させてやりたい。いつもあの笑顔を、心からの笑顔を見せてくれるようになる。俺がそうするのだ、と意気込んでいた。腕をあげ、お客を増やし、しっかり稼いで、いつかは長屋暮らしから抜け出し、どんなに小さくてもいいから自分の家を持とうと思っていた。

そしてその夢は、佐吉が元気に頑張っているかぎり、けっしてかなわないものではなかったはずだった。

(世の中が、こんなふうにさえなってなかったならな……)

天保十二年、佐吉とお美代が所帯を持った、その年のことだ。老中の水野さまのご改革が始まった。それとともに、分不相応の贅沢を禁ずるということで、「奢侈《しゃし》取り締まり」――豪華なかんざしや櫛《くし》こうがい、煙管《きせる》や煙草《たばこ》入れなどをつくったり売ったりすることに、お咎《とが》めがかかるようになったのだ。それは、佐吉のような町人相手の商売をしている飾り職人にとっては、文字通り息の根をとめられるようなものだった。

儲《もう》けを見込むことのできるような値段の品物の注文が、ぱったりこなくなった。佐吉が品物を納めている日本橋の小間物問屋はかなりの老舗《しにせ》なのだが、そこでも——いや、そういう名のあるところだからこそお上の締めつけが厳しく、めったなことはできないというのだ。結局、注文としてくるのは安価で細工の容易なものばかり。ひとつひとつの儲けは極薄だ。しかも、禁止禁止だらけの世の中全体に活気がなくなってしまったのか、問屋全体の売り上げもがたがたと落ちた。つまり、儲け極薄の品物をたくさんつくってしのいでゆく、ということもできないのだ。

働けば、精進して腕をあげれば、稼いで楽な暮らしをしてゆくことができるようになる。そう信じてきたことが、根こそぎひっくりかえってしまった。たしかに佐吉の腕は一流になったが、今はその一流の腕を持て余し、しかも、その腕さえあれば守ってやれると自負してきたお美代に食べさせるものさえ事欠くほどに窮してしまっている。いっそのこと日雇い仕事でも見つけようかと真剣に考えたことがあったが、それだけはやめてくれとお美代に泣いてとめられた。力仕事なんかしてもし指や手に怪我《けが》をしたら、職人としてはおしまいだ。これから先、ご禁令が解かれて自由に仕事ができるようになったとき、泣いても泣き切れないじゃないか、と。

「ご禁令の解かれるときなんかくるんだろうかね」と、佐吉が言うたびに、お美代はいつも、持ち前の明るい声で言う。

「きっと来るわよ。そのときまでの辛抱よ」

だが、ご改革が始まってもうまる二年。禁令はいっこうに解かれる様子はない。それどころか、一昨年の暮れに鳥居甲斐守《かいのかみ》さまが南町奉行になってからは、贅沢品を取り締まる諸式調掛の目は、ますます厳しくなるいっぽうだ。

このお奉行は、お上のお達しを金科玉条のように考えて、手心というものをいっさい加えない。主人が吠《ほ》えろと命じた相手に吠えかかる犬のように、ただひたすらにご禁令を徹底しようとする。そのやり方は無慈悲というよりも、むしろ、膝下《しっか》に敷く江戸の町人たちを、あたかも丸太ん棒か何かであると思っているかのような、無関心な冷徹さに満ちていた。この蠅《はえ》を退治するといったらするのだ、というような感じだ。

そういうやり方、考え方は、町人たちに対してだけでなく、御家人《ごけにん》層に向かっても同じであるらしく、それを憎んで、鳥居甲斐守の失脚を望む声もあるという噂《うわさ》を聞く。だが今のところはそんな噂などどこ吹く風、甲斐守の座は安泰で、当分揺るぎそうもない。むしろ、ところどころで火花のように飛び散るそうした反発の声を封じ込めるためにも、ますます取り締まりと締めつけを厳しくしているようでさえある。

近ごろでは、佐吉の仕事仲間のなかにも、お咎めを受けた者や、暮らしがたたなくなって仕事を捨てた者たちが出てきた。ずいぶんと慎重に、身をひそめて商売してきた者たちであるのに。

どこにも、出口が見つからない。今、佐吉がこさえているいぶし銀のこうがいにしても、売るあてなどないままに、腕を落とさないためにこしらえているというだけのものだ。つくって、隠しておく。ご禁令が解かれたときのために。あるいは万にひとつ――

（内緒で買いにくるお客がきたときのために、な）

そんなこと、まずありそうにないだろうと思っていた。奢侈禁止令の罰則は厳しく、たとえば大店《おおだな》のあるじでも容赦はされない。財産を取り上げられ、江戸ところ払いということだってあり得るのだ。お客を集めて酒宴を張ったというだけで。あるいは、娘の婚礼に、金糸銀糸をふんだんにつかった打ち掛けをつくったというだけで。それだもの、誰がわざわざ高価なかんざし一本櫛ひとつのためにそんな目にあおうとするだろうか。

ところが、佐吉の元に、その「万にひとつ」がやってきたのである。

二

その客は、突然冬に逆戻りしたかのような、小雪のちらつく日にやってきた。侍だった。佐吉のところでは、あとにも先にも初めてのことである。

「今ごろになっての雪は、年寄りにはこたえるものでな」

と言いながら、上等の毛羽織を脱いで雪を払い落とし、それから頭巾《ずきん》をとった。半白の髪を小さい髷《まげ》に結った頭。眉《まゆ》がずいぶんと薄くなっているが、下がり気味の目尻《めじり》が温和な印象を与え、口元に深いしわのあるのが、この老人を、どこかしら考え深そうな顔つきに見せている。

「お侍さまが、手前のような者にどういう御用でございましょうか」

かしこまって尋ねる佐吉を手で制して、老人は出入口の障子のほうを一度振り返ると、声をひそめた。

「堅苦しいことは抜きに考えてはくれまいか。実は少々、内密な頼みがあって参った」

そういう言葉の調子で、侍とは縁のない暮らしをしている佐吉にも、この老人が、格別偉いという立場の者ではなさそうだということは見当がついた。どこかの武家屋敷の用人というくらいの感じだ。

「どういうことでございましょうか」

老人は、着物の襟元から、紫色の服紗《ふくさ》を取り出した。大事そうに、手で包むようにしている。

「これを見てはくれまいか」

服紗を広げる。すると、ちょうど飴玉《あめだま》ぐらいの大きさの、見事な紅珊瑚《べにさんご》の玉が出てきた。真紅に近い深い赤で、一度加工されたことがあるに違いなく、綺麗《きれい》な丸い玉になっている。かんざしに使われていたものをはずして持ってきたものかもしれない。

「これを使って、銀のかんざしをひとつこしらえてもらいたいのだ」

佐吉は老人の顔を見つめ、それから、

「失礼いたします」と声をかけて、老人の手から、服紗ごとその紅珊瑚の玉を受け取った。手のなかに、玉の丸みが感じられた。

色合いといい、つるりとして傷のないところといい、紅珊瑚のなかでも最高級品と言っていいものだ。この色を生かし、この玉に恥じないつくりのかんざしとなると、これはもう一両二両の仕事ではない。

「お武家さま」

ゆっくりと顔をあげて、佐吉は老人に呼びかけた。ついたての向こうでは、今日も布団《ふとん》に横になったまま、お美代が、話のなりゆきに耳を澄ませていることだろう。余計な心配をかけることはできない。

「お武家さまも、今の御時世についてはよくご存じでございましょう。これだけの素晴らしいお品をこさえてお売りするとなると、手前は手がうしろに回ります」

老人はくしゃくしゃっと破顔した。「それだからこそ、声を小さくして頼んでおるのだよ」

また、出入口のほうをちょっとうかがう仕種《しぐさ》をしてみせて、

「奢侈の取り締まりでは、売ったほうにも買ったほうにも等しくお咎めがかかる。そのことなら、私も百も承知だ。だから、さいぜんから私は名を名乗っていないし、おまえの名も知らないことになっているし、おまえの腕のいいことを誰から聞き付けたのか、それもひと言も申しておらんだろう」

もう一度ふところに手を入れると、今度は白い紙で包んだものを取り出した。

「ここに十五両ある」

思わず、佐吉は息を呑《の》んだ。

「うち五両は材料の代金。求めるのは銀のかんざしだが、こちらのほうで細工にいろいろ注文がござっての。ほかに、メノウや翡翠《ひすい》の小さな玉なども飾ってほしいのだ。それにはあれこれ、金がかかろう。細工代と、危ない橋を渡ってもらうための――そうだの、手当ての分を入れて、おまえの取り分は十両ということでどうだろう」

「近ごろでは、耳にしたことがないような大きな額の仕事です」

佐吉は、自分の声が割れていることに気づいた。それを、目の前の老人が面白そうに目元を笑わせて見ていることも。

「あいすみません。驚いちまいまして」

思わず笑いをもらすと、老人もくつくつと笑った。

「私も冷汗ものだ。これだけは頼むが、他言はならんぞ。私は、おまえは腕も一流で口も堅いと聞いたからこそ、おまえに頼もうと思ってきたのだから」

それはもちろん、と言いかけて、佐吉ははっと口をつぐんだ。気持ち良く湯に入って手足を伸ばしたとたん、つま先に冷たい水の塊がふれたときのように、のびのびと喜んでいた心が、急にひやっと縮みあがったのだ。

「どうかしたのかね」と、老人が不思議そうな顔をした。

佐吉は黙って、手のなかの紅珊瑚の玉に目を落としていた。

ふと思い浮かんだのは、「買い試し」のことだった。佐吉のような職人に、こういう甘い話を持ちかけてきて、こちらがその気になってご禁令に背いた商いをしようとすると、いきなり「御用だ」とくる。諸式調掛は、そういういわば「おとり」となる者を何十人も抱えていて、不運な職人を片っ端からひっくくっているのだということを思い出したのだ。

親方のところでいっしょだった兄弟子のひとりも、それでやられた。ほんの三月ほど前のことだ。儲けにしては二、三両の仕事だったという噂だが、お仕置きはきつく、手鎖《てぐさり》三十日のうえ、仕事に必要な道具も全部取り上げられてしまったという。

その話を聞いたとき、佐吉は心底震えあがったものだった。もしそんなことが自分の身に起こったら――手鎖をかけられ、一銭の銭も稼ぐことができずにこの春をこさなければならないことになったら、いったいどうなるだろう？

自分はまだいい。だがお美代はどうなる？　火の気もないところで食べ物もなしでは、三日と生き延びることはできないだろう。

この仕事、これほど大きな金のかかった仕事だ。お咎めもそれだけ厳しくなるに違いない。たとえばもし、自分が人足寄せ場に送られて、もうずっとお美代の面倒をみてやることができなくなったなら――

「ひとつ言っておきたいが」

老人の声に、佐吉ははっと我に返った。

老人は、まっすぐ佐吉の目を見つめていた。左目に、うっすらとではあるが白い膜がかかり始めていることに、そのとき初めて気づいた。一見したところより、もっと老齢なのかもしれない。

「私は、今の御政道には反対だ」と、老人はゆっくりと言った。「奢侈禁止令などと言って、いたずらに町場の者たちを苦しめているだけだと思っておる。侍は、おのれが窮屈な藩の財政の箍《たが》のなかで貧乏しておるので、商人やおまえのように、働けば働いただけの実入りのある暮らしのできる者たちが憎らしくて仕方がないのよ。食わねど高楊枝《たかようじ》と威張ってはいても、腹が減るのは辛《つら》いし薄い着物は寒い。のう？」

そうして、佐吉に笑いかけた。

「私の名前や身分を明かすことはできないが、この紅珊瑚の由来と、なぜそれをそんなに高価なかんざしに仕立ててもらいたいのかという事情なら、喜んで説明しよう。これはな、実は、亡《な》くなった私の家内が、嫁入りのときに持ってきたものでな。私のような軽輩の家への輿入《こしい》れだ。高価な嫁入り道具など何もなかったが、これだけは、家代々に伝わるものだからと、親から譲り受けてきたのだ」

「それは、かんざしの形でございますか？」

「いや、違う。そのときもこの玉のままだった。私のところへ嫁ぐとき、家内は母親に言われたそうだよ。いつの日にか、この紅珊瑚につりあう立派なつくりのかんざしをこしらえていただくことができるように、旦那《だんな》さまに出世をしていただかなくてはならない。そのために、身を粉にして尽くしなさい、こういう立派なものを身につけて人前に出ることのできる身分になれるよう、旦那さまにも精進していただき、おまえも努力をするのですよ、とな」

老人は、しわの多い顔をほころばせ、懐《なつ》かしそうに目を細めた。

「残念ながら、私にはそれだけの甲斐性《かいしょう》が足らなかったらしく、家内が生きているうちには、かんざしはこしらえてやることができなんだ。だがの、この度、娘が嫁ぐことになった。それで、はたと思い出したという次第だ。娘には、立派に細工したかんざしを持たせてやろうとな。早いうちに母親を亡くして寂しい思いをした娘に、せめてものはなむけだ。おまえのいう通り、御時世で、派手な嫁入り支度はしてやれぬ。せめて、こっそりこのかんざしを持たせてやりたいというのが、私の考えなのだ」

だから、間違っても私はお上の手の者ではないから、そのところは安心してもらいたいと、老人は、正面から佐吉の顔を見据えて言った。

「その証拠に、代金は前払いで置いてゆこう。もしもおまえが私を信じられぬというのなら、この場で私を捕らえ、証拠の玉や金といっしょに奉行所へ突き出すがいい。鳥居甲斐守殿から、褒美《ほうび》に何かもらえるかもしれぬ」

苦い口調で、老人はそう言い切った。それで、佐吉の心が決まった。

「お引受けいたしましょう。細かい細工のご希望をおきかせ願います」

四半刻《しはんとき》ばかり、そうしてふたりで相談をした。ようやく老人が腰をあげ、まだ降り止《や》まぬ雪のなかを帰っていくと、佐吉はたちあがりついたての陰から顔をのぞかせた。

お美代は横になったまま、ぱっちりと目を開けている。満面に笑みを浮かべていた。

三

老人には、ひと月の期限をもらった。

細工にかかってしまえば、それほどの時間はかからない。ただ、先方の出してきた希望に忠実に添いながら、なおかつ、佐吉としても納得のいく、ひそかに自分の誇りとするような仕事をしたかったので、余裕をもって考えたかったのだ。

老人の希望では、この紅珊瑚の玉をほおずきの実と考え、玉の周囲に銀細工の葉をあしらって、そこに露がやどっているような見立て細工にしてくれないかということだった。しかも、ほおずきの実となる珊瑚玉には、老人の家の家紋である下がり藤の紋を刻んでほしいという。

「お嬢様の嫁ぎ先のご家紋でなくてよろしいのですか?」と佐吉が尋ねると、老人は強く首を振って否定した。

「いや、いいのだ。私の家の家紋でいい。ひそかに持たせるものだからの」

佐吉はあれこれ考えた。かんざしの場合、髪にさしたときにどんなふうに見えるかということを、まず真っ先に思い浮かべる。たとえ今回の場合のように、表だって髪にさされることがなさそうなかんざしであっても、それは同じだ。

あれやこれやと下書きをして、やっと形が決まるまでに十日ほどかかってしまった。葉脈まできれいに浮いて光って見えるような銀細工の葉。紅のほおずき。そして、葉っぱのそここに宿る露には翡翠の小さな玉を使う。葉先のほうに宿っている露は、涙形に細工をしよう。

佐吉が熱を入れて仕事をしていることが、お美代にとってもよかったらしい。身体の具合はいっこうによくならないが、顔の表情はずっと明るくなった。

「この仕事が終わったら、王子稲荷《いなり》さまへお参りにいこう」と、佐吉は約束した。「初午《はつうま》はすぎちまったけど、七滝を見に行くんだ。歩かなくたっていいんだぞ。駕籠《かご》で行こう。お稲荷さんに着いたら、お参りのあいだは俺が背負ってやるからな。向こうで旨《うま》いものをうんと食って、お美代は太って帰ってくるんだ」

熱に浮かされたようにそんなふうにしゃべる佐吉を、お美代も嬉《うれ》しそうに見守っていた。

こうして仕事を続け、ようやくかんざしができあがったのは、老人に品物を渡すと約束した日の、前の夜のことだった。

久しぶりにお美代も床から出てきて、佐吉の仕上げた品を手に取り、それがまるで天から降ってきた贈り物でもあるかのように、目に涙を浮かべながらしばらく見入っていた。

佐吉も誇らしかった。久しぶりに、本当に何年かぶりに、自分の職人としての技量と才覚を試されるような仕事をさせてもらった。金の問題でさえどうでもいいほどの満足感があった。もしもお美代がいなかったなら、自分の口さえ心配していればよかったならば、自分はきっと、あのお武家さんに、金は要らないと言うだろうと思った。材料費だけでいい。おかげさんで立派な修業をさせてもらいました、と。

そんな高揚する気持ちが、最後の最後になって佐吉の心を動かし、手を動かせた。

「小さくていいから、俺もこのかんざしに名前を刻ませてもらおうと思うんだけど」

お美代にきいてみると、彼女も大きくうなずいた。

「刀鍛冶《かじ》だって、銘を入れるでしょう。そうなさいな。あのお武家さまも、怒ったりしないと思う」

お美代の言葉はあたっていた。老人は怒らなかった。見事なものをつくってくれたと、言葉を尽くして佐吉の腕を褒めあげただけだった。

「自分の名を誇りに思うというのは立派なことだ」と、佐吉の心の高ぶりにつられたのか、老人もまた、まだ悪くなっていないほうの目を輝かせながら言った。

「どんなものにも曲げられぬ、おのれの筋というのはあるものだ。この御時世に、堂々と名前を刻んで残しておこうというおまえの心ばえは、町人ながら見上げたものだ」

「こんな馬鹿《ばか》なご禁令なんて、いつか消えてなくなっちまいますからね」と、佐吉も言った。

「残るのは、俺のこの仕事です」

そのとおりだ、とうなずき、驚く佐吉を尻目に、さらに五両の金を増し払いして、老人は帰っていった。

「あんまり幸せなんで、あたし、夢でもみてるようだわ」

ぼうっとして呟《つぶや》くお美代を笑って寝かしつけておき、その晩、佐吉はあちこちの店を走り回った。米も、味噌《みそ》も、卵も鶏も刺身も。お美代の身体によさそうなものならなんでも買ってやる——。

四

それから二日後のことである。

「仇討《あだう》ちだよー、仇討ちがあったよー」

読み売りの騒々しい声の先触れが、通りを駆け抜けてゆく。佐吉は道具を磨いており、お美代は横になっていて、ふたりともその声を遠く聞いていた。

「仇討ちがあるなんて珍しいわね」

「まだそういう骨のあるお侍がいたっていうことだな」

そう言って、佐吉はちらっと、あの老人の顔を思い浮かべた。

それきり読み売りの騒ぎのことは忘れていた。佐吉もお美代も、ひごろからあまり、そういうことに強い興味を持つことのできない気質だった。

だが、世間的には、この仇討ち話は大きな話題になっているらしく、長屋の人たちは、寄るとさわるとこの噂《うわさ》で持ちきりだった。それで佐吉も、この仇討ちが親のかたきを討ったものだったということ、しかも、まだ二十歳になるかならずの若い娘のしたことだったということを耳にした。

「その娘さんの親父《おやじ》さんて人は、もとは御家人でね。それほど高い身分ではなかったらしいけど、なんだかささいなことで賄賂《わいろ》をもらったという疑いをかけられて、身の証《あか》しを立てるために、切腹しちまったんだって。そいでもって、娘さんはね、謀《はかりごと》をして親父さんに詰め腹を切らせた連中に、いつかは思い知らせてやりたいって、ずっとこの日を待って貧乏暮らしをしてたんだって話だよ。偉いねえ」

煮っころがしをつくったからと、届けてくれた隣のおかみさんが、自分のことのように頬を紅潮させて話していった。

「そんな話だからさ、もちろん仇討ちのお許しなんて受けてないし、介添人てえの、助っ人みたいなのもいなくってね。その娘さんには、身内ったって、もう隠居してるおじいさんがひとりいるだけだったんだって。女の細腕で大の男をやっつけたんだから凄《すご》いよね。もともと、小太刀《こだち》の名手だって評判の娘さんだったそうだけど」

そうして、話のついでのように、ぽろりと付け加えた。

「その娘さん、もちろん白装束だけどさ、髪にね、見事な銀のかんざしをさしてたんだって」

ふんふんと頭の半分で話を聞いていた佐吉は、はっとして顔をあげた。

「かんざし？」

「そうだってよ。まっさらの銀細工だったそうだから、御禁制の品だろうけどね。そりゃあ見事な紅珊瑚の玉がついていて、そこに、娘さんの家の家紋が彫りこんであったんだってさ。いったいいくらぐらいする——おや、どうしたの、佐吉さん」

頭の上に、冷たく重いものがどっしりとのしかかってきたような気がした。

家紋を彫り付けた、紅珊瑚玉の銀のかんざし。

そんなものが、この世にふたつとあるわけがない。それは、佐吉のつくった品だ。

では、あの老人の言っていたことはみんな嘘《うそ》だったのか？　嫁入りではない。仇討ちだった——。

おそらく、あの珊瑚玉が親の形見という話は本当だろう。それだけは本当だろう。

（隠居してるおじいさんがひとりいるだけ）

父と娘ではなく、祖父と孫だったのだ。そして仇討ち。

あのかんざしには、俺の名前が彫り付けてあるんだ。

お上のすることだ。たとえ仇討ち娘が身に付けているものでも、まっさらの見るからに高価な銀のかんざしの出所を追及しないまま放っておくということはあるまい。必ず、突き止められてしまう。

佐吉は思わず、震える手で額を押さえた。隣のかみさんがひとりだけ、仇討ち話をまだ続けている。背中を向けているので見えないが、お美代もいったいどんな顔をしていることだろう。

ひとつの言葉が、佐吉の心のなかでぐるぐる回っていた。あの老人の顔とともに。

なぜ本当のことを言ってくれなかったんだ。

仇討ちという本当の目的を、誰にも知られてはいけないからか？　苦労の末捜し当てた敵に、それと悟られて逃げ出されてはいけない。だからそのときが来るまで、どんな小さな隙《すき》も見せず綻《ほころ》びもつくらないために、まわりには嘘をつき続ける。そして彼らの大義を果たしたとき、初めて公《おおやけ》にして喝采《かっさい》される——。

(でもあんたは知ってたんだ、わかってたんだ)

頭のなかの老人の顔に向かって、佐吉は拳《こぶし》を振りあげた。あんたは知ってた。知ってたなら、俺が名前を彫り付けたとき、やめておいたほうがいいと、ひと言ことばを添えることはできたろうはずじゃないか。

なぜ、それをしてくれなかった。俺をなんだと思っていた。

そのとき、何も知らない隣のかみさんが、小気味好《よ》さそうな口調で言った。「それでさ、今度仇を討たれた側ってのはね、どうやらあの鳥居甲斐守の仲間らしいんだよね。仲間っていうか、手下っていうかね。あの嫌なやつにへいこらしている連中さ」

それを聞いた途端、佐吉は文字通り凍りついた。心のなかで振り上げた拳の、振りおろす場所を失った。

「——それじゃ、娘さんの父親も、言ってみればあの甲斐守に計られたってわけかい？　この仇討ちも、本当の目的は甲斐守だったたっていうことかい？」

震える声でそう尋ねると、おかみさんは顔をしかめてうなずいた。

「そうさ。陰険な野郎だっていうじゃないか、あのお奉行はさ。それだもん、よくやってくれましたってなもんだよね、その娘さん」

そのとき、佐吉の耳に、あの老人の高揚した声が蘇《よみがえ》って響いてきた。

(私は、今の御政道には反対だ)

そうだろう。そして、佐吉を動かしたのもその言葉だった。

(どんなものにも曲げられぬ、おのれの筋というのはあるものだ。この御時世に、堂々と名前を刻んで残しておこうというおまえの心ばえは、町人ながら見上げたものだ)

それがあんたの、あんたと孫娘の大義か。おのれの筋か。立派だ、立派だよ。でも――

膝《ひざ》の上で拳を握り締め、佐吉は小刻みに首を振り始めた。

ちがう、ちがう、ちがう、ちがう。

俺はそんなつもりだったんじゃねえんだ。そんなことに感心できるのはあんたがお侍だからだ。俺はお侍とは違うんだよ。

俺には面倒みてやらなきゃならねえ女房がいる。てめえも食っていかなきゃならねえ。仕事もしたい。たったそれだけのことだったんだ。それだけのことなんだ。

俺には大義なんてものはねえ。

「ちょっと佐吉さん」

隣のかみさんに声をかけられて、佐吉は目をあげた。しゃべりまくっていたかみさんの顔に、初めて、夕立の前の空のようなかげりがさしている。

「外に差配さんが来てるよ。佐吉さんに、なんか大事な用があるんだって」

出入口の障子が、一尺ほど開いている。透き間から、差配の厳しい顔が見えた。

では、もう来たのか。諸式調掛ってえのは、たいしたもんだな。

隣のかみさんは早々に退散した。代わりに差配が入ってきた。そのときやっと、佐吉にも、差配がひとりできたのではなく、人を案内して連れてきたのだということがわかった。

ゆっくりと、かすかに上体をふらつかせながら、佐吉は立ち上がった。振り向くと、目を見開き、血の気の失《う》せた顔で、すがりつくようにこちらを見あげているお美代の目と目があった。

なあ、お美代。心のなかで、佐吉は語りかけた。俺がひっくくられているあいだに、おまえに何かがあったなら、その仇はいったい誰がとってくれるんだろう？

逃げる場所など、どこにもなかった。

第三話　春《しゅん》花《か》秋《しゅう》燈《とう》

一

——なんですか行灯《あんどん》を御所望というお話だそうで……ありがとうございます。どうぞ、もっとこちらのほうにお寄りください。座布団《ざぶとん》をおあてになって。あいすみません、古畳だもんで、足が痛いでしょう。なんせこんな小さい構えの店ですから、私と女房の二人がどうにかこうにか暮らしてゆける程度のあがりしかありませんでねえ、なかなか大変でございますよ。私にとっちゃ、畳と女房は新しいほうがいいなんてえことは、夢のまた夢でございますな。

それでもまあ、商いが商いでございましょう、店のほうも、あんまり白木のまっさらっていうんじゃあ、かえって具合が悪いってものかもしれませんですな。見渡してみると、古道具屋なんてのはどこも、店そのものが売り物になるような、年季の入った家で商いをしてるもんですよ。そのほうが、心持ちがいいんですかな。私の知り合いに、口の悪い男がおりましてね。そいつに言わせると、古道具屋の家や店が汚いのは、置いてある売り物を、ちっとでもきれいで上等な品に見せかけるためだっていうんですよ。

どうですかねえ、でも、そういう目的のためだったら、あたしなんかは、夜しか店を開けないようにしますよ。夜目遠目なんとやらってのは、女の人に限ったことだけじゃないですからな。行灯の明かりで見ると、どんな物でもだいたい一割がた上等に見えるもんです。それだから私らは、買い付けには必ず、昼間出かけていくんですよ。お天道さまの光ってのは、そりゃもう残酷なくらい正直でまっとうなものですからね。

――ああ、そうそう、その行灯をお求めなんでしたな。余計なおしゃべりして申し訳ございません。松三郎がうかがったお話では、多少値が張ってもよろしいとか。

は？　ああ、松三郎ってのは、さっきまでお相手していたうちの若い者です。なあに、手代だなんて堅いもんじゃあありません。こんな店ですから、商いには私だけで充分手が足りてるくらいなんですから。あいつは本所のほうの海苔《のり》問屋の三男坊なんですが、子供のときから古道具をいじくるのが好きでしょうがなかったっていう変わり者でしてね。ほら、三男ですから店を継ぐこともないし、小さい問屋なんですが地所持ちの金持ちの家だもんですから、食ってく心配もないと。そんなんで、まあ半分以上道楽で、うちに見習いに来ているというわけです。普段なら、まだ松三郎ひとりに店番をさせるようなことはないんですが、今日はちょいと私が寄り合いで出ていたもんですから。女房ですか？　あいつはまた、古道具のことはこれっぽっちもわかりません。ただ、銭勘定は好きだし巧《うま》いもんで、そっちのほうを任せてあるんですよ。わたしぐらいの歳《とし》になると、今さら女房に財布の紐《ひも》を握られるのは窮屈だとか面白くないだとか、思うこともないですからねえ。面倒くさいことは、女房にやってもらったほうが楽ですよ。

おやお客さん、ちょっと――ちょっとそっちを向いておくんなさいよ。ほうら、桜の花びらだ。襟のうしろに桜の花びらがくっついてましたよ。こいつは風流でございますねえ。またお客さんみたいな若い男前にくっついてくるとは、この桜も味なことをするじゃありませんか。それにしても、世は春爛漫《はるらんまん》というところですねえ。

お客さん、もう所帯はお持ちで？　いや、詮索《せんさく》しようというわけじゃあないんですよ。お客さんみたいな真面目《まじめ》そうないい男なら、女が放っておかないからね。お召物もいいし——お店《たな》奉公ですか？　それともご商売で？　おや、笑っておられる。あんまりうかがっちゃいけませんかな。

さて行灯のお話でしたね。松三郎は何かお見せいたしましたんでしょうか。ははあ……するてえと一通り、うちにあるものはご覧になったと。で、お気に召すものがなかったというわけですな。それは残念。しかし、こんな春の日和《ひより》に、行灯をお求めになるってのも粋《いき》ですな。あたしなんか凡人ですから、秋の夜長に灯をともしてさしつさされつってなことばっかり考えちまうんで、お天道さまの明るい時季には、行灯なんざ破れてたってかまうもんかってなふうに考えちまいますよ。

おや、頼まれもので？　ああ、そうだったんですか。

そうすると、かなり高い物をお求めになるおつもりですか。失礼ですが、どのくらい——

ほう、そんなに。これは豪気ですなあ。

しかしお客さん、余計なお世話かもしれないが、それだけお出しになるんなら、新しいものをお求めになっちゃいかがです？　あつらえて作らせることだって、それだけ出せばできるでしょう。頼んだ方に、そうおっしゃってみたらいかがでしょう。

はあ……なるほどねえ。嬉《うれ》しいことをおっしゃる。たしかに、道具ってものは、使いこまれて年季が入ってきてこそ味が出るもんでね、おっしゃるとおり。箪笥《たんす》だの衝立《ついたて》だって、新しい物が喜ばれるのは、嫁入りのときだけですよ。桐《きり》の箪笥なんてのは、そうだな、ざっと十年は使いこまないと、本物にはなりませんからな。一度削り直しや磨きに出したくらいのときが、いちばんいいんです。それまでは箪笥の見習い。うちの松三郎と同じですわ。

でも行灯てえなると、ちょいと珍しいですよ。だいたいあれは、壊れ物みたいなところがありますからね。燃えちまうってのは物騒な話だから別としても、土台それほど頑丈に出来てるものじゃござんせんからね。

座敷でお使いになる、据行灯がよろしいんでしょう？　ご商売用の掛け行灯とかいうわけじゃあないんですよね。そうだよねえ、掛け行灯なら、お客さんの言い値で五十個は買えますからな。

さて……困ったね。どうしようか。

いえ、今のは独りごとですよ。それじゃまたにしようなんておっしゃらないでくださいよ。気の短いお客さんだ。まあお座りくださいよ、今、お茶でも持たせますから。おおいお紺、お茶を頼むよ――そう、ふたつだ。それとね、ほら伊勢屋《いせや》の饅頭《まんじゅう》があったろう、あれも出しておくれ。お客さんだよ。

紺てのがうちの女房の名前です。染め物屋の娘でしてね。でしてねというより、だった、ですな。大昔の話ですが。あいつの家は子供が四人、それも女ばっかりで、いろいろ考えるのも厄介だったんでしょう、みんな染め物の色の名前をくっつけちまったんです。大島の、泥染をこさえてるようなところでなくてよかったですよねえ。お泥なんていうんじゃ、一生嫁の貰《もら》い手がないところだった。それでうちのやつは紺ていうんですが、コン、コンてな具合でお狐《きつね》さんみたく目がつり上がってましてね。さすがに銭勘定が好きなくらいだから、名前と顔もちゃんと帳じりがあってる女なんです。あとで顔見てやってください、だけど笑っちゃ困りますよ。

ああ、きたきた、こちらのお客さんだよ。お茶は熱いのにしてくれたかい？　茶わんがつかめないような熱いのでないと、私は嫌なんですよ。下々《しもじも》の育ちですからねえ。お公家《くげ》さんとは違う。お客さんもそうですか。そうだよねえ。

さあ、どうぞ。饅頭にも手をのばしてくださいよ。

さて、と。

ねえお客さん。ちょいとおしゃべりなんぞしてましたのはね、わけがあるんです。私もいろいろ考えてましてね。

お客さんが御所望になっているような行灯ですが、実は、あるんです。いえ、ここには出してませんが、蔵のほうにね。うちにも小さい蔵があるんですよ、これまた古いんだけど。ここは、私の親父《おやじ》が古道具屋を始めるとき——私は二代目なんですよ——居抜きで買った店でしてね。その蔵もくっついてきたんです。蔵そのものは、この店よりももっとずっと古くて、親父は、明暦の振袖《ふりそで》火事にもびくともしなかった代物《しろもの》だって聞いてるって言ってましたが、まさかそこまで古いかどうかは、私は眉唾《まゆつば》ものだと思ってますけどね。その蔵にね、上等の行灯が、二灯納めてあるんです。ひとつは象牙《ぞうげ》のですよ。凝った象眼細工がついてます。私のにらんだところじゃ、あれはきっと、紙を張って使うんじゃなくて、ぎやまんをはめ込むようになってるんじゃないかと思うんですよ。こいつは珍しい。親父の代から数えたら、うちはもう五十年くらいこの商売をやってますが、私もああいうのは初めて見ました。

あとのひとつは普通の塗りの物ですが、枠から台のところにかけて、昇竜が一匹、ぐるりと浮彫りになってます。黒檀《こくたん》の、そりゃあ堂々としたつくりの行灯です。

それでねお客さん、私としては、この二つのどちらをお見せしてもいいんです。そりゃいい品物ですからね。物に不足はございません。ただね……。

お、察しがいいですねえ。そうなんですよ。この二つの行灯、どっちも曰《いわ》くつきの品物でしてね。私としては、頬かむりしたままお客さんに売り付けるのは、ちょいと気が咎《とが》めまして、それで迷っているというわけなんです。

もちろん、曰くつきの品だってことがわかったときに、お寺さんに頼んで、ちゃんと供養《くよう》はしてもらいました。だから、これから使ったところで差し障《さわ》りがあるなんてことは、万にひとつもございませんよ。でも、心持ちがどうかね。

よろしいですか、それでも御覧になりたいですか。でしたら、ここへ運んできましょう。で、ひとつひとつについて、私がその曰くを話してお聞かせしましょうよ。

二

これがまず、象牙でできている品物です。どうです……見事でしょう？　海の向こうであつらえて、取り寄せた物だそうですよ。この唐草模様のような柄も、異国風《とつくに》じゃありませんか。それでここ、この枠のところねえ。一応、細工をして紙も張れるようにしてありますが、これはあとから手を加えたものでしょうな。もとは、この枠の筋のところに、ぎやまんをはめて使っていたものでしょう。ぎやまんてのは、こんな小さい玉っころみたいな大きさでも、そりゃきれいに透き通ってますよねえ。そこに明かりを入れたら、さぞかし素晴らしいだろうと思いますよ。商いで、たまあに——本当にたまあに——薩摩《さつま》切り子の水さしなんかを見かけることがありますが、あれだって使うには惜しいくらい美しいものですからね。

こんなものをこさえることができるのは、相当の金持ちに決まってます。これの最初の持ち主は、ある大店《おおだな》の主人でした。お店の名前や、その方の名前は、ちょっと申しあげられませんがね。廻船問屋で——北前船をいくつも持っていて、それを顎《あご》で使ってざくざく金を儲《もう》けていた人ですよ。一代で財産を築いた、元は自分も北前船の船乗りだったという人です。南蛮渡りの物が好きだったのも、海の向こうへの憧《あこが》れがずっとあったからだそうです。それはあとで聞いた話ですがね。

この人は、亡《な》くなってもう……三年ぐらいになりますかね。実は、阿片《あへん》中毒で死んだんですよ。いえ、言い違いでも聞き違いでもありません。阿片です。煙管《きせる》で吸う、あの不思議な薬ですよ。芥子《けし》の花からとるっていいますけどねえ。

この人はね、お客さん。やっぱり私らなんかとは器が違ったのかもしれませんよ。どうして阿片中毒になったかというと、この話がねえ、ちょっと信じられないようなことなんですから。

最初は、なんでも、腹具合が悪い——ということから始まったそうなんです。それも尋常なものじゃない。一日中胃の腑《ふ》のあたりがきりきり痛むし、食べたものを吐くし、急にげっそりと痩《や》せるしでね。しかも、腹のあたりを触ってみると、なんだかぐりぐりする固いものがあるっていうんです。

豪傑と言われるような男にはよくあることですが、この人は医者や薬が大嫌いで、具合が悪くなってからも、なんだかんだ言い逃れをして医者にも診てもらわなかったそうです。でも、調子が悪くなってから三月ほどして、あまりに辛《つら》いんで、とうとう、あるお医者に診てもらったというんですな。

このお医者の先生は、親父さんが御典医でして、家も名門、自分も長崎に遊学して、みっちり蘭方《らんぽう》の医学を学んできたという人でしてね。それこそ、大枚を払わないと診てもらうことのできない先生ですよ。

で、その先生が診たてたところによると、これは腹のなかに性質《たち》の悪い腫《は》れ物ができているのである、と。しかも、外側から触ってわかるほどに大きくなってしまっている。げんこつくらいの大きさがあったそうですからね、そのぐりぐりは。こうなると、もう手のほどこしようがない。西洋なら、こういうとき、腹を切って腫れ物を取り出す手術というものをすることもできるのだけれど、我が国にはまだそれだけの技術も知識もない。気の毒だが、せいぜいあと半年の命だ、というんですよ。

そんなことを言われたら、当たり前の野郎だったら、気が変になっちまいますよねえ。しかしこの廻船問屋の旦那《だんな》は偉かった。そういうことなら、自分はもうじたばたはしない。先生があと半年というのなら、そのとおりなんだろうと言って、悠然としてたっていうから凄《すご》いじゃありませんか。

さて、話はここからです。

身体のほうがどんどん弱ってたんで、一月ほどの間に商いのほうの始末をつけて、譲るところは譲り、人に任せるところは任せて、あとは死ぬまで、静かに静養――静養ってのも変ですけれどね――するだけということになったとき、この旦那は、病気の診たてをしてくれた先生のところを訪ねていきました。でね、頼み事をしたっていうんですよ。

先生ひとつ、私に阿片を売ってくれないかって、ねえ。

旦那は言ったそうです。自分は若いころから、阿片というものに、とても興味を持っていた。あれを吸うと、この世のものとは思えない素晴らしい思いを味わうことができる。極楽がこの世に降りてきたかと思うほどだという噂《うわさ》を、船乗りの仲間から聞かされてきた。けれど、阿片を吸うと、遅かれ早かれ必ず中毒になる。そして最後には、骨と皮だけの姿に痩せさらばえて、起き上がることもできないようになって死んでゆく。そのことも知っていたし、そういう例を見てもきた。だから、将来のある身である自分は、けっして阿片に手を出してはならないと、自分に言い聞かせてきた、と。

だけれど今は、事情がまったく違う。自分は一代で財産をこさえて、思うように商いの道を歩んで、もう夢はかなった。しかもあと半年足らずの命だ。金ならその半年に使いきれないほど持っている。それなら、若いころに我慢をしていたものを試してみようという気になった——とねえ。

この旦那は、若いお医者の先生に、繰り返しくどいくらい言ったそうです。阿片には痛みを止める効用もあるそうだが、自分は痛みが辛いから阿片がほしいのではない。あくまで、もう死ぬ身だから、若いころからの好奇心を満足させたいというだけだ、とね。今だって、けっして死にたいわけではない。助かる身なら、こんなことを考えて阿片に手を出すわけはないってねえ。

気持ちはわかりますけど、しかし、大胆なことを考える旦那じゃないですか。

お医者の先生は、その頼みを受けたそうです。説得されちまったんでしょうな。金はちゃんと払ってもらえるんだからね。

ただ、先生が旦那に阿片を売っているということは、ほかの誰にも知らせない、二人だけの秘密にしておいたそうです。そりゃまあ、そうしたほうがいいに決まってましたよ。そして、万事うまくいってました。

ところがね、日が経《た》つにつれて、困ったことがでてきたんですよ。旦那にとってじゃない、お医者の先生にとってね。

死なないんですよ、旦那が。

先生が期限を切った半年目が来ても、いっこうに死ぬ気配がない。腹のなかのぐりぐりは相変わらずだけれど、阿片のおかげで痛みはないし、旦那、だんだん元気になってきてるように見えるっていうんですよ。実際、旦那の身内やお店の連中は、ひょっとしたらこのまま治ってよくなるんじゃないかって期待し始めてたそうです。

そしてねお客さん、もっと困ったことは、お医者の先生も、同じように感じ始めてたってことなんです。つまり、あれは治ることのない性質の悪い腫れ物だ、余命はあと半年だというのは、診たて違いだったんじゃないか、とね。

普通なら、お医者の恥は恥としても、旦那のためには喜ばしいことです。ところがこの場合はそうはいかない。だって、旦那は人知れず、立派な阿片中毒になっちまってるんですからね。

旦那本人は、痛みがないことや、ちょっと元気が出たように見えることを、阿片のおかげと思っている。つまり、病気はよくなってないと。お医者の先生は、本当のことを知ってる。阿片には腫れ物を治す効用があるわけじゃないんだから、身体がよくなってきてるのは、病気が治ってきているからだ、と。でも、旦那はどっぷり阿片につかってしまっていて、引き返すことはできない——。

今さら、診たて違いであんたを阿片中毒にしてしまいましたとは、言えんでしょう。

それでも結局、その旦那は、最初に病みついてから一年ほどで亡くなりました。桜の花が満開の、春の真っ盛りだったそうですよ。腹のなかのぐりぐりはそのままでしたが、骸骨《がいこつ》みたいに痩せて死んだのは、そのせいじゃなかった。わかるでしょう？

それでねお客さん、この行灯《あんどん》は、その旦那が手元に置いてずっと使っていたものなんですよ。亡くなるとき遺言で、お世話になった先生にこれを差し上げてくれと言ったそうで、遺族が先生のところに持っていったんですな。先生も、要らないと断るわけにはいかなかった。

あたしはね、これは符丁だと思いましたよ。阿片のことを知っているのは、私と、先生と、私の部屋にいつも灯《とも》っていたこの行灯だけですよっていう、ね。

旦那が、診たて違いのことに気づいていたかどうかはわかりません。最初の期限より半年も長生きできたのは、仏の加護があったからだと、家族には言っていたそうですから、本人は最期《さいご》の最期まで、お医者の言ったことを信じてたのかもしれませんね。

それでねお客さん、私はこの行灯を、その若いお医者の先生から買ったんです。金は要らないから引き取ってくれという話でしたが、私だって無料《ただ》というわけにはいきませんからね。それは困ると言ったら、事情を話してくれたというわけです。

お医者の先生が家でこの行灯に火を入れると、部屋のなかに、どこからともなく阿片の匂《にお》いがたちこめてきたそうです。何度やってみても、同じだったそうです。そして、たいてい、桜の花が満開の森のなかにいる夢を見たそうです。桜吹雪の下で、廻船問屋の旦那が、お医者の先生に「おいで、おいで」と手招きするんだそうですよ。

私にこの行灯を売って間もなく、お医者の先生も亡くなりました。若いのに気の毒なことです。

え？　なんで死んだかって？　腹のなかに、性質の悪い腫れ物ができたんだそうです。今度は診たて違いじゃありませんでした。

三

ふたつ目の昇竜の行灯が、これです。これも見事でしょう。元は、揃《そろ》いでふたつあったんですが、今私のところにはこれしか残っておりません。

私がこれを買取ったのは、ある差配人──名前はそうだな、右兵衛とでもしておきましょうか。よくある名だから。この行灯にまつわる話そのものは右兵衛さんには係わりがないんですが、その話を調べあげるとき、右兵衛さんは相当あちこちに金をまいて、危ない橋も渡ったようだから、名前がわかるとまずいかもしれないのでね。

右兵衛さんがこの行灯を買ったのは、娘の嫁入り道具にするためだったそうです。えらく張り込んだものですが、差配人というのは、立ち回りようによってはずいぶん儲かるものらしいですからな。ある古道具屋で──これも名前はふせますが──ふたつ揃いで買って、嫁にゆく娘に持たせたというわけです。

娘の名前はおきく。この娘が辰《たつ》年生まれだったんですな。で、昇竜の浮彫りが気に入ったのかもしれません。おきくが嫁入りした先は大きな料亭で、先方も金持ちだし、ああいう客商売のところでは、竜は縁起ものだから、あちらでも喜ばれたそうです。

ところが、嫁にいってから二月ほどして、おきくがひどく元気を失《な》くして、床についてしまったというんですよ。なんせ大きな商売屋の嫁ですから、具合が悪いからといってもぐうたら寝てはいられない。それで本人もずいぶん我慢していたらしいんですが、とうとう倒れちまったんですね。

驚いている両親のところへ、とにかく、おきくは帰ってきました。身体がよくなるまでの里帰りという名目でしたが、ひょっとするとこれで離縁ということになるんじゃないかと、右兵衛さんはずいぶん気をもんだそうです。

帰ってきたおきくは、青白く痩せ細ってしまって、何か言いたそうな、打ち明けたそうな顔をしていたそうです。右兵衛さんは、すぐにピンときたそうです。娘には、何か悩み事があってこんなになってしまったんだ、これは病じゃない、とね。それでも、右兵衛さんが事情を知るまでには、ずいぶんと日にちがかかりました。しかも、おきくから話を聞き出したのは、右兵衛さんじゃなくて、彼のおかみさん、おきくの母親でした。

この人を、じゃあお政《まさ》と呼びましょうか。お政さんも、母親の勘てやつは鋭いですからね、娘が大きな悩み事を抱えていること、それがなかなか口に出せないでいることを、すぐに見抜いていたんでしょう。様子をうかがいながら、おきくが少し元気を取り戻してきたように見えたころに、水を向けてみたそうです。するとおきくは、目に涙を浮かべて話し出したそうなんですが、最初のうちは、恥ずかしくて言えないと、ずいぶんぐじぐじ言いよどんだそうですよ。

聞いてみればそれもそのはず、嫁入りしたばかりの若い女の口からは、なかなか言いにくいことでした。

例の行灯――つまりはこの昇竜の行灯ですよ――これがねえお客さん、おきくたち新婚の夫婦が、毎晩床に入ると、ぱっと灯るというんです。

笑っちゃいけない。いえ、私も笑ってますけどねえ。でも、当人たちにとっちゃ笑い事じゃないでしょう。

もちろん、行灯は、寝る前にはちゃんと消すんですよ。たしかに消すんです。それなのに、おきくたちが床に入るとぱっと灯る。いえ、もっとあからさまに言えばね、おきくたちがたすると、とたんにぱあっと明るく火が灯るっていうんですよ。それも、普通じゃ考えられないくらいに、昼間みたいに明るくなるっていうんですから念がいってます。

油を抜いてみたらって？　もちろん、やってみたそうですよ。でも、油がなくてもついちまうんです。その……おきくたちが、そういうことをしようとするとね。嫌だねえ、金がかからなくていいなんて、笑ってちゃいけませんや、お客さん。

気味が悪くて、昼間でも行灯のそばに近寄るのが嫌でしょうがなくなったって、おきくは言ったそうです。ところが、なまじ縁起ものの昇竜は彫ってあるわ、嫁入りに持ってきたものだわで、たとえば部屋の外に出してしまうとか、ほかの行灯を使うとかの器用なことができない。この行灯は大事に使えと、姑《しゅうとめ》さんにも言われてる。しかも嫁入りしてきてまだ日が浅い。おきくとしては、にっちもさっちもいかなくなっちまったんです。

肝心の、おきくの亭主はどうしたかって？　これがねえ、おきくにとっては可哀相《かわいそう》なことに、気の小さい野郎だったんでしょうな。最初のうちは、床入りしようとするとのぞきの火をつける、助平な行灯だなんてことを言ってたそうですが、行灯こうこうの、昼間みたいなところじゃ、まだ娘気分の抜けてないおきくは恥ずかしくて嫌がるでしょう。その回数が重なるごとに、苛々《いらいら》するようになりましてね。まあ、成り立ての亭主としては無理もないことだとは思いますが、そのあとがいけない。苛々が高じたせいかもしれませんが、この行灯はおまえが持ってきたんだろう、これは誰からもらったんだ、おまえの先《せん》の男じゃないかってことを言い出して、おきくを責めたっていうんですよ。それで夫婦仲がガタガタになっちまって、おきくがやつれちまったと、こういう次第なんです。

話を聞いた右兵衛さんは、さっきも言ったようにいろいろ手を尽くして、金もずいぶんまきましてね、行灯の出所を突き止めました。それでわかったことを、これを売りにきたとき、私に話してくれたんですがね。

なんでもこの行灯は、ある直参《じきさん》の側室――我々の言い方で言えば、妾《めかけ》ですわねえ――が特にあつらえて使ってたもんだそうです。ふたつ揃いでね。昇竜の浮彫りを付けたのは、その直参の家が、代々水神信仰をしてたからだそうです。竜は水神さまの化身ですから、ねえ。お妾さんとしては、旦那に調子を合わせたってところですか。

ところがこのお妾さんが、まずいことに、ほかの男とできちまいましてね。相手もお侍さんで、右兵衛さんもとうとうはっきりとは突き止めきれなかったそうですが、噂では、その直参旗本の身内の男だったと言われているそうです。妾を寝取られた旗本が、カンカンに怒って、妾と情男《いろ》が寝ているところに踏み込んで、その場でふたりを斬《き》り殺しちまった――という成り行きからみても、身内だったというこの噂は当たってそうな気がしますね。

この行灯は、その場にあったのかって？　そりゃあったでしょう。妾と情男は、女の家で逢《あ》い引きしてたんですからね。女が、旗本の旦那から与えられてた家ですよ。事件のあとは、しばらく空家になったままだったそうですがね。

そうなんです。それでこの行灯は売りに出されて、右兵衛さんがそれを買ったってことだったんです。

事情はわかったけれど、案の定、おきくは間もなく離縁になりました。でも、一年ほどして他の家に嫁いで、幸せになりましたよ。

嫁入り道具が戻されてきたとき、右兵衛さんは最初、この行灯を燃しちまおうとしたらしいんですが、そんなことをして妙な祟《たた》りが残ったら嫌だからと、私のところに相談を持ちかけてきたんです。私なら、こういう曰《いわ》くつきのものを扱い慣れてますからね。

ああ、そうそう、言い忘れていました。右兵衛さんが買って、おきくが嫁入りに持っていった行灯はふたつでしたが、助平な火を灯す行灯は、いつも片方、ひとつだけだったんですよ。それがこいつです。だからもう一方のほうは、すぐに売れちまいました。

妾と情男が一緒にいるところを見てた、揃いの行灯ですよ。なのに、妙な祟りかたをしたのは片っぽうだけだってのは、面白いですねえ。祟ったのは妾か、その情男か。

お客さんはどちらだと思います？

というわけで――。

これが、包み隠さずお話しした、うちの商いものの行灯の来歴ってやつです。ふたつとも、なかなか珍しい話がくっついてるでしょう？　もちろん、最初にも申しましたけども、ちゃんと供養《くよう》は済ましてありますからね。

しかしね、このふたつの行灯のことを考えると、私はいつも思うんですよ。私らはね、てめえの欲とか我がままとか、他人様《ひとさま》への憎しみとか焼きもちとか、もろもろ汚いことを考えたり話したりするってのは、たいてい、夜のことでしょう。お天道さまのいないところで、そういうことを心の底のほうから取り出してみて、ひねくりまわす。

行灯てのは、そういうものを、みんな見てるんですよねえ。行灯だけが見てるんですよ。一年中、私らが企《たくら》んだり止《や》めたりやってみたり失敗したりしている、いろいろな後ろ暗いことをね。障子は外の景色を見ることもできるけど、行灯てやつは、家の内側の、暗いところにばっかりいるからね。

――おや、お帰りですか。お客さん、やっぱり気色悪くおなりなすったね。まあ、仕方がない。私としても、黙って売り付けるわけにはいかなかったからお話ししたんで、いいんですよ。

また何かご入り用なものがあったら、うちにも足を運んでやっておくんなさい。ありがとうございました。

おや松三郎、そこにいたのかい。どうだい、今の客の様子、見てたかい？

ぼうっとしてたんだろう。ああいうのをよく見ておかないといけないんだよ。身形《みなり》もちゃんとしていたし、あれはどこかのお店者《たなもの》だね。旦那夫婦に目をかけられて、ゆくゆく跡取り娘の婿《むこ》になるというような種類のさ。

あの客はね、行灯を買いにきたわけなんかじゃないよ。たまたま話が行灯のほうへいったから、調子をあわせてきただけさ。おまえ、最初に相手をしたとき、感じなかったかね？

あの客は、何か売りたいものがあるんだろう。それも、曰くつきのものをねえ。それで、ぐずぐず聞いてこずに何でも買取ってくれそうな古道具屋に当たりをつけてるんだろう。あやってうちの様子を伺いにきたのさ。まあ、今日の話で、私は曰くつきのものでも買取るってことがわかったから、そのうち本当の用件でやってくるかもしれないよ。楽しみだね。

旦那さんも好きですねえって？　そうだよ他人様の欲と手垢《てあか》にまみれた品物を扱うんだ。

いろいろ曰くがついて当たり前。気味悪がったらもったいないじゃないか。それが古道具屋の意気地ってもんだと、私は思ってるよ。

第四話　器量《きりよう》のぞみ

一

お信《のぶ》は、馬鹿《ばか》にされているのだと思った。頬がかあっと熱くなって、頭がくらくらするほど腹が立って、かえってすぐには言葉が出なかったくらいだ。

「あたしを？　このあたしの器量が気に入ったから嫁にほしいっていうんですか？」

やっとこさ、噛《か》みつくようにしてそう言ってやると、仲人かかは首をすくめた。

「そうなんですよ。お信さん、そう真っ赤な顔をおしでないよ。ちっと落ち着いてくださいな」

これが落ち着いていられるものか。

「あのねえ、あたしは、あさってまでに仕あげなきゃならない仕立てものを抱えてるんですよ。そんな人をかついだような話を聞いてるひまはないんです。とっとと帰ってくださいな」

鼻息も荒く立ち上がろうとしたお信の手を、仲人《なこうど》かかがぐいと押さえた。

「まあまあ、そうすげない言い方をしないで。怒るのは、わたしの話を聞いてからでも遅くないでしょう？　ねえ、藤吉さん」

仲人かかは、お信の父親のほうへと顔を向け、取りなし声を出して言った。今日一日の商いから戻ってきたばかり、手を洗って口をゆすいだだけで、空っぽの腹を抱えているところ

に、いきなり一人娘の縁談話を持ち込まれ、藤吉はただただびっくりしているようだったが、

「やあ、まあ、それはそうだけども」

と、うろうろと言葉を探し、いきりたつ娘の顔を見あげたりしている。

「おとっつぁん、こんな話、聞くこたぁありませんよ。器量のぞみだって？　ふん！」

お信はどすんと地団駄を踏んだ。それでなくても粗末なつくりの長屋暮らし、天井のほうでなにかがみしりときしむ音がした。お信の丈《たけ》は五尺八寸。大女なのである。

顔の前にはらはらと落ちてきた綿ぼこりを払いのけながら、藤吉がもごもご言った。

「娘の怒るのももっともだと思うんで、あたしにはなんとも言えねえが……」

「こっちの持ち込んだ話をちゃんと聞きもしないんだもの、そりゃあ、なんとも言えやしないでしょうよ」

さすがの仲人かかも、少し短気を起こしたようで、口を尖《とが》らしてそう言った。お信はこれでまたカッときた。

「なにさ、人をおこわにかけようったってそうはいかないよ。言ってごらんな。いったい誰に頼まれてあたしをからかいに来たのさ。言ってごらんよ、え？」

仲人かかは声を張り上げた。「そりゃあね、お信ちゃん、あんたみたいな醜女《しこめ》をつかまえて、器量のぞみで嫁にほしいなんて話を持ってきたならどうなるか、あたしだって承知のうえですよ」

お信は身体の脇《わき》で両のこぶしを握りしめた。丈に釣り合って、これまた大きな手のひらで

ある。

「醜女だって?」

「ああ、言いましたよ、し、こ、め」

仲人かかは、口をとんがらせながら薄笑いを浮かべるという芸当をやってのけた。お信はその横面《よこつら》を張ってくれようと足を踏みだしかけたが、そこへ藤吉が割って入った。

「お信、とにかくおめえも座ったらどうだ。そうじたばたしたんじゃ床がもたねえ」

「おとっつぁんまでそんなこと言って!」

お信はまた地団駄を踏んだ。

「あたしがこんな大女に生まれたのはおとっつぁんのせいじゃないのよ!」

娘のごっつい肘《ひじ》打ちをくらった藤吉は、みしみしきしむ床に這《は》いつくばって言い返した。

「おれじゃあねえ、おめえを生んだのはおっかさんだ」

「そうだよねえ、藤吉さんは小柄だもの」と、仲人かかもまた火に油をそそぐようなことを言う。「お墓の下からおっかさんを呼んできて、どうしてこんな器量に生んだんだって責めてごらんな。おっかさんもすまながって――」

お信は両手を振り回した。

「ああ、どいつもこいつも! くやしいったらありゃしない!」

藤吉、お信の父娘が暮らす十軒長屋の人たちは、こういう騒動には慣れている。放っておくと、お信の気持ちがおさまったころには天井が飛び床が抜け、台風が通り抜けたあとのような有様になりかねない――というのは大げさであるにしても、まあ面倒なことになるというのはよくわかっているので、ころあいをはかって、傾いた障子戸をがらっと開けて、近所の連中が飛びこんできた。

「まあまあ、おさえておさえて、お信ちゃん――」

ことがおさまるまでに、お信は人の頭をふたつほどえいと張り飛ばしたような気がするが、よく覚えていない。とうとう差配さんが乗り出してきて、とにかく、仲人かかの話を最後まで聞いてみようじゃないかととりなしてくれるまで、半分気が違ったようになって暴れていた。

お信は、花もはじらう十八歳。だが大女、しかも力持ちでもあるのである。そしてそのうえに、たしかに仲人かかの言うとおり、お信はちっとも美しくない。

子供のころ、近所のガキ大将に、大雨ふりの日に外に出て、雨に打たれてさざなみだっている水溜《た》まりに顔を映してみろ、そうすればちっとは見られるだろうとからかわれたことがある。お信はそいつをとっつかまえて、井戸にぶちこんでやった。大人たちには、それで少しは胸が癒《い》えたろうから勘弁してやれと言われたし、そうするしかなかったけれど、心の奥底には、鎌《かま》でえぐられたような傷が残った。そして、たいていの傷跡が成長していくにつれて薄れていくのとは反対に、お信の心の傷は、娘盛りになってゆくにしたがって、どんどん大きく、深くなっていった。その傷跡には、血が通っていた。だから、そこから流される赤い血は、いつもお信の生き血なのだった。

それでも、あきらめてはいる。どうしようもないことだ。器量なんて、あとからなおすことはできやしない。

嘘《うそ》もてらいもない。誰に言わせたって同じことを言うのだから。正直者のこうべに神宿る。だからお信は、ちゃんと自分でも承知している。

あたしは醜女だと。大女だと。

それなのに、仲人かかが持ち込んできた縁談は、そのお信を、深川は北森下町にある下駄屋の「木屋」の一人息子、繁太郎が、「器量のぞみ」で嫁にほしいと望んでいるという話なのだった。お信の姿に一目惚《ぼ》れした、忘れられないと、繁太郎は言っているという。

しかも、下駄屋の繁太郎は、深川近辺では評判の美男子なのである。役者のようないい男だと、旦那《だんな》持ちの小唄《こうた》の師匠から、井戸端で亭主の下帯を洗っているかみさん連中の口の端にまでのぼるほどの男前だ。ましてや、若い娘たちは、なにをかいわんや。

その繁太郎が、お信を嫁にほしいと言っているというのである。

「そんなことがあるってのかい？」

とんきょうな声をあげた野次馬を、差配さんは恐《こわ》い顔でにらんだが、ほかの誰よりも、お信自身が、そう叫びだしたい気持ちだった。そんな馬鹿な話があるもんか。

仲人かかは、「木屋のご主人夫婦も、繁太郎の好きなようにするといいと言ってるんで、なんにも案じることはないんですよ」と繰り返した。だが、その口付きから、話を持ち込んできた彼女自身も、心密《ひそ》かに、なんと面妖《めんよう》な話だ、蓼《たで》食う虫も好き好きとは言うけれど、お城のお堀から百貫目のなまずが浮かび上がって手招きしたって、あたしゃこれほど驚きゃしませんよと思っていることがうかがわれる。

おまけに、話を聞いた差配さんも、長屋の連中も、親父《おやじ》の藤吉さえもが、「うーん」と唸《うな》っているだけだ。お信は、悔しさに身を震わせながら、繁太郎をつかまえて井戸にぶちこんでやるために、うちを飛び出して行きそうになるのを、ぐっとこらえて辛抱した。

仲人かかが引き上げていったときには、もう陽はとっぷり暮れていた。藤吉と二人、質素な夕飯を済ませ――といっても、お信は腹が煮えてしまって、ほとんど何も喉《のど》を通らなかったのだが――お信はふらりと外へ出た。

どこへ行こうというあてがあるわけでもない。ただ、おもての風にあたりたかった。幸い、若い娘の一人歩きといっても、お信なら危ないことはない。

(こんな悔しい思いをするくらいなら、いっそのこと、木屋の繁太郎じゃなくて、あたし、あたし自身をつかまえて、大川へぶちこんじまえばいいんだわ。大川なら、ざぶんと水があふれるってこともないでしょうよ)

そんなふうに考えて、爪先《つまさき》を大川のほうへ向けたとき、背中から声をかけられた。

「お信さん」

振り向くと、当の繁太郎が立っていた。

お信の頭のなかに、嵐《あらし》が巻き起こった。足は走りだそうとしているのに、身体が動かない。おまけに、走ろうともがくその足も、大川のほうへ向かうのか、繁太郎に飛びかかろうとするのか、それとも回れ右をして逃げだすのか、とっさには決めかねてしまって、これまたガタガタ震えるだけだ。そうやって、お信が、お地蔵さんになったかという風情《ふぜい》でしゃっちょこばって立っているところへ、繁太郎は臆《おく》せず近寄ってきた。

「お仲人の話を聞いてくれたかい？」と、彼は言った。「心配でたまらなかったんで、ずっとこの辺りをうろうろしてたんだ。お信さん、私は本気なんだよ。この気持ちに、誓って嘘や偽りはない。本当だよ」

言いつのる繁太郎の瞳《ひとみ》に、お月さまが映ってぴかりと光った。お月さまも味なことをしなさる。お信は袖《そで》で顔を覆《おお》った。

そうして、繁太郎を張りとばす代わりに、わっとばかりに泣きだしたのだった。

二

冬木町のあのお信が、木屋の繁太郎のもとに嫁ぐ。

この縁組の話は、深川一帯に、突風のような迅《はや》さで知れ渡った。通り抜けたあと、人々に「ひえー」というような声をあげさせるところも、疾風とそっくりだ。

しかし、ことのなりゆきにいちばん驚いているのは、嫁いでゆくお信本人だった。いったいどうしてどういう因縁《いんねん》で、あたしは繁太郎さんの嫁になることになったんだろう？

繁太郎の熱意にほだされたのだと言えば、そう言える。それが本当のところなのだが、しかし、お信は自分と彼との姿を引き比べて考えるたびに、いや違う、違うと思ってしまうのだ。

立場が逆なら、まだわかる。美男の若旦那がお信の深情けにほだされたというのなら。しかし、現実に起こっていることは、それとはまったく逆なのだ。

「まあ、いいじゃないか。おまえの気性に惚れてくれたんだろう」と、藤吉は言ってくれるし、お信としても、最後のところでは自分にそう言い聞かせて納得するしか手がなかった。繁太郎は、外見ばかりでなく、人間の中身もなかなか良い男であったし、そういう男に惚れられて、お信とて悪い気がするわけはないのだから。

話が決まると、木屋では若旦那の縁組を喜んで、諸式もあがっている昨今、いろいろ支度もかかるだろうと、十両ばかりの支度金を包んでよこした。日本橋通町《とおりちょう》あたりの大店《おおだな》や、地方の地主の家の婚礼なら、十両などは雀《すずめ》の涙、五十両も百両もかけて豪勢な支度を整えるのだろうけれど、藤吉・お信の父娘にとっては、きゃっと叫んでひっくりかえるような大金である。喜びで舞いあがった藤吉は、娘にとびきり美しい衣装を着せようと、商いそっちのけで古着屋めぐりをはじめる始末。藤吉の商売は棒手振《ぼてふ》りの八百屋だから、陽がな一日歩き回ることもいとわない。一方のお信は、そんな父親のはしゃぎぶりを横目に、一人娘が嫁いでしまったあと、彼が暮らしに不便を感じることがないようにと、あれこれ算段、心を砕いていた。

喜びに、地面から一寸ばかり浮き上がって暮らしているように見える藤吉と、さして幸せそうな顔もせず、黙々と父親の世話を焼いているお信とを見比べながら、世間の野次馬たち——とりわけ、嫁ぎ先の木屋の周りの人たちは、あれやこれやと噂《うわさ》をしあっていた。あの繁太郎が、齢《よわい》二十歳《はたち》の総領息子で絵に描いたような美男子で、嫁とりならよりどりみどりのあの繁太郎が、なにが悲しくて冬木町のお信をもらおうというのだ？

あの大女の。

あの醜女の。

あの愛想なしの。

あの乱暴ものの。

「木屋の若旦那、もののけに憑《つ》かれてでもいなさるんじゃないかねえ」とは、出入りの米屋の言ったことである。

そういう世間のひやかしのまなざしに見守られ、いよいよ、お信が木屋に輿入《こしい》れした日には、朝から晩まで槍《やり》のような大雨が降りつづき、宵《よい》にはあられが降るというおまけまでついて、口さがない人たちをますます喜ばせた。

だが、そんなことなど気にもとめないのか、繁太郎を始め、彼の両親である木屋の主人夫婦も、繁太郎の二人の妹も、皆ニコニコとめでたい笑みを浮かべていた。真っ白なうちかけに身を包み、なおさら丈が大きく見えるお信の、おしろいも紅も似合わない大きな平べったい顔を見たときも、面と向かってまともに吹き出すようなこともなく——見物人や、祝いにやってきた親戚《しんせき》筋の者の中には、それを期待していた連中が少なからずいたのだが——ただにこやかに優しかった。彼らはそろって手をさしのべ、温かく嫁のお信を迎え入れたのだった。

かための杯も、祝いの宴も、すべてとどこおりなく穏やかに進んだ。見物人から、借りてきた猫ならぬ「壁が一枚できたようだぜ」と陰口をたたかれるほど静かに座っていたお信は、気持ちが張り詰めすぎていて、なんだかぼうっと夢でも見ているよう、時のすぎるのもわからないほどだったが、夜もふけて宴も果て、いよいよ繁太郎と二人きりになるときが近づいてくるにつれて、にわかに落ち着かなくなってきた。

やっぱりおかしい。

興奮と祝い酒に顔を赤くしている男前の花婿《はなむこ》を横目に見るたびに、ますますその思いが強くなる。いったい、なんでこんなことになったのだろう。あたし、なにかよくないものにたばかられてるのじゃなかろうか。

あれこれとお腹《なか》のなかで思案していたことが、若夫婦のために整えられた一室にさがり、真新しい寝巻に着替えたとたんに、どっと出てきた。雨降りの夜ではあったが、時節柄もう蚊帳《かや》がつってある。その内側に、白じろと輝いて見える床に入る前に、畳にぴしゃりと正座して、婿になったばかりの繁太郎の喉元に匕首《あいくち》をつきつけるような勢いで、お信は問い質《ただ》した。

「ねえ、繁太郎さん」

切り口上のお信の物言いに、繁太郎ははじかれたように「はい」と答えた。

「あなたねえ、よくよく考えてから返事してくださいな。あたしを嫁にもらって、本当にあとで後悔しませんか？」

繁太郎は、頰を打たれでもしたかのように、顔をしかめた。

「お信さん、まだそんなことを言ってるのかい？　私は、よくよく信じてもらってないんだね」

そんなことを言って、今度は白い歯をのぞかせ、おっとりと笑ってみせる。お信は頭がふらふらしてきた。

「あなたみたいな男前の人が、なんであたしなんかを嫁にするんです？　あたしみたいな醜女を」

すると、繁太郎はびっくりしたような顔をした。「醜女？　お信さんが？」

「そうよ」と、お信はうなずいた。

「お信さんが醜女だって？　誰がそんなことを言ってるんだい？」

「みんなが言ってるでしょう」

繁太郎はあははと笑った。「そんなのは、聞き捨てにしておいたがいいよ。嫉妬《やきもち》で言ってるんだ」

「やきもちぃ？」

「そうさ。私が男前だなんてのも、なに、冷やかしてるだけだよ」

「そんなことないわ。みんなが騒いでたもの。あなた、深川じゅうの若い娘に追っかけられてたんですよ」

「そんなのは、ただの噂だよ」

「つけ文をもらったこととかないんですか?」

繁太郎はつと膝《ひざ》を寄せてお信に近づくと、彼女の顔をのぞきこんだ。楽しそうに言う。

「おや、やいてくれてるのか」

本当に、のれんに腕押しだ――と、お信は思った。

さらに、繁太郎は驚くべきことをささやいた。「お信さんは、とっても美人だよ」

お信は目をむいた。「あなた、正気で言ってるんですか」

「正気だとも。こっちへおいで」

というわけで、お信はまあまあ無事に新枕《にいまくら》の夜をすごした。これで、名実ともに、立派な繁太郎の女房である。

しかしながら、疑問は残った。いや、つのる一方だ。繁太郎が寝入ったあと、替えたばかりの青畳の匂《にお》いを感じながら、お信はとっくりと考えた。

おかしい。

仲人かかのはからいで、輿入れの前に、木屋の主人夫婦とは何度か会っていたのだが、二人の妹とは、今日の婚礼の席で初めて顔をあわせることになった。上の妹のおすずが十四、下の妹のおりんが十二。それぞれに、花びらのほころぶように娘らしくなってくる年ごろなのだが、どうしたわけか、一年ほど前から二人そろって一種の気の病にかかり、外にも出ずにふさいでばかりいるという。御膳《ごぜん》も進まず、ひどいときには髪を結うのもおっくうがるという有様で、まわりの者どもを心配させてきた。いろいろと医者にかかっても、はかばかしい回復を見ない。そこで、いっそのこと、少し江戸を離れたらどうかと、箱根のほうにいる親戚のところへ、半年ばかり保養に行かされていて、兄の婚礼の日取りにあわせて、久しぶりに深川へ帰ってきた――という次第だった。

お信としては、舅《しゅうと》姑《しゅうとめ》と同じくらい気を遣う、小姑《こじゅうと》二人のことである。どういう娘かと、内心かなり気に病んでいた。今日、手をついて挨拶《あいさつ》をかわしたとき、二人がそれぞれに可愛《かわい》い声で祝いごとを述べ、お信を義理の姉に迎えることができて嬉《うれ》しいと言ってくれたときには、正直、心底ほっとしたものだ。

だが、つと目をあげて、おすずとおりんの顔を見たときには、息が止まりそうになった。

繁太郎の顔立ちから推して、大いにあり得ることだったのだが、二人とも、驚くような美形だったのだ。それなのに、口をそろえて、義姉《ねえ》さんのようなきれいな嫁をもらうことができて、兄さんは幸せねと言うのである。

嫌味ではないのだ。どうやら、本気でそう言っているらしいのだ。ほんの今さっき、繁太郎がお信を抱き寄せながら、「美人だよ」と言ったのとそっくり同じ、真面目《まじめ》で心のこもった様子で。

この家の人間たちは、どうかしている。何やら、空恐ろしいほど、おかしなところがある。お信はちっとも眠れなかった。

三

奇妙な疑問、解けない謎《なぞ》を抱えながらも、木屋の若い嫁としてのお信の暮らしは、案じていたよりもはるかに楽しく、また甲斐《かい》のあるものだった。もともと、働くことを厭《いと》う気質《たち》ではないから、なおさらだ。

木屋は下駄屋だが、できあがったものを売るだけでなく、直しや歯入れ、花緒のすげかえもやっている。良い品物をつくるには、原材料を吟味するところから始めなくてはならない。もともとは、繁太郎の父親の七兵衛が、行商の歯入れ屋として、道具箱ひとつを担《かつ》いで始めた商いを、一代でここまで大きくしたお店であるから、隅々まで目がゆきとどくように、彼はいつもきりきりと立ち働いている。お信にとっては姑にあたる、妻のお文《もん》も、しょうこともなく嫁をいびるような人ではなく、亭主と一緒に商いの算段をしているほうが楽しいというような働き者だ。

お信はこの舅、姑が気に入った。七兵衛の眼鏡にかなって迎え入れられた職人たちや、彼の手で育てられているそのたまごたち、お文に鍛えられて育ちあがり、今ではお店の勝手向きのことをあずかっている女中のお吉も、みんなみんな気に入った。そして、彼女がそうであれば、周りもまたお信を憎からず思ってくれる。気は心、通じるものがあって皆が働き者ならば、商売屋では万事が円く納まるのである。

もちろん、繁太郎はあいかわらずお信に惚れ込んでいてくれて、ときどきお信が、自分で自分の横っ面《つら》を張ってみたくなるほどに優しくしてくれる。文句のつけようのない良い亭主だ。あいにくと、彼は父親と違って手先が不器用で、下駄職人としては身が立ちそうにないのだが、その分、そろばん勘定に長《た》けていて、そちらのほうで人の上に立ってゆくことができそうな按配《あんばい》だった。

おすずとおりん、二人の義理の妹たちも、お信にすっかりなついてくれて、生まれながらの三姉妹のようにさえ思えることがあるほどだ。お信は、この二人の妹たちの美しさ、可愛らしさに、ときどきわけもなく心が切なくなってきて、涙ぐんだりしてしまう。そんなところを見つけると、おすずもおりんも、かわいそうなほど心配してくれて、それがまた、えも言われずに愛らしい。

ただ、ひとつだけ心配なのは、この可愛い妹たちの、例の「気の病」が、一向によくならないということだった。母親のお文も心を痛めて、やれお不動様に参ってみようとか、芝居見物に行ってみようとか、新しい小袖を仕立ててあげようとか、いろいろと気分の楽しくなるようなことどもをもちかけてみるのだが、娘たちは、そういう母親の心遣いを有り難く受けとめてはいるものの、それで幸せになっている様子はない。こればかりは、お信にとっても謎のまた謎、どうしようもないことだった。

そうこうしているうちに、七月七日の七夕の宵がやってきた。木屋でも大きな笹《ささ》を買ってきて、庭の一角に据え付け、縁側にお供物《くもつ》を並べた。幸い、雨にも雲にもたたられず、天の川が頭上に高く、さながら天女の衣がたなびくように、美しく見えている。

長屋住まいだったお信は、それまで、こんなに風流に、七夕の宵を過ごしたことはなかった。月明かりの庭に出て、幸せを嚙《か》みしめる一方で、ああ、おとっつぁんは一人でどうしていなさるだろうと、少し悲しいような気もする。小さくため息をもらすと、同じように、あたりをはばかる小さな吐息を、耳のうしろのほうで聞いたような気がした。

そっと頭をめぐらすと、色とりどりの短冊《たんざく》をつけた笹に寄り添うように立って、おすずが頭をうつむけている。どうやら、泣いているようだった。

お信は近寄っていって、小さな妹の肩を抱いた。「どうしたの、おすずちゃん」

おすずは、お信のどっしりした肩に頭を押しつけてきた。

「義姉さん、あたし、悲しくって」

「どうしてそんなに悲しいの」お信は頰笑んでみせた。「おすずちゃんみたいないい娘《こ》には、なんの悲しいことも起こりゃしませんよ」

「いいえ、あたし、ちっともいい娘じゃない」おすずは駄々をこねるように首を振った。

「だって、あたし、こんなに器量が悪いんだもの。あたしには、どんなに待っても、彦星のような人はあらわれないんだわ」

日々の暮らしのなかで埋もれていた疑問が、にわかにむっくりと頭をもたげてきた。お信は妹の華奢《きゃしゃ》な顎《あご》に手をやって、その美しい顔を仰向けにさせると、その目を見つめて問いかけた。

「ねえ、おすずちゃん。あなたも、おりんちゃんも、どうしてそんなに自分のことを、器量が悪いと思うの？　鏡をごらんな。水溜《た》まりをのぞいてみたっていいよ。あんたたちくらい綺麗《きれい》な娘は、江戸じゅうを探したってそうはいるもんか」

おすずは手の甲で涙をぬぐうと、淋《さび》しく笑った。「ありがとう、義姉さんは優しいから、そんなふうに言ってくれるのね。だけど、あたしもおりんも、ちゃんと知ってるの。あたしたちが、本当にかわいそうなくらい醜いってこと」

手をあげて、笹にくくりつけた短冊に触れ、「今日もこうやって、少しでも綺麗になれますようにって願い事を書いたんだけど、そんなの、夢みたいな話だってわかってるの。どうしようもないわ、器量はなおしようがないんだもの」

息を殺して、お信は問うた。「ねえ、おすずちゃん。あんたとおりんちゃんの気の病は、そういうところから来ているのかしら」

おすずは答えなかった。が、お信はそれに違いないと思った。この娘たちは、これほど美しく生まれついているのに、自分が身につけているその美を、美として受け取ることができないのだ。金襴緞子《きんらんどんす》の衣装を着ていながら、ぼろをまとっていると思い込んでいる人のように。

いや、思い込みではなく、この娘たちの目には、本当にそう見えているのかもしれない。

お信は背中が寒くなった。

ひょっとすると、繁太郎もそうなのではないか。あの人は、あれだけの美男に生まれながら、自分ではそれをそうと思うことができないでいるのではないか。

そういえば、今夜の七夕の宵にも、縁側に水を張った桶《おけ》を据えて、そこに映る星の眺めを楽しむという趣向がなかった。ほかのものはすべてそろっているのに。

「おすずちゃん、今夜、縁側に水を張った桶を置かなかったのも、そのせい？」

おすずは哀《かな》しげにうなずいた。「ええ。顔が映ると辛《つら》いんだもの。あたしたち、鏡を見るのも嫌なの」

「お父さんやお母さんも、そう思っているのかしら」

お信の問いに、おすずはまたうなずいた。「ただ、おっかさんは、きっとそのうち、器量だけじゃなく、おまえたちの気立てを愛してくれる人が現われるよって、慰めてくれるけど」

そのことがあってから、お信は機会を盗んで、妹たちの部屋や、姑の部屋に忍び入り、彼女たちが使っている手鏡のたぐいを調べてみた。

思ったとおり、どれもみな、一様に曇っている。台所をあずかるお吉にこっそりと尋ねてみると、もう何年も鏡磨《と》ぎを呼んでいないという。

「妙な話だねえ。女が三人もいる所帯にさ。お吉さん、あんただってそう思うだろう？」

すると、お吉はゆらゆらと頭を振って、こう答えた。「若奥さんみたいにきれいなお人とは違って、あたしや、お内儀《かみ》さんや、お嬢さんたちは、鏡なんか見たくないんです」

おや、この娘もだ。お信は、それこそ狐《きつね》に化かされたような気分になった。

お吉だって、おすずやおりんほどではないが、そこそこの見栄《みば》えのする娘なのである。姑のお文も、あれほどの娘二人と息子を産んでいるのだ。醜女《しこめ》のはずがない。今だって、それなりに美しいし、若いときにはそれこそ輝くようだったろうと思われるような美形である。舅の七兵衛だって、なかなかに整った顔をしている。

そういう家の者たちが、みんなして、言うことなしの醜女のあたしをさして「綺麗だ」と言い、自分たちのことは、鏡どころか、水を張った桶さえも遠ざけるほどに、醜いと思い込んでいる。とりわけおすずとおりんは、このまま放っておいたなら、気の病が進んで、尼寺にでも入ってしまうか、悪くすると命まで失いかねないほどのしおれようだ。

これは、なにかの祟《たた》りではなかろうか。

お信は、ここへ嫁いできたときの自分の勘に間違いはなかったと思った。やっぱり、なにかにたばかられている。なにかがこのうちの人たちに憑《より》ついて、彼らを理不尽な苦しみのなかに突き落としているのだ。

そして——

お信が、毎日毎晩、あまりに深く、そのことばかりを考えつめていたから、とうとうそれが、人に憑つくものどもを束ねる鬼神の耳に届いたのかもしれない。その謎への答えは、向こうのほうからお信のところへやってきた。

初秋の風が立ち始めた、七月のある黄昏《たそがれ》どき。なにしろ力には自信があるからと、お吉に代わって風呂《ふろ》の水汲《みずく》みをしていたとき、手桶の水面に映ったお信の顔の隣に、若い女の顔が、ひょいと並んだ。

振り向くと、誰もいない。だが、手桶のなかには、たしかに映っている。見知らぬ若い女の顔が笑っている。お信はピンときた。

「あんたが、このうちに祟ってるお人だね?」

お信が叫んだのと同時に、女は消えた。

四

だが、その夜のことである。お信は夢を見た。

手桶の水に映ったあの若い女が、お信の枕元に座っている。手鏡を手に、かすかに首うな垂れて。あたりは一面の闇《やみ》なのに、女の姿はぼうと浮き上がって見えた。貧弱な小さい髷《まげ》と、すこししゃくれた口元。肌の色もくすんだようで、見栄えがしない。お信はひそかに、あたしと同じだと思った。それだから、あたしのところに出てきたのだろうか。

「そういうことよ」と、そのとき、女の幽霊が口を開いた。

「あんた、あたしが怖くない?」

「気味は悪いけど」お信は正直に答えた。「あんた、あたしの夢枕に立って、あたしをあの世に連れていこうっての?」

「そんなんじゃないわよ」若い女の幽霊は、微《かす》かに口の端を歪《ゆが》めて笑った。「あんたになら、あたしの話を聞いてもらえると思ってさ」

　女の幽霊は、おくめと名乗った。

「あたしはね、お文さんの恋敵だったのさ」

　おくめは、遠く二十二年前、お文が下駄の歯入れ屋だった七兵衛と恋仲になって所帯を持つ寸前まで、七兵衛に岡惚《おかぼ》れしていた、ぱっとしない町娘だったのだという。

「あたしのうちは、小さい雑穀問屋でね。いっちゃあなんだけど、あのころは、お文さんより、ずっといい暮らしをしてたのよ」

　だが、七兵衛は、切ない胸の内をあかして泣くおくめよりも、お文を選んだのだ。

「あっちのほうが、器量がいいってさ」と、おくめはぼそりと呟《つぶや》いた。「お文さんの顔を見ると、七兵衛さんは、この女のためならどんな苦労だってできると思うんだって。だけどあたしじゃ駄目だった。あたしなんて、七兵衛さんの眼中に入っちゃいなかった。田圃《たんぼ》の案山子《かかし》みたいに、そばに突っ立っていただけさ。案山子なら、面白い顔を持ってれば眺めて笑ってもらえるだけ、まだましなくらいだよ」

「たしかに、お姑《かあ》さんとあんたとじゃ、器量は段違いだったろうねえ」と、お信は言った。そしてそのとき、おくめが手にしている手鏡が、十年このかた磨いたことがないように、曇っていることに気がついた。

　おくめはぶうとふくれた。「あんたに言われる筋合いはないね。どっこいどっこいのご面相じゃないか」

お信は吹き出した。「そうだねえ」

笑いながらも、おくめの胸の内、その心の痛みを思うと、忘れていた切なさがよみがえってきた。すっぱいものを噛んだときのように、喉《のど》の奥がきゅうっとなった。自分ではどうしようもない器量云々《うんぬん》で、先の道がすべて見えてしまったような気持ちになる——しかもその道は、どこまで行っても泥沼だ——そんな娘心は、同じ悩みを煩《わずら》った者でないとわからない。

結局は、おくめも「器量のぞみ」に泣かされた口なのだ。七兵衛にすげなくされて、深く傷つき、悲しみ、しばらくのあいだ泣き暮らしていたという。

「鏡を見るのが辛くってね」

そうしているうちに、運悪く食当たりで亡《な》くなったのだ。身体が弱っていたので、医者も手のほどこしようがなかったのだそうだ。

「そんなことにならなければ、七兵衛さんよりいい亭主をつかまえることもできたかもしれないのにさ」

それもある。だがもうひとつ、おくめにとって惜しかったのは、もう少し長生きしていれば、七兵衛に「お文のためならどんな苦労でもできる」と言わしめたものが、果たしてお文の器量だけだったのか——という謎も解けただろうということだ。

たしかにおくめの言うとおり、器量がいい女は得をする。だがしかし、恋を実らせるものはそれだけではない。男の心を動かすものはそれだけではない。何かほかのものが、お文にはあっておくめになかったから、あるいは単に七兵衛と合わなかっただけということだってあろう。木屋で幸せな暮らしにひたっているうちに、お信は、そういうことを考えるようにもなっていたのだ。

「まあ、そんなこんなであんまり悔しいので、祟ってやったのさ」と、おくめは言った。そのときは、おくめの目の隅に険が浮いた。「七兵衛さんとお文さんも、二人のあいだに生まれる子供たちも、綺麗な顔が綺麗に見えず、あんたみたいな不器量な顔が器量よしに見えるようにね」

お信は呆《あき》れ返った。「あんたも、よくよく業《ごう》の深い人だねえ」

かれこれ二十年も、そんな祟りをなしているのだ。

「いい加減に気も済んだろう？　もうやめたらどうなのさ」

「それはそうなんだけどさあ……」と、おくめは歯切れが悪い。「実を言うと、あたしもそろそろ気が咎《とが》めてきてね。意地悪はやめようかと思ってたところなの」

こんなふうに現世に思いを残して祟りをなしていると、おくめも行くところへ行けないのだという。

「それなら、木屋さんに祟るのは、もうよしなさいよ。あんたのためにもさ」

すると、おくめは上目遣いでお信を見あげた。

「あたしはいいんだよ。そうだねえ、このうちの庭の隅に、石灯籠《どうろう》でも立ててくれれば、すぐにだって祟りをやめる」

「ああ、それなら造作もない」と、お信は請け合った。「誰に頼むこともないよ。あたしがやってあげる。力仕事なら任せておきな」

「ついでに、きれいに磨いた鏡も埋めておくれでないかい?」曇った鏡を持ち上げながら、おくめがおずおずとした口調で言った。「あたしには、こんなのしかないんだもの」

人を呪《のろ》わば穴ふたつというやつだ。

「埋めてあげるともさ。あんた、あたしよりはずっと恵まれたご面相をしてるよ。鏡をのぞいて、笑ってごらんな。そうすりゃあ、気も晴れる」

幽霊に気の晴れるもふさぐもあるかどうかは知らないが、お信は必死だった。それに、この貧相なおくめという女が、どこかしら憐《あわ》れにも感じられたのだ。

「請け合うよ。約束してあげるよ。安心おしよ」

するとおくめはにっこり笑った。が、

「だけどさあ……」

「まだなにかあるの?」

おくめは、口のなかでもごもご言った。

「ねえ、あんた、もしも祟りがとれて、木屋の人たちが元どおりになったら、自分がどうなるか、それを考えたことはあるかい?」

問われて、初めてどきりとした。

そうかと、お信は思った。そうなのだ。繁太郎が、舅《しゅうと》が姑《しゅうとめ》が、当たり前のまなこを取り戻したら、自分はどうなるだろう?

ほんの今しがた、恋を得るのは、男の心を動かすのは、器量だけではないなどと考えたことが、もろにはねかえってお信を打った。そうかいお信、そう思うのかい。じゃあ、あんたはどうだろうね？

いざ自分のこととなったら、のんびり構えていられるかい？

（ひょっとしたら……）

なんと不釣り合いな嫁だと、その場で三行半《みくだりはん》を書かれてしまうのではないか。もしそうなったなら、止めてくれる人は、まずいるまい。釣り合わぬは不縁の元。それは、家の格のことだけではない。余計な悋気《りんき》やもめごとの元になる、みてくれの釣り合いのことも言っているのだと、お信は思った。

祟りが消えたら、あたしはもう木屋の嫁ではいられなくなってしまう。

繁太郎とも、可愛《かわい》い妹たちとも別れねばならない。お店《たな》の暮らしもおしまいだ。そればかりではない。彼らは、今までお信のような女を嫁として招き入れていた自分たちの目を疑い、はてには、お信の背中を指して笑いながら、彼女を木屋から追い出すだろう。

だってあたしは、おくめなどよりもっともっと、段違いに器量が悪いのだもの。

ああ、それには堪えられない。お信は、木屋の人たちが好きなのだ。繁太郎が好きだ。七兵衛やお文、おすずが、おりんが、お吉が大好きだ。

この家を出ていきたくはない。

「ねえ、だからあたし、あんたの前に出てきたの」と、おくめが、申し訳なさそうに呟いた。

「ごめんね……。どうするか、あんたの心ひとつに任せるわ」

そう言い置いて、おくめは消えた。お信はおののきながら目を覚ました。


その時から、お信の苦しみが始まった。

日々の暮らしの底に、心を痛め傷つける、辛い思いが沈んでいる。右か、左か、決められるのはお信しかいない。ほかにはそれを、知る人さえいない。

繁太郎と肩を並べ、八幡《はちまん》様の縁日などをそぞろ歩いて、胸いっぱいに幸せが満ちているとき、ふと振り返るようにして、涙の痕《あと》をいく筋もつけ、うつむいていたおすずの顔を思い出す。そうすると、申し訳なさと我が身可愛さがないまぜになって、もうにっちもさっちもいかなくなってしまう。

またあるときは、小鳥ほどにしかものを食べず、哀しげに座敷のなかに引きこもっているおりんを見つめて、ああやっぱりこのままではいけない、祟りを取り去ってあげよう、あたしはこの家を追われてもいい、と心に決める。だが、それから半時もしないうちに、でも、ひとたび離縁されたら、おとっつぁんは腰が曲がっても棒手振《ぼてふ》りの八百屋を続け、あたしは山ほどの仕立てものや繕いものに囲まれて、楽しいことのひとつもなしに歳《とし》をとっていくのだと考えると、もういけない。ああ、あたし一人だけが知らん顔をしていればいいんだ。おすずにもおりんにも、器量なんて女にとって大事なものじゃないよと言い聞かせ、明るく暮らすように仕向けてやればそれでいいじゃないかと思い始めてしまう。今の暮らしを手放したくないと思ってしまう。

そんなふうにして一年がすぎたころ、お信はおめでたを迎えた。

木屋の人たちは、初孫の誕生を、それこそ天井が抜けるほどに喜んだ。幸い、お信の身体はそういう点でも頑丈で、つわりも少なく、順調に月満ちて、お産も軽くて済んだ。生まれたのは、色白の、お信の目にはお雛《ひな》さまのように可愛く見える女の子だった。名前は「みち」と決まった。幸せに、お信はぽろぽろ涙をこぼした。

だが――

「どうやら、私に似てしまったようだなあ」と、繁太郎が苦笑いしながら呟いたとき、はっとした。繁太郎だけではない。木屋の人たちの反応は、みな似たようなものだった。初孫可愛さに、人前ではそんなことは言わないが、そっとひそかに、舅と姑が、おすずとおりんが、

「ああ、お信に似てくれれば」

「かわいそうに、あたしたちと同じ。どうしてもっと器量よしに生まれなかったのかしら」

そんなふうにささやき交わすのを、お信は聞いた。

ひと月、ふた月とすぎてゆき、赤ん坊はどんどん育ってゆく。おみっちゃんと呼んであやすと、笑うようになる。やがてはいはいをして、たっちをして、歩くようになってゆく……。

この子は大きくなってゆく。お信の心に、それがたいへんなこととして映った。やがて娘になってゆく。そうして、このままでゆけば、物心ついたとき、おすずやおりんと同じように、自分を卑下して悲しみ、苦しみ、目の前の幸せを取り逃してしまうことになるだろう。

現に、娘盛りを迎えたおすずは、降るように持ち込まれる縁談のすべてを断ってしまってい
た。ちょうど、初めて繁太郎との縁談を持ち込まれたときのお信のように。

「器量のぞみでわたしを嫁にほしいっていうの？ からかっているんですよ。断ってちょうだい。もう放っておいて」

そうして、泣き暮らしているのだ。

ごめんねと、心のなかで、お信は二人の妹に詫《わ》びた。ごめんね。あなたたちの苦しみは、将来のおみちの苦しみ。

もう、それを見過ごしにすることはできない。あたしはこの家を出されることになるだろう。繁太郎に離縁されるだろう。でも、それでもかまわない。おみちの将来の幸せのほうが大切だ。

だから、お信は庭に石灯籠を立て、その根元にきれいに磨いた鏡を埋めて、おくめの祟りを取り除いた。

それでどうなったかって？

なあに、どうもなりはしなかった。お信は離縁などされなかったし、今でも繁太郎と仲睦《むつ》まじく暮らしている。おすずとおりんはすっかり明るさを取り戻し、おすずはまもなく、先方のたっての願いで、あるお旗本に輿入《こしい》れする。二人とも、お信とはずっと仲良しだ。仲良しのままだ。

お信は、木屋の人たちに愛され、大事にされているのだ。

磨《と》ぎ屋を呼んで、美しく磨がせた鏡をのぞきこみながら、お信はちょっと考えてみたりする。ねえ、ごらんよ。あたしはだんだん器量よしになるじゃないか、と。

第五話　庄《しよう》助《すけ》の夜《よ》着《ぎ》

一

庄助が馬喰町《ばくろちょう》の古着屋でその夜着《よぎ》を見つけたのは、いなり屋で、毎年恒例になっている七夕祭りを済ませた、そのあくる日のことだった、という。

いなり屋は、深川は小名木川《おなぎ》にかかる高橋《たかばし》の東のたもとに、ひっそりと看板をあげている居酒屋である。十人も客が入れば、隣り合わせた肘《ひじ》と肘とがくっついてしまうような手狭な店だが、土地の連中には古くから馴染《なじ》まれているので、あるじの五郎兵衛だけでは、手が回りかねるほどに忙しいことが多い。

庄助が、そのいなり屋で、五郎兵衛の手助けをして働くようになってから、その年の夏でちょうど五年目になるところだった。それまで、庄助のひとり暮らしの住まいのことには、あまり口出しなどしたことのなかった五郎兵衛だが、古着屋で夜着を買ったということには、ちょいとばかり興味をひかれた。いつもは無口な庄助が、自分から口を開いて語り出したことだったし、またそのときの顔つきが、妙に嬉《うれ》しそうだったからである。

「まだ仕立てたばっかりみてえに見えるんですよ、おやじさん。上等な麻でもってできていて、それをかぶって寝ると、さらさらしてえらく気持ちがいいんです」

庄助はそんなふうに言い、うまい買物だったと悦にいっている。

庄助は三十も半ばをすぎた大の男だが、世間知らずで子供のようなところがある。五郎兵衛はそれをよく知ってはいるが、しかし、それでも、おやと思った。たかが夜着のひとつやふたつに、なぜそれほど嬉しげな顔をするのだろう。

「おい庄助、おまえ、所帯を持とうとでも思ってるんじゃねえのかい。いい女ができて、それで新しい夜着を買ったってえことじゃねえのかね」

ぬたに使うあわせ味噌《みそ》をかきまぜながら、そんなふうに持ちかけてみると、庄助は、耳のあたりを心持ち赤くして首を振った。

「そんなことじゃねえんです。そんなことがもしあるんなら、あっしが親父《おやじ》さんに黙ってるわけねえじゃねえですか。あっしは間が抜けてるけども、それほど不義理な野郎じゃありません」

庄助はにわかに身の置き所がないような風情《ふぜい》になって、お客の腰掛けに使っている古い醤《しょう》油樽《ゆだる》を、用もないのにあっちこっちへと動かしたりしている。五郎兵衛は吹き出した。

「掃除は済んでるんだから、埃《ほこり》をたてるんじゃねえよ。おめえは何しにそこに行ったんだい」

「そうだ、のれんを出すんでさぁ」

まだ耳たぶを赤くしながら、庄助は重たい縄のれんをよいこらしょとおろして表へと出ていった。五郎兵衛は笑いを嚙《か》み殺した。

その晩は、もう、庄助の口から「めっけものの夜着」の話は出なかった。もともと、お客がやってくると、日頃に輪をかけて口数が少なくなるのが庄助という男だったから、それには五郎兵衛もなんとも思わなかったが、それでも、商いのかたわら、目の隅でちらちらと彼の様子をうかがうことだけは忘れなかった。

（やっぱり、何かありそうだ）

五郎兵衛には、どうしてもそう思えた。庄助がとても幸せそうで、客の声にこたえて銚子《ちょうし》を運んだり、皿をあげさげしたりしながら、ときおり、何のそれらしい理由もないのに、口元に薄い笑みを浮かべているのを、何度か目にしたからである。

その夜、店をしまって、女房のおたかとひとり娘のおゆうの待つ住まいに戻ってからも、五郎兵衛の頭からは、庄助のひそかな笑顔が離れなかった。その笑顔は、それを思い出す五郎兵衛の顔の上にも、似たような笑みを浮かばせてしまうほど、無垢《むく》であけっぴろげな喜びに満ちていた。だから、

「あんた、嫌だねえ、ひとりで思い出し笑いなんかしてさ」

「おとっつぁん、変よ」

行灯《あんどん》のそばで顔をくっつけあうようにして小袖《こそで》を仕立てている妻と娘に、てんでにそう言われてしまった。

「いやあ、すまねえ。なんてことがあるわけじゃねえんだがね」

さかなにしてしまうようで、庄助にはすまねえが、悪いことでもなし、まあ話してしまおう。五郎兵衛は、古着屋で見つけた麻の夜着の話を、女房と娘に話してきかせた。

「おやまあ」と、おたかは笑いだした。「庄さん、きっといい女ができたんだねえ。よかっ

たじゃないの」

「おめえもそう思うか。俺もそうにらんで、庄助にきいてみたんだがな」

「違うっていうのかい」

「耳ったぶを赤くしてたよ」

それを聞いて、おゆうがほほえんだ。「庄さんらしいわね」

この春で十八になったおゆうは、五郎兵衛とおたかの自慢の娘である。口の悪い差配が、あんたら夫婦のどこをどうひねったらあんな器量よしの娘が出てくるもんだか、見当もつかないねと言ったことがあるほどだ。

娘のことなら、そんなふうに言われても腹も立たない。まったく差配さんの言うとおり、俺たち夫婦にしちゃあできすぎた娘だと、五郎兵衛も思うことがあるくらいだ。

そのおゆうは、この夏をこして秋の涼風がたつころになったら、縁があって、川崎の立派な干物問屋に嫁ぐことになっている。五郎兵衛のいなり屋など、その問屋の看板ほどの大きさしかない。それほどに格の違う家に縁付くのだが、なに、俺の娘はどこへ出したって恥ずかしくねえと、五郎兵衛は思っている。

(苦労した甲斐《かい》があったってもんだ)

娘の顔を見つめ、素直にそう思うことができる。俺は幸せな親父だと、五郎兵衛は思うのだ。

いなり屋は、今から二十年の昔、五郎兵衛が三十になったときに、ひとりで始めた店だった。今よりももっと狭く、居酒屋というより煮売り屋に毛がはえた程度のものだったので、五郎兵衛ひとりでも充分に手がまわったし、彼ひとりがかつかつに食っていく程度のあがりしか、儲《もう》けることのできない商いだった。

おたかは、五郎兵衛がそのころ酒を仕入れていた酒問屋に奉公していた女中で、彼ともその縁で知り合った。所帯を持ったのは、いなり屋を始めて一年ほどたってからのことだったが、ふたりで頭をひねって相談し、おたかのお店《たな》にもお願いをして、五郎兵衛はいなり屋を、おたかは、女中奉公を、そのまま続けることになった。やがておゆうが生まれても、おたかは赤ん坊をせなかにくくり付けて働いた。暮らしは、それほどにまだ、苦しかったのである。

そうやって、食うことに追われて暮らしていくうちに、この夫婦にとっては、いつの間にかそれが習い性になってしまったようで、二十年を経た今、いなり屋が、庄助のような手伝いを必要とするほどに繁盛《はんじょう》するようになっても、おたかは酒問屋に通い奉公をし続けている。彼女は、いまだかつて一度も、あるじの女房面《づら》をして、いなり屋に顔を出したことはない。だから、古顔の客たちのなかでも、五郎兵衛をやもめだと思い込んでいる者がいるくらいだ。

毎朝、夜明け前に起きだしていっしょに飯を食い、おたかは酒問屋へ、五郎兵衛は河岸《かし》へ出かけてゆく。夜も更《ふ》けて、五郎兵衛がいなり屋を閉め、高橋のたもとから木戸をふたつ通って住まいへと戻ってくるころまでに、おたかも戻ってきている――という具合だ。遅い夕飯をいっしょにとり、床につく。

だが、おたかがそうやって、二十年ものあいだひとつのお店に真面目《まじめ》に奉公し続けてくれたからこそ、今度のおゆうの目出度《めでた》い話もあったのである。この縁談は、おたかの奉公する酒問屋の主人から持ち込まれたものなのだ。縁談の相手方の干物問屋は、このお店と古くから付き合いのあるところだった。そこの後継ぎの若旦那《わかだんな》の妻に――という話なのである。

これは、おたかの奉公する酒問屋にとっても、よくよく大事な縁談だ。このおたかの娘ならと見込まれたということだ。また、見込まれて当然というくらいに、おたかは心を尽くして奉公を勤めてきた。通いの女中でありながら、お店の女中たちのなかではいちばん偉いことになっているし、番頭たちからも一目も二目も置かれている。今年喜寿《きじゅ》を迎えたご隠居の身の回りの世話も、すべておたかに任されている。おたかでないと駄目だというのである。

それでも、おたかは身の程をわきまえた女だから、最初、この縁談が降ってきたときには、彼女の一存で、とんでもないと断った。うちの娘は、そんなところの嫁御におさまることのできるような娘ではございません、と。

どのみち働くのは一生なのだからと、おゆうには、早い時期からひとつの職を身に付けさせようと、おたかはあれこれ心をくばってきた。おかげで、おゆうの仕立てものの腕はとびきりのものとなり、それだけでも充分に食べていくことができるほどになっている。が、その反面、行儀見習いのようなことは、まったくさせてこなかった。そういう意味でも、この話を受けるわけにはいかなかったのだ。

ところが、酒問屋の主人も、そしてこの縁談の相手方も、簡単には引き下がらなかった。あとになって聞いてみたところによると、先方の若旦那――つまりはこれからおゆうの婿《むこ》になるひとだが――は、これまでもずっと、行儀がいいだけの置物のような女ではなく、いっしょに店を切り回してくれるような、気働きのある女房をと望んでいたひとであり、また、女中頭の娘と聞いて、さすがに最初は少し躊躇《ちゅうちょ》していたものの、ひそかにおゆうの姿を見てからは、そのへんのためらいもふっとんでしまったのだそうな。

そんな次第で、まずはおたかの心が動き、話が進み、ついで五郎兵衛が、最後に当の本人のおゆうの心が動かされ、今度の話がまとまることになったわけだ。

嫁ぎ先からは、とりあえずの支度金として、大枚十両の金を包んでもらっている。今おたかとおゆうがせっせと仕立てている小袖も、その金で反物を買ったのだ。なにかとせわしないのだから、いっそのこと仕立ても金を払って人手に任せてしまえばいいのにと、五郎兵衛は思うのだが、おゆうが承知しなかった。

「もったいないもの」と言う。「それに、お針の稽古《けいこ》にもなるし。あたしが自分で縫います」

花嫁衣装は、先方との釣り合いも大事だから、おいそれとは決めることができない。仲人《なこうど》をつとめてくれる酒問屋の主人夫婦が、今あれこれと心を砕いてくれているところだ。きっと、おゆうによく似合う、これ以上はないというほどのものをあつらえてくれることだろう。

それを思うと、五郎兵衛は、心に湯を注ぎこまれたような気がしてくる。その湯は、ときにはほんのりと温かく、いい心持ちにさせてくれるが、また時には、少しばかり熱すぎて、五郎兵衛の心の奥に、痛いほど強くしみることもある。おゆうが手を離れていってしまうのだと思うと、身体の一部が切り離されてしまうような気がしてくることがあるのだ。

(いけねえ、いけねえ)

そんなとき、五郎兵衛は努めて自分に言い聞かせる。

(おゆうはとんでもねえ幸せをつかんだんだ。喜んでやらなきゃいけねえぞ)

母親の主人筋から持ち込まれた縁談ということで、相手がおゆうの気にそまなかったら、かえって可哀相《かわいそう》なことになる。五郎兵衛もおたかも、それはひどく気に病んでいた。が、おゆうはごく素直に、先方の若旦那の気持ちを受け入れ、相手に心を寄せていったようだ。これも、五郎兵衛には大きな喜びだった。

おゆうは奥手なのか、これまでは、とくに言い交した男がいるような様子を見せたことはなかったし、だいたい、そんな色恋沙汰《ざた》そのものに縁がなかったように見えた。実を言えば、あんなに器量よしなのにと人は言うが、器量よしすぎるのも考えもんかもしれねえと、五郎兵衛は、ひそかに案じていたことがあったほどなのだ。

だが、神様仏様、見ている人はちゃあんと見ていてくださるものだ。おゆうには、とびっきりの幸せが待っていた。今となってみれば、これまで何事もなかったというのが、かえって良かった。おゆうは、生まれて初めて心を寄せた男のところへ嫁いでゆくことになるのだから。

貧乏所帯のことで、無駄に火をともすのを嫌い、夜には早々に床についていた五郎兵衛一家だが、おゆうの縁談が決まってからこっちというものは、おそくまで明かりをつけて、細々としたことを算段したり、あれこれと話に興じたりして、夜更かしすることが多くなった。今夜も、五郎兵衛は、小袖を仕立てながら、小声で何やら楽しげに話をしているおたかとおゆうの顔をぼんやりと見つめ、一日に一杯だけと決めている冷や酒をなめ、そしてときどき、こっくりこっくりと居眠りをした。眠くはあるが、横になって眠ってしまうには惜しい。この心持ちの良さときたら、公方《くぼう》さまが、お城をかたにするから売ってくれと言ってきたって売るわけにはいかねえな……そんなふうに思いながら。

その居眠りの、夢とも考え事ともつかないもののなかで、またちらりと、庄助の笑顔、あの恥ずかしそうな嬉しそうな顔のことも思った。あの野郎にも春がきたかなと思うと、嬉しさがまた付け加えられる。

「あらやだ、おとっつぁん、そんなところで寝ちゃあ風邪をひくじゃないの」

おゆうの声が遠く聞こえる。それもまた、気分がいい。

（めでたい、めでたい）

始めは、こんなふうだった。心配ごとなど、どこを探してもないように見えた。

二

庄助の様子がおかしい――。

五郎兵衛が初めてそう感じ始めたのは、例の古着屋の夜着の話が出てから、半月ほどたってからのことだった。おゆうの祝言《しゅうげん》まで、あとひと月。とうとうひと月を残すところにきてしまったかと、ひやりとするようなところもある。

それだから、五郎兵衛も、日々の忙《せわ》しなさにまぎれて、庄助と彼の夜着のことなど、とんと忘れていた。また、きっといい女でもできたのだろう、そういう話だろうと思い込んでいたので、こちらからやいのやいのとつっこんで尋ねるのは野暮《やぼ》だという気もあった。目出度いことなら、いくら庄助でも、放っておいたって、野郎のほうから何かきいてほしそうな素振りを見せるだろう。そうなってから、たっぷり冷やかしてやろう。まあ、悪い女にだまされてでもいるんでなきゃ、いい話なんだからな――ぐらいの気持ちでいたのだ。

ところが、ある晩、客を送り出す庄助の背中へひょいと目をあてたとき、気がついたのだ。

（なんだか痩《や》せたようじゃねえか）

庄助は、小柄で肉の薄い五郎兵衛はもちろん、同じ年ごろの男連中と比べても、はるかに立派な身体つきをしている。子供のころ、身体だけでかくて気が小さいんだと、よく悪口を言われたと、自分でも話していたことがあったほどだ。

たしかに、五郎兵衛の下で働くようになってからも、そういう感じはつきまとった。端くれではあるが客商売のこの店で、なじみのお客に上手な愛想のひとつ言えるわけではない。手先もあいにく不器用で、簡単な仕込みなども、かなり辛抱強く教えこまないと、なかなか覚えることができなかった。

そのかわり、力仕事ならなんでも厭《いと》わないし、きちんとこなしてくれる。以前、通りがかりにひょろりと寄ったという様子の深川の川並《かわなみ》が幾人か、男ばかりの味気ない居酒屋だと、酔って暴れたことがあったが、そのときに庄助は、ほかの客には迷惑をかけず、誰の手も借りず、これという大立ち回りもしないで、ただ押し出すようにして、その連中を店から追い払ってしまったことがあった。材木を扱うことを生業《なりわい》としている川並だから、ひ弱な男はいないはずだが、その彼らが、立ち去るとき、「あの野郎、本物の馬鹿力《ばかぢから》だぜ」と吐き捨てていった。五郎兵衛はおおいに感心し、庄助を見なおしたものだ。

そんな庄助の背中が、ずいぶんと肉が落ちたように見える。肩も下がっているようだ。

ひとたびそうして気づいてみると、いなり屋のすすけたような明かりの下でも、庄助の頰がいくぶんかこけていること、顔色も冴《さ》えないことがわかってきた。てめえのことにばかりかまけて、何も見えていなかった。毎日面をつきあわせている庄助の様子がこんなに変わってきていることに、どうして早く気づかなかったのだろう。おゆうのことばかり考えているから、頭のなかの大事なもんがお留守になってしまっているのだ。

「おい庄助、おめえ、どこか具合でも悪いのか」

その晩は、そんなふうにきいてみた。すると庄助は、いつもながら小心そうな目をこっちに向けて、

「どこもなんともありませんよ」と返事をした。

「えらく瘦せてねえかい」

「そうかなあ。おおかた、夏瘦せでしょう」

とりつくしまがない。仕方なく、五郎兵衛はそこでは引き下がった。

だが、翌日、その翌日、三日、四日と様子をみていても、庄助のさえない顔色に変わりはない。たしかに、痩せてきているようにも見える。夏痩せなんざぁとんでもないと、五郎兵衛は思う。おめえは五年、俺のところで夏をこしたが、今までは一度だってそんなことはなかったじゃねえか。

「庄助、元気がねえな」

「そんなこたぁありませんよ、親父《おやじ》さん」

愛想のないやりとりの繰り返しである。

辛抱の切れた五郎兵衛は、とうとうある晩、縄のれんを引っ込めてから、庄助を手招きした。

「まあ、そこへ座んな。たまにはおめえといっぱいやろう」

庄助は、おおいにあわてた顔をした。「親父さん、あっしは酒は――」

居酒屋で働きながら、庄助はまったくの下戸《げこ》なのである。そのことは、五郎兵衛もよく知っている。

「なあに、無理に飲ませようってわけじゃねえ。おめえも知ってるとおり、おゆうの嫁入りが近づいてきてるんで、俺も何かと……まあ淋《さび》しいようなほっとするような心持ちなんだ。ちょっと一杯ひっかけるのを、格好だけでもつきあってくんな」

そう言われて、庄助は、のろのろと醤油樽《しょうゆだる》の端に尻《しり》を乗せた。なにがしか、おどおどとしているように見える。

（よっぽど、きかれたくねえことなんだろうか）

冷や酒をいっぱいに満たしたおおぶりの湯呑《ゆの》みをはさんで、五郎兵衛は庄助の顔をのぞきこんだ。

「なあ庄助、このところ、おめえ、すっかり元気をなくしてるんじゃねえか。夏痩せなんていってごまかさねえでくれよ。今までは、いっぺんもそんなことはなかったんだからな。何か、悩んでることでもあるんじゃねえのかい」

庄助は、大きな手のひらで、しきりと顔をぬぐうような仕草をしている。夏の夜ではあるが、いたって風通しのいい店のなかで、まして立ち働いているわけでもなし、汗をかこうはずがない。

「言いにくいことかい？」五郎兵衛は声を低くした。「博打《ばくち》とか、女のことかい？　借金でもこさえたか」

少しでも打ち明けやすいようにと、顔は笑ってそう問いかけてみたが、庄助はうつむいている。大きな身体をもてあまし、できるだけ小さくなろうとしているかのように、肩をちぢめ、首をすくめて。

「俺には話せねえことなのかい」

問いつめるような言い方はしたくなかったから、五郎兵衛は努めて穏やかにきいた。また、問いつめる必要などなかった。本当に心配だから尋ねているだけなのだから。

だが庄助は、困ったように頭のうしろを手で押さえ、ぽつりとこう言っただけだった。

「うまく話せることじゃねえんで……」

「むつかしい話なのかい」

「あっしは頭がよくねえから」

五郎兵衛は、ちょいと言葉につまった。そうして、あらためて庄助の顔を見つめた。

五年の付き合いになるが、庄助のことは、いまだによくわからない。本当のところ、歳《とし》がいくつかということさえ、正確には知らないくらいだ。

彼がいなり屋で働くようになったのも、まったくのなりゆきからだった。五年前の夏――ちょうど今ごろだ――汚い身形《みなり》で、何日か飯を食っていないようにも見える身体の大きな男がひとり、なんでもいいから飯を食わせてほしい、金はないが、その分は働いて払うからと言って、いなり屋の店先を訪れたことが、そもそもの始まりだった。

そのときは、正直に言って、いい気持ちはしなかった。男の着ているものは垢染《あかじ》みていたし、髪は乱れてぼうぼう、かろうじて履物ははいていたが、どこか遠いところから歩きづめに歩き、ようやく江戸にたどりついたという風情《ふぜい》がありありとしていた。

近在の百姓が、食いつめて江戸に出てきたという口だろうかと、そのときは考えた。懐《ふところ》に大事に抱えてきたなけなしの金を、この生き馬の目を抜くような町中でかすめとられてしまい、途方にくれているという口だろうか。

それでも、じゃあ、店の裏に出してあるがらくたを片付けて、空いた酒樽を問屋まで運んでいってくれるなら――という条件で、飯を食わせてやる気になったのは、なぜだったのだろう。今も、五郎兵衛は考える。

庄助――あの日、飯を食ってひとごこちがついてから、ようやく、その名を聞き出すことができたのだった――が、正直そうに見えたからだろうか。あまりにも哀れで途方にくれているように見えたからだろうか。それとも、あとになって、初めて彼を見かけたおゆうが言ったように、

（きれいな目をしたひとね。悪いひとじゃないわよ、おとっつぁん）

と思ったからだろうか。

あのとき、飯をかきこんでいる庄助に、「おめえ、どうしてうちの店を選んできたんだい」と尋ねてみると、彼は、口のまわりに飯粒をくっつけたまま、急いで答えないと申し訳ないとでもいうように、おおあわてで言った。

「親父さんがひとりでいるところだったから」

「よその店はそうじゃねえか」

「女がいると、あっしを嫌がって追っ払うんです。恐《こわ》がられるから」

五郎兵衛は黙って手をさしだし、飯のおかわりをしてやった。

その日、飯の代金がわりにひと仕事をした庄助に、明日も手伝いをしてくれるなら、夕飯を食わそうと言ってみた。庄助は、飛びつくように承知して、翌日もきちんとやってきた。

十日ほどそんなことを続けてから、給金はただみたいなもんだが、住むところは世話するし飯も食わそう、どうだ働かないか、ともちかけた。そして、今のような格好がついてきた

のだ。

働きだしてひと月ほどたったころ、庄助が、親父さん、あっしはずいぶん不器用で、役立たずだと思いませんかと訊《たず》ねてきた。

五郎兵衛は驚いた。たしかに機敏とは言えない庄助だが、真面目《まじめ》だし心根はまっすぐだ。こういう男をつかまえて役立たずと呼ぶのなら、世の中は役立たずで足の踏み場もなくなってしまう。

だが、雇い主をつかまえて、そんな問いを投げずにいられないような庄助の気の弱さを、このころの五郎兵衛は、とっくりと承知していた。だから、できるだけ優しい口調で答えた。

「そんなことは考えねえでいいよ。庄助、おめえは働きもんだよ」

すると庄助は、子供がほめられたときのように嬉《うれ》しそうな顔をした。そうして、話してくれたのだ。

「八つのときに、親父の手伝いをして荷車を押してて――泥道だったんで、車が傾いちまって、荷があっしの頭の上に落ちてきたんでさ。なんだったか忘れちまった。大きな四角い荷で、むしろでぐるぐる巻いてありました。そいつが頭にあたって、あっしは三日も目がさめなかったんだそうです。おふくろが言うには、それからだって、あっしが不器用で、他人様《ひとさま》よりも鈍くなったのはって」

五郎兵衛は首を振った。「おまえのおっかさんを責めるつもりはねえが、おめえがそんなふうにおどおどするのは、子供のころに頭を打ったせいで鈍くなったからじゃなくて、そんな話を聞かされて育ったからだ。だから、もうそんなことは忘れなよ」

事実庄助は骨惜しみせずによく働いてくれた。五郎兵衛は、それを不満に思ったことなど一度もない。むしろ、庄助に、もっと自信をもってもらいたいと思うほどだ。

昔頭を打ったという以外のことでは、庄助は、何をきいても詳しい話をしてくれたことはない。いなり屋へ来る前に何をしていたのか。家族はどこにいるのか。奉公をしたことはあるのか。

何を尋ねても、庄助は、一様に困ったような顔をするだけだ。よほど話したくない事情があるのだろう。その思いが積もりつもって、庄助を今のような無口な男にしてしまったのかもしれない。

「おめえが口下手だってことは、よくわかってるよ」

冷や酒をひと口飲んでから、五郎兵衛は言った。

「けどな、庄助、もしおめえが、俺が案じてるようなことで困ってるんだったら、こいつはそのへんのいたずら小僧にだって言うことのできることだぞ。博打とか、借金とかだったらな」

庄助は首を振った。「そういうことじゃねえんです。それなら、あっしも隠し立てなんかしませんから」

「じゃあ、なんだ」

庄助は、また身を縮めた。

「うまく言えねえのかい」

「……信じてもらえねえ」

蚊の鳴くような声とよく言うが、五郎兵衛は、初めて、そのたとえにふさわしい声を聞いた。大きな図体《ずうたい》にふさわしくなくて、なにがし哀れではあるけれど、笑いだしてしまいそうにもなった。

「言ってみなよ。なに、ゆっくりでいい。話せるところから話してみりゃあいい」

庄助は、酒を前にして舌なめずりをする大酒飲みのように、何度かごくりと喉《のど》を鳴らした。眉毛《まゆげ》があがったりさがったりしている。ようやく、上目遣いに五郎兵衛を見あげて、小さく言った。

「親父さん、笑いませんか」

五郎兵衛は真顔で答えた。「おめえが嫌だっていうなら、笑わねえよ。おめえが困ってることを、俺は笑ったりはしねえよ」

すると庄助は、図体に似合わない可愛《かわい》らしいため息をもらして、肩を落とした。

「あっしのところに、毎晩、幽霊がくるんです」

三

「幽霊だと？」

五郎兵衛の問いが、思っていた以上に語気の鋭いものだったのか、庄助はたたかれた犬のような顔をした。五郎兵衛はあわてて乗り出した。

「なに、笑おうってんじゃねえよ。怒るわけもねえ。ただ、びっくりしただけだ。なるほど、おめえは毎晩幽霊を見るってえのかい」

庄助は、恐る恐るという様子でうなずいた。まるで、うっかりうなずくと、五郎兵衛に怒鳴られるとでも思っているかのようだ。

「ぜんたい、どういうことなんだい？ おめえはすみかを変えたわけでもねえし、何か罰のあたるようなことをしでかしたわけでもねえだろう。どういうわけで、いきなり幽霊なんぞに付きまとわれるような羽目になったんだい」

庄助がしどろもどろになりながら話すことには、

「あの、麻の夜着を買ってからこっちのことなんでさ」という。

「あれをかぶって寝るようになってから、毎晩、若い女の幽霊が夢枕《ゆめまくら》に立つようになったんですよ」

五郎兵衛は顔をしかめた。「どんな女だい？」

庄助は、意外なことに、ぱっと顔を明るくした。「きれいな女です。いつもにこにこ笑ってて、あっしに会えてうれしいっていうような顔をしてるんです」

「おめえに何か言ったり、悪さをしかけてきたりするのかい」

「そんなことはしやしません。ただにこにこしてて、あっしもいっしょににこにこしたくなるってだけです。本当ですよ、親父さん」

五郎兵衛はもう一度、つくづくと庄助の顔をながめた。冷や酒をがぶりと飲んで、もう一口飲んで、それから言った。

「じゃ、どうしておめえはそんなに痩《や》せたりやつれたりしてるんでえ」

庄助は、にわかに恥じらった。「あっしは……その……」

「その、なんだ」

「あっしはどうも、その女に惚《ほ》れたようなんです」

五郎兵衛は、あんぐりと口を開いた。「おめえ、幽霊に惚れたのか？」

では、恋の病でやつれたってことなのか。

庄助は、言い訳でもするかのように頭をさげ、一生懸命に言葉を探す様子で、急いで言った。「その女は、あっしには何も悪いことなんかしやしません。可哀相《かわいそう》な女なんです」

「なんでわかる」

「女があっしに言うんですから」

「なんて言うんだ」

「名前は、お吉っていうんです」庄助は、額にいっぱいに汗を浮かべていた。「大きな糸問屋のひとり娘だったたっていうんです。昔、押し込みにあって一家皆殺しにされて、命を落としたんだって」

「そんな女が、どうしておめえのところに出てくるんだい？」

「だから、夜着なんですよ」

「夜着がどうしたい」

庄助は、さえぎられまいとするように、できるかぎりの早口で言いつのった。「あっしの買ったあの夜着の、衿《えり》あてはね、まえには、女ものの浴衣《ゆかた》だったんですよ。浴衣をほごして使ってあるんです。すっかり洗い晒《ざら》しになってますけど、顔をくっつけてこう、よおく見てみるとね、朝顔の柄がついてるんですよ。それがね、押し込みに殺されたときに、お吉が着てた浴衣だったんでさ。誰かが、そんなものまで売りに出したんでしょうねえ。それが、まわりまわってあの夜着の衿あてになって、それで、あっしのところにやってきたんです。お吉がそう言ってました。お吉は、その浴衣を着て出てくるんですから」

かなり長いこと、五郎兵衛は黙って胸の前で腕を組んでいた。それから、残りの冷や酒を飲み干し、重い腰をあげた。

「おめえのところへ行こう。俺にも、その夜着を見せてくんな」

ここで言う「夜着」というのは、いわゆる寝巻のことではない。今で言うところの掛け蒲《ぶ》団《とん》にあたるものだ。夜寝るとき、身体の上に掛けて使うものをさして、当時は夜着と呼んだ。ただ「蒲団」と言えば、それは敷き蒲団のことを示していた。

また、夜着の形は、現在の四角い蒲団とは異なり、むしろ着物に近い。衿があり袖《そで》がつき、綿が入っている。冬物は厚地で綿も厚く、夏物は麻や晒《さらし》を使って薄く仕立ててある。現代でも、冬場に使われる「かいまき」が、この「夜着」の形をよく残している。

着物を思わせるその形からして、そこに女の幽霊の思いがこもっていると言われれば、五郎兵衛も、いささか薄気味悪くなった。麻で仕立てられているから、見ようによっては白い死に装束のようにも見える。くしゃみをすれば隅のほうで埃《ほこり》が舞い上がるというくらい狭苦しい庄助の住まいを、行灯《あんどん》のあかりでできるだけ照らして、いわくつきの夜着を広げてみたときには、少しばかり手が縮むような思いをした。本音を言えば、あまり触りたくはない。

「これがそうか」

衿あてのところをよくよく見ると、なるほど庄助の言うとおり、うっすらと朝顔の柄が残っている。洗濯の手間のかかる綿入れの夜着を、できるだけきれいにしておくために、汚れのつきやすい衿のところにあてるのが衿あてだから、古い浴衣をほごして使うというのは、よくあることだ。五郎兵衛のところでも、おたかやおゆうが、古い手ぬぐいや浴衣を切って、夜着の衿に縫いつけている。

「おめえ、気味が悪くはねえのかい」

庄助の顔をのぞきこむようにしてきいてみると、彼はきっぱりと首を横に振った。

「気味が悪いなんて、一度だって思ったことはねえんです。あっしはお吉のことを怖いとも思わねえ」

そして、五郎兵衛が心に思っていたとおりの言葉を吐いた。

「あっしは、お吉に惚れちまってます。親父さんの言うように、あっしがやつれちまってるなら、それはお吉が恋しいからでさ」

　ですから、心配しないでくだせえ——庄助は、明るい声でそう言った。

　五郎兵衛は、ほかにどうしようもなく、笑みを浮かべた。

「それでもおめえ、幽霊に惚れても、ほかにどうしようもねえだろう。ぜんたい、どうやって添いとげるつもりだい？」

「この夜着を大事に使います」一生懸命に、庄助は言った。きちんと膝《ひざ》をそろえて座っている。「ずっとそうしていこうと思ってます」

「それだけでいいのかい？」五郎兵衛は不安になってきた。庄助は、少し思い詰めすぎているのじゃねえか。「それでいいんだな？　この夜着を売っていた古着屋にあたって、お吉って娘の墓を探そうなんて、まさかそんなことはしない——」

　言いさして、しまったと思った。庄助の目が、ぱっと見開かれたからだ。

「親父さんは、やっぱりあっしなんかよりもずっと頭がいいんだな」

「庄助……」

「そうだな、古着屋にきいてみればいいんだ。どこから買ったかきいて、それからまたその店を探して、ずっとたぐっていけば、お吉のことがもっとよくわかるってもんでさ、ねえ親父さん」

　藪蛇《やぶへび》の五郎兵衛としては、今後は何をするにしろ、俺に話してからにしろと、約束させるよりほかに手がなかった。

以来、庄助の恋の病は、日ごとに深まる一方となった。

四

これまではひとりで胸にたたんでいたことだが、一度五郎兵衛に話してしまったことで、堰《せき》が切れたのだろう。毎日のように、ゆうべはお吉がこんなことを話した、こんなふうに笑ったと、楽しそうな顔で、いちいち五郎兵衛に打ち明けるようになった。

「あっしは毎日、幸せですよ、親父さん」と、笑顔で言う。「おゆうお嬢さんに負けねえくらい幸せです。お嬢さんも幸せになるんですよね。あっしは嬉しい。あっしも幸せだからね」

五郎兵衛は、庄助の気持ちを傷つけたくなかったから、できるだけあたらず触らず、笑って話をきいていた。心配をかけるのも嫌だったので、おたかやおゆうには何も話さず、しばらくはひとりで庄助の様子を見守るつもりだった。庄助が、馬喰町の古着屋をもう一度訪ねたいと言い張るので、とにかくいっしょにくっついても行った。

ほっとしたことに、どうやら怪しげな素性の品も山ほど扱っているらしいその古着屋は、例の夜着の出所について、たしかなことなど何も覚えていないと言い張ってくれた。嘘《うそ》かもしれないし、本当かもしれない。だが、五郎兵衛にしてみれば、どちらでもよかった。可哀相なほどうち萎《しお》れてしまった庄助を見ていると辛《つら》かったが、なまじ手がかりなど見つからないほうがいい。

だが、そうしているあいだにも、少しずつ少しずつ、庄助のやつれがひどくなり、身体も痩せて縮まってゆくことも、またたしかなことだった。五郎兵衛は、薄ら寒いような思いも抱いていた。

あいつは、とんでもねえもののけに憑《つ》かれちまったのかもしれねえ。そう考え始めると、もう黙ってはいられなくなった。おたかに打ち明けると、仲のいい母娘のことだから、当然のようにおゆうも知ることになり、ふたりはそろって、驚いたり心を痛めたり、五郎兵衛が思っていた以上に、庄助の身を案じてくれた。

「どこぞのお寺に頼んで、おはらいをしてもらったらいいんじゃないかね」と、おたかは言った。

そのころには、嫁入りの支度もつぎつぎと整い、おゆうの身の回りはいよいよ忙《せわ》しなくなってきていた。とうとう白無垢《しろむく》の花嫁衣装もできてきて、五郎兵衛とおたかは、質素な家のなかを明るく輝かせるようなその白い打掛けを、目尻《めじり》に涙がにじむような思いでながめ、仲人《なこうど》の主人夫婦に、まだ早いと笑われたりもしたのだった。

五郎兵衛の心は、どうしてもおゆうのほうに傾きがちになる。庄助のことは案じてはいるが、すぐにどうこうできることでもなし、もう少し様子を、もう少し見てみようと、そんなふうにして、一日一日がすぎていってしまう。

それだから、おゆうの祝言《しゅうげん》を三日後に控えた日の朝、庄助がいなり屋に出てこなかったときも、最初はそれほど深く気にはしなかった。めずらしい、寝過ごしているんだろう、というぐらいに思った。が、昼近くになってもまだ姿を見せないと、さすがに胸騒ぎがしてきた。五郎兵衛は店をしまい、急いで庄助の長屋へと足を運んだ。そして、きちんと片付けられた住まいから、庄助の姿が消えているのを見つけた。

例の夜着は、敷蒲団と重ねて、きれいに折り畳んで置いてある。あわててめくってみると、衿あてだけがきれいに取り去られていた。わずかな衣類があったはずだが、それはまとめて持っていったのか、どこにも見えない。

(庄助……)

長屋のそこここを聞き回っても、誰も、庄助がいつ出ていったのか、知っている者はいなかった。その代わり、ここひと月ほどのあいだに、彼がひどくやつれていたこと、ときどき涙を浮かべているようであったことを、みなが口々に話してくれた。

長屋のひとたちは、庄助の不器用な人柄と、それを本人が承知していることを、みな知っていた。それだけに、案じてくれてもいた。

「ただね、あんな悲しそうな顔して、ずいぶん痩せてもいたのにね。本人は、俺はもうすぐお吉って娘と所帯を持つんですよなんて、こっちから何もきかないのに、話してくれたりしたもんですよ。お吉を迎えに行ってやるんだって」

それを聞かされて、五郎兵衛は目の前が真っ暗になるような気がした。

庄助はどこに行ったのだろう。なぜ出ていったのだろう。それを考えあぐね、おたかやおゆうとも話をしてみた。

「憑かれちまったんでしょう」と、おたかは言った。「夢枕に幽霊が立ったたってのは、本当のことだったたんですよ。庄さんは、そのお吉って娘を探しに行ったんでしょうよ。迎えにいくって言ってたんでしょう。だったら、そうだよねえ」

まもなく自分も花嫁になるおゆうは、このことが特に心に響いたのか、五郎兵衛やおたかよりも、もっと哀《かな》しげな、それでいて、どこか胸打たれたような目をしていた。

「だけど、どうやって探すのかしら。おとっつぁんや庄助さんは知らないでしょうけど、朝顔の柄の浴衣なんて、どこにだってあるのよ。あたしだって一枚持ってたわ。それだけを目処《めど》に、どうやってお吉さんを探して迎えにいくのかしら」

だけど、きっと探せるんでしょうね——おゆうのつぶやきに、五郎兵衛も、きっとそうだなと思うしかなかった。

おゆうは無事に嫁ぎ、五郎兵衛とおたかには、気抜けしたようなふたりだけの暮らしが始まった。いなり屋はあいかわらず繁盛《はんじょう》し、庄助がいなくなった分、ひどく忙しいこととなった。馴染《なじ》みの客たちは、一様に庄助の行方を知りたがったが、五郎兵衛は、故郷に帰ったとだけ言っておいた。

だが、その一方で、五郎兵衛は、渋る差配に頼み込んで、せめてひと月、庄助の住まいを、彼がいつ戻ってきてもいいように、そのままにしておいてもらった。おたかも、そのほうがいいという。あの夜着も、庄助に断りなく捨ててしまうのはよそうと、残しておくことにした。

そうして、ときおり交替で掃除にいった。庄助は無筆なので、手紙を置いておくことはできないが、戻ってきたらすぐにいなり屋を訪ねてくるように伝えてくれと、隣近所に頼み込んでもおいた。

そんなある日のことだった。

いつ帰ってきても、これまでと同じ暮らしができるように、蒲団や夜着は陽にあてておかないとねと、おたかに言われて、表の物干しにあの夜着——衿あてをはずされ、ほの白く、かすかに埃くさい匂《にお》いのする麻の夜着を広げてひっかけ、ひょいと目をやったときだった。

おや、打掛けに似てるなと思った。こうして引っかけてあると、まるで白無垢の打掛けのように見えるじゃねえか——。

とたんに、五郎兵衛は、背筋にすうっと冷たいものが走るのを感じた。

(庄助……)

それまで考えてもみなかったことが、頭をかすめた。

庄助は、おゆうが嫁いでゆくのを知っていた。そのことを、五郎兵衛とおたかが心から喜んでいたことも知っていた。おゆうがその縁組を幸せに思っていることも知っていた。だが

——もしも彼が、おゆうを想《おも》っていたとしたらどうだ。

口には出すまい。死んでも言うまい。そんなことを言ったら、五郎兵衛やおたかがどれほ

ど困るか、彼はよく知っていた。おゆうを困らせることになるということも、誰よりもよく知っていたろう。

だが、それは彼にはとても辛いことだった。

だから、耐え切れなくなって姿を消したのか。そして、姿を消す本当の理由を悟られないために――黙って消えれば恩知らずな仕打ちになり、また、かえって勘繰られることにもなりかねないから――だから、あんなありもしない話をでっちあげたのか。嘘を通すために、衿あてをはぎとっていったのか。

白無垢に似たこの夜着と、朝顔の柄の衿あて。

（朝顔の柄の浴衣なら、あたしも一枚持ってたわ）

庄助は、言葉には出さずに、そういう形で辛さを伝えようとしていたのか。

いいや、勘繰りすぎだ。五郎兵衛は首を振って打ち消した。あんな朴訥《ぼくとつ》を絵に描いたような庄助だ。あいつひとりで、こんな手のこんだ筋書きをつくることなどできはしまい。

あれはやっぱり幽霊話だ。幽霊は本当に出たのだ。少なくとも、庄助にとっては。そうでなければ、どうして、夜着を買い入れたばかりのころの、あんな幸せそうな笑みを浮かべたりしていられたろう。もしも庄助がおゆうに惚《ほ》れていたなら、嫁いでゆくおゆうのことを考えると、あんな嬉《うれ》しげな笑みなど浮かべてはいられなかったはずだ。

だが――

（お嬢さんも幸せになるんですよね。あっしは嬉しい。あっしも幸せだからね）

庄助はそう言った。

いったい、どっちだ。どれが本当だ。立ち尽くして、陽の光を浴びる夜着を見つめながら、五郎兵衛は問いかけた。おい庄助、どっちだったんだ。

だが、どちらでも同じなのだ。庄助のしたことが、いちばん正しかったのだ。もしも庄助が、お嬢さんを想っていますと打ち明けてきたところで、どうしてやることができたろう？　どれほど酷《むご》いと思っても、その想いに応《こた》えてやることはできないのだ。

お吉の幽霊はいたのか。庄助は本当にお吉を迎えにいったのか。そうでなかったのか。五郎兵衛にはもうわからない。けっして答を知ることはないだろう。

ただひとつ、はっきりしているのは、もう二度と庄助に会えないということ――ただそれだけだった。

第六話　まひごのしるべ

一

その子が市兵衛のもとに連れてこられたのは、本所四ツ目の盆市がにぎわった、その翌日のことだった。その子を抱いて連れてきたのは、市兵衛が差配をつとめている海辺大工町の長屋の、つやという女房だった。

「見つけたのは、うちのひとなんですけどね」つやはそう言って、ちょいと顔をしかめてみせた。

「迷子かね」市兵衛は言って、つやのがっちりした肩にもたれ、口を少し開いてぐっすりと眠り込んでいる、二歳ばかりの男の子の顔をのぞきこんでみた。飴玉《あめだま》でももらってなめていたのか、その子の寝息から、甘い匂《にお》いが漂ってきた。

「本当に迷子かね」つやの顔をじっくりと見据えて、市兵衛はきいた。

つやの亭主の藤吉は腕のいい大工なのだが、三十をすぎてから博打《ばくち》や女遊びの味を覚え、遅くかかった病は重いというたとえのとおり、ここ二年ほどのあいだに、幾度も女房を泣かせてきた。市兵衛もそのたびに相談をもちかけられ、つやを宥《なだ》めたり藤吉を叱《しか》ったりしてことを収めてきた。このところ、藤吉が悔い改めたのか、少しずつ落ち着いてきて、夫婦仲も元に戻りつつあるようで、そのことでは市兵衛もほっと安堵《あんど》していたところだった。

だが、そうそう簡単に油断してはならない。男の道楽というのはそういうものであることを、市兵衛はよく知っている。それだから、つやのだっこしている子供を見たときには、とっさに、藤吉の野郎、しらばっくれて他所《よそ》に子供までつくっていやがったかと、そっちのほうに頭が回った。それが口をついて出てしまったのである。

つやは、にらめっこをする子供のように、まともに市兵衛を見つめ返してきた。

「やっぱり、差配さんもそう思いますか」

「すまねえが、そう思っちまった」

すると、彼女はぷっと吹き出した。「詫《わ》びることなんかありませんよ。とっさには、あたしもそう思ったんだから」

だから、最初は顔をしかめていたのだ。市兵衛がそんなふうに心配するだろうと思っていたから。

「どういう次第で、藤吉がこの子を連れてきたんだい？」

子供を腕に抱いたまま、自身番のあがりかまちのところに浅く腰をおろして、つやは難しい顔をした。

「ゆうべ、うちのひとと二人で盆市に行きましてね」

盆提灯《ちょうちん》を買いにいったのだ、という。

「そういうことをするようになったところをみると、近ごろはうまくいってるんだね」

市兵衛がほほ笑むと、つやはつと肩をすくめた。「まあまあですけどね」

「盆市にはあたしも出かけてみたよ。ゆうべは月もいい塩梅《あんばい》に明るかったし、えらい人出で往生したが」

「差配さんをお見かけしましたよ。声をかけたんだけど、わからなかったみたいですね」

人込みのなかで、つやが盆提灯をあれこれ品定めしていると、藤吉が小便をもよおしたと言い出し、ひとりで裏道のほうへと出ていった。ところが、いつまでたっても戻らない。

「あらいやだ、また騙《だま》されたって、あたしは思いましたよ」

藤吉が自分をまいて、博打場《ばくちば》にしけこんだ、と思ったわけである。それでも、すぐにかっとなるのも間が悪いし、だいいち情けない。つやは盆提灯を手に、腹の虫をおさえて人込みにもまれていた。

と、そこに藤吉が帰ってきた。つやは怒鳴ってやろうと思ったのだが、彼の困惑したような顔を見て、怒りが引っ込んでしまった。

「この子を連れてたんです。迷子らしいぜっていって」

小便をしようと路地の暗がりに入っていくと、子供の泣き声がしたのでびっくりした。のぞいてみると、この子がしゃがんで泣いていたというのである。子供は藤吉に連れられて、まだ両のほっぺたを濡《ぬ》らし、細い喉《のど》の奥でしゃくりあげていた。

「名前をきいてもところをきいても、ただ泣いてるだけでしてね。あたしもうちのひとも困っちまったんですけど、まあ無理でしょうよね、この子、まだせいぜいふたつかそこらでしょう」

市兵衛もうなずいた。この頃の子は——しかも、このお江戸で生まれ育つ子供らは、早い時期からしゃきしゃきとして、おとなのほうが驚かされるようなおませぶりを見せることがあるものだが、今つやの腕に抱かれている子は、むつきがとれてようよう半年——というような、赤子に毛の生えたくらいの歳《とし》である。しかも、幼いころは、いったいに男の子のほうが、いつまでも赤子赤子しているものだ。

「迷子だと思ったんなら、どうしてそのときすぐに、番屋に届けなかったんだね」

つやは恐縮したように首をすくめた。「一度はそうしようと思ったんですよ、でも……」

折悪《おりあ》しく、手近な番屋には大柄な男たちが数人たむろしていて、喧嘩《けんか》でもあったのか、まだ興奮した様子で荒々しいやりとりをしている最中だったのだ、という。

「あの様子じゃ、おっつけお役人が出張《でば》ってくるにちがいねえ、おれは嫌だよって、うちの人が」

市兵衛は苦笑いを浮かべた。藤吉は、先に一度、酔った勢いの喧嘩で人を傷つけたことがあり、それ以来、地獄の閻魔《えんま》さまよりもお役人が怖いといっているのだ。よほど、骨身にしみるようなことがあったのだろう。

それでなくても、酒や博打で失敗を繰り返し、市兵衛をはじめとする町役人たちに説教ばかりたれられている藤吉としては、どこであろうと番屋の敷居は高い高い、屋根屋のふんどしより高い、というところなのだろう。

「じゃあたしが行ってくるからっていっても、やっかいごとに巻き込まれるのはどうのこうのって……。迷子だってのにねえ。それであたしも勘繰ったわけですよ。あんた、ひょっとしたらこの子、あんたの隠し子なんじゃないのって。迷子だなんていって、あたしを騙そうってんじゃないでしょうねって」

冗談じゃねえと、藤吉は大いにあわてたそうだ。

「そんなこんなでウロウロしてるうちに、この子、今みたいに寝入っちゃいましてね。寝顔を見てると、遅くまでどたどた連れ回すのも可哀相《かわいそう》なような気がしてきて」

しかも、子供の首のところを探ってみると、迷子札をぶらさげていることに気がついた。

「そら、これです」

子供の首からはずして、持っていたのだろう。つやは懐《ふところ》から紐《ひも》のついた小さな札を取り出して、市兵衛に差し出した。

「ちょうじ　ばくろちょう　うへいだな　まつきち　たえ」

この子の名は長次、家は馬喰町《ばくろちょう》の右兵衛店、ふた親は松吉とたえ、という意味である。

「これなら、明日になってから、この子をこの馬喰町の家に連れていってやれば済むことだと思いましてね」

今朝がた、目をさましたこの子に名前をきいてみると、たしかに「ちょうぼう」と答えたという。ますます、間違いはない。

「ほっとしましたよ、それで」

市兵衛も安心した。これなら、話は早い。「それなら、これからすぐにでも行ってみよう。親のほうは、ゆうべから生きた心地もしないでいるだろうからな」

「差配さん、いっしょに行っておくれですか」

「むろんだよ」

つやはにっこりした。すやすや寝入っている子供を肩にずりあげて立ち上がり、

「この子、よく寝る子ですよ。人見知りもしなくってねえ。ひと晩だけだったけど、あたしはけっこう、楽しかった」

藤吉とつやのあいだには、まだ子供が授からないでいるのである。そのことでも、彼女はたびたび泣いたものだ。子供がいれば、子供さえいれば、道楽者の亭主なんざうっちゃっても、あたしはちっとも寂しくないのに、と。

市兵衛はふと、つやがゆうべのうちにこの子を親元へ連れていかなかったのは、少しばかりこの子の面倒を見たかったからじゃなかろうかと思った。親元のわかっている迷子だから、夜が明けたときに連れ帰ってやればいい。ひと晩、世話をさしてもらってもいいじゃないかと考えたのではないか、と。

肩にもたれた長次をゆすりながら、市兵衛の先にたって歩き出したつやは、小さな声で鼻歌をうたっていた。子守歌だった。

江戸の町には、迷子が多い。

狭い御府内に、大勢の人間が寄り集まって暮らしている。祭りだ縁日だとなれば、むせかえるような人波である。そんななかで、幼い子供を迷子にしてしまうと、それきり見付け出

すことができないまま、生き別れになってしまうような危険が、いつでもあった。そして、いったん失った者を捜し出そうとすると、今度は、お江戸という町は、残酷なほどに広くなってしまうのである。

探すといっても、すべて人手を頼ってのことだ。金持ちならまだ、身代の続く限り人を雇って——ということもできよう。だが、貧乏人のできることはたかが知れている。父も母も、もの狂いのようになって探し回り、疲れ果て諦《あきら》め切れぬままに諦める——というような悲惨なことが多々あった。長次が身に付けていたような「迷子札」を、子供の首にかけておくことも、そのような悲劇を避けるための、暮らしの知恵から生まれたものだ。

迷子の子供が見つかると、普通はまず、その町の自身番に預けられ、親元を捜し当てたり、親が探しにきたりするまで、月番の町役人が面倒をみることになっていた。だが、あまりに迷子が多いので、なかには、迷子が親元に帰ることがないまま、町役人の保護を受けて成長するというのも、まれではなかった。

これは、町役人にとっても少なからぬ負担である。迷子は、子供を見失う親の側にとっても、その子を見つけて保護する側にとっても、並大抵ではない難問であったのだ。

市兵衛は、四十年近く前に、この土地の地主連から深い信頼を受けていた父親が亡《な》くなったとき、そのあとを継いで差配人となった。市兵衛の勤めぶりは父親以上に謹厳実直で、店《たな》子《こ》や地借りの者たちからも、ときには煙たがられたりすることもあるものの、受けはすこぶるいい。これまでに、幾度か迷子の面倒を見た経験もあった。幸い、それらの迷子たちは、無事親元に戻ることができたが、それも、市兵衛が親身になって親探しをしてやった結果である。

市兵衛は、ひとり娘を育て上げて嫁に出し、孫をふたり持っている。長年連れ添った女房には、先年先立たれたばかりだが、ひとり住まいの寂しさにも、ようやく慣れてきたところだ。しかし、子供と生き別れた親の嘆きを心に想像することができないほど、まだ枯れてはいない。つやと連れ立って馬喰町へ向かうあいだも、早く長次を親元に返し、安心させてやりたいものだと、そればかりを念じていた。

だが、いざ馬喰町の右兵衛店を捜し当ててみると、そこには思いもかけない返答が待ち受けていた。

二

「いないってのは……どういうことです?」

馬喰町の差配の右兵衛は、市兵衛よりも十ほど年齢が若く、おそらく女房にでも切り盛りさせているのだろうが、表通りに面したところで、小さな煮売り屋も営んでいた。市兵衛は、つやとふたり、店からちょっとひっこんだ奥の狭い座敷で、彼と話すことになった。

「どうにもこうにも、そうとしか言い様がないんですよ」

血色のいい顔を歪《ゆが》めて、市兵衛たちと長次の顔を見比べながら、右兵衛はそう言った。手には、市兵衛の差し出した迷子札を握っている。その手付きもあぶなっかしい。若い娘が、蛇でも持たされているかのようだ。

「この迷子札に書かれているのを頼りに、あたしらは長次を連れてきたんですよ。この子が迷子になったのは、昨日のことだ。そんな短いあいだに、ふた親がこの子を捨ててどこかへ行っちまうなんてことはねえでしょう」

そう言いながら、市兵衛は、右兵衛の顔に浮かんでいる、幽霊でも見るような目つきに、胸騒ぎのようなものを感じていた。なんだって、こんな目つきをしているんだろう。

それに、この胸騒ぎには、前ぶれもあった。

ここまで来る道中のあいだに、長次も昼寝からさめていた。つやにだっこされているせいか、市兵衛の顔を見ても泣くこともなく、「おとっつぁんとおっかさんのところに帰るんだからな」と言ってきかせると、子供なりに安心したのかにこりと笑ったりもした。

市兵衛の経験からすると、こういうとき、たとえふたつかそこらの、そらではまだ親の名前や住んでいるところを言うことのできない子供であっても、家の近くに戻ってくると、それと察するものだ。あるいは、目的のところまであと半丁もあるというところで、子供を探していた近所の連中にでくわし、

「あら、長坊だ、長坊が帰ってきたよ！」などということになったりもする。

ところが、長次の場合には、そういうことがまったくなかったのである。馬喰町に入っても、右兵衛店のすぐとっつきまできても、長次は「あ、おうちだ」という顔をしなかった。

近所の連中も、誰も飛び出してこなかった。

もしや、あの迷子札に書かれていたことは、嘘《うそ》だったのではあるまいか。右兵衛と相対した刹那《せつな》から、市兵衛はそれを案じていたのだった。

（迷子に見せかけた捨て子か……）

そんなふうにも思ったのだ。

だが、それにしては、右兵衛の態度がおかしすぎる。ただ困惑しているというより、気味悪がっているという様子なのだ。

市兵衛は、こちらもまた面食らったという顔をしているつやに、ちらと目くばせをした。つやも賢い女だから、すぐにそれと悟ったようだ。

「長坊、どれ、何か買ってあげようか。この子に、そうね、そのこんにゃくでも串《くし》にさしてやってくださいな」

そう言って、右兵衛の店の小女から串さしのこんにゃくを受け取り、それを長次の手に持たせて、往来へと出ていった。

市兵衛とふたりになると、思ったとおり、右兵衛は、すぐに話し始めた。

「いや、あいすみません。あんまり驚いたもんでね」

「何かありそうですな」

右兵衛は額の汗をぬぐった。晩夏の陽気と、煮物の鍋《なべ》からあがる湯気のせいだけではなさそうな、額いっぱいの汗だ。

「あたしの預かっているあの長屋に、たしかに、松吉、たえという夫婦者は住んでおりました。子供は長次といいましたよ、ええ」

「住んでいた？」

「ええ、そうです。三年前までね」

「今はどこにいるんです」

右兵衛は声をひそめた。「あの世ですよ」また、汗をぬぐう。「三年前のちょうど今ごろ、大きな火事がありましてね。あたり一面丸焼けで――松吉は焼け死んだんです。おたえと子供の長次は、行方知れずになったきりです」

市兵衛は目を見張った。そうして、最初にのぞいてみた右兵衛店が、日当たりのよくないじめついたところに立ってはいるものの、まだ普請《ふしん》の新しい長屋であったことを思い出した。

「火事で……」

松吉は焼け死に、母子は行方知れず。

火に追われ、人にもまれて逃げ惑ったために川へはまったり、住まいと離れたところで命を落としたりして、行方知れずになることもたしかにある。

「ええ、そうですよ」右兵衛はうなずいた。「ですから、あの迷子札を見たとたん、あたしゃ心の臓がでんぐりかえっちまって」

「しかし、焼け死んだのは父親の松吉だけなんでしょう。母親と長次は――」

生き延びていて、ということはあり得る。

言いかけた市兵衛を手でさえぎって、右兵衛は首を振った。

「なるほど、そういうことだってあるでしょうよ。あの子が、あたしの知ってる長次なら、そういうこともあるでしょうよ。ですが、あの子は松吉とたえの子供の長次じゃありませんか。顔がまるで違います。それに、火事のころの長次は、ちょうど今日のあの子ぐらいの年格好でした。三年たってそのまんまってのは、おかしいでしょう」

それは、市兵衛もそう思う。

「でも、あの子は、自分のことを『ちょうぼう』といっているんですよ」

「それはたまたま同じ呼び名なんでしょう。めずらしい名前じゃありませんしね」

右兵衛は首筋に手をあて、心持ち頭を下げた。「でも、たまたまそうであっても、それも気味が悪いですよ。だから申し訳ないが、とにかく面食らっているだけです」

それにね、と、右兵衛は、鍋にかがみこんでいる小女のほうをちらと気にし、さらに声をひそめた。

「火事があってからしばらく……そう、半年ぐらいのあいだでしょうかね。夜中や朝方、通りに人気のないころに、松吉夫婦が住んでいたあたりで、女の泣き声がするっていう、噂《うわさ》がたったんですよ。長屋の連中はみんな怖がって、誰も確かめてみたことはありゃしませんでした。でも、あれはおたえさんの幽霊だって、みんな哀れがっていましたよ」

市兵衛も、胃の腑《ふ》のあたりがすうと冷えるような心地がした。

「その泣き声は、今でも聞こえるんですか」

「いや、もうありません。誰も何も聞いていないようです。ただ、今はお盆ですからねえ。また、迷い出てくるかもしれないなんて、話は出ているようですよ」

右兵衛は、鳥肌がたったというように、腕をさすった。

「そう……盆中ですからね。そこに、松吉とたえと長次の名前をかいた迷子札をさげた子供が連れてこられるなんて――」

なるほど、それでは気味も悪かろう。市兵衛は、当惑しながらも、ゆっくりとうなずいた。

「どういうことなのかよくわからんが、とりあえず、あの子はわたしのところで預かりましょう。右兵衛さんも、何か心当たりを思い付いたら、知らせてください」

「承知しました、必ず」

そう請け合いながらも、右兵衛はまだ強《こわ》ばった顔をしている。

「その火事の火元はどこだったんですか」

市兵衛が尋ねると、右兵衛は残念そうにため息をもらした。

「はっきりせんのです。付け火だったんではないかとも言われておりまして」

「それは、松吉たちを――」

市兵衛の懸念に先回りをして、右兵衛は言った。「いや、そういうことじゃあなかったと思います。焼け死んだのは松吉一家だけじゃなかったし、火の手が上がったのも、別の場所でした。うちは貰《もら》い火だったんですよ。それに、松吉もたえも、人から恨みを受けるような夫婦じゃなかった。真面目《まじめ》な働き者で」

「商いはなにをしていたんです」

「髪結いですよ」と、右兵衛は答えた。「松吉のほうは、この通りの先にある『ごくらく床』って店に、通っていました。あの店で、いちばん腕がよかった。あたしの頭も、松吉にやってもらっていたので」

右兵衛は、きれいにそりあがった月代《さかやき》をつるりとなでた。

「女房のたえのほうは、もっぱら出髪《でがみ》で稼いでいました。通町《とおりちょう》あたりのお店の筋のいいお客ばかりがついていました。腕がよかったようですよ」

外に出てみると、つやが「ちょうぼう」の小さな手をひいて、通りかかった金魚売りの樽《たる》のなかをのぞきこんでいた。母子のように見える。

釈然としないまま、市兵衛は右兵衛店のほうを一度振り向き、ふたりのほうに歩み寄っていった。

三

長坊の面倒は、とりあえず、つやがみることで話が落ち着いた。名目上は月番の市兵衛が責任をもって預かるにしても、やはり、男手ひとつで幼子を世話するのは無理が多いというものだ。

それに、つやもそれを望んでいた。

「とってもいい子だもの。喜んで面倒みますよ」

久しぶりに、芯《しん》から明るい声を出して、そんなふうに言った。

がんぜない子供が相手だから、きゅうきゅうと問い詰めることはできないが、市兵衛もつやも、折りを見ては、長坊の口から、親元探しの手がかりになるようなことを聞き出すことができないものかと、あれこれ試してみた。

「いくつ」ときくと、「ふたつ」と答える。「おとっちゃんとおっかちゃんの名前は」と尋ねると、どうも答えられないようだ。

「おうちはどこだ」ときいても、やはり困ったような顔をしているが、「おけやのとこ」と返事をしたことはあった。それを聞くと、つやは手を打って、「きっと、桶屋《おけ》が近所にあるんでしょうよ」と言ったが、江戸中の桶屋をしらみつぶしに調べることなどできっこない。

市兵衛がまず思い付いたのは、わったあたりを、こつこつときいてまわることだった。だが、これは、とうてい市兵衛ひとりの手に負えることではない。幸い、市兵衛の懇意にしている土地の岡っ引きが信頼できる人物だったので、事情を話して頼み込んでみると、快く引き受けてくれた。

一方で、市兵衛本人は、芝口の掛札場と、そこここの迷子石を調べ始めた。掛札場とは、生き別れの悲劇を少しでも減らすために、迷子や行方不明の者を尋ねる足しにと、享保《きょうほう》十一年に設けられたものだ。迷子や身元不明者の氏名や年齢、服装などを告知する、一種の公共の掲示板である。

迷子石というのは、掛札場ほど大掛かりではないが、迷子の子供を捜し出す手がかりを提供するために、繁華な橋のたもとや神社仏閣の境内などに立てられた石柱のことである。石柱の表には「まひごのしるべ」もしくは「奇縁氷人石」、右側には「たずぬるかた」、左側には「おしゆるかた」と彫り付けてある。迷子の子供を探す親は、たずぬるかたのほうに子供の人相や服装を書いた紙を張り、迷子を保護した側も、同じようにする。

掛札場は一箇所しかないが、迷子石は民間で立てたものだから、ほうぼうに点在している。長坊が迷子になったのは、本所四ツ目の盆市の夜だから、たずぬるかたの親が利用しそうなのも、そのあたりのものだろう。聞き調べてみると、回向院《えこういん》の境内にひとつ、猿江稲荷《いなり》の境内にもひとつ、迷子石があるという。

それら二つの迷子石を、市兵衛は、日に二度ずつ訪ねて歩いた。だがしかし、三日、四日と通ってはみても、残念なことに、長坊にあてはまるような尋ね書きは張られていない。根気よく続けるしかないようだった。

長坊は、ときおり夜泣きなどするが、たいがいは元気で、つやにもなついているという。というよりもむしろ、やはり心細いのか、つやの袖《そで》を握ってはなれず、彼女が厠《かわや》に立ったりすると、小さな顔をひきつらせて探し回るという話だった。

「なんだか、急にがきができちまって」

こぼす藤吉に、市兵衛は笑ってみせた。

「そのつもりでいるといい。子供は可愛《かわい》いもんだろう。あの子は親元に返してやりたいが、おまえさんも早く子供を持つといいんだ」

「いっこうに、親元はわかりませんか」

「なかなか時がかかりそうだね。長坊は、足しになるようなことは言わないか」

「駄目ですねえ。桶屋のおばちゃんとかいうことは、ときどき言ってるようですが」

近所の桶屋のかみさんにでも、可愛がってもらっていたのだろう。早くそこへ返してやりたいものだと、市兵衛は思った。親だけではなく、長坊のまわりでは、大勢の人たちが心配しているはずだった。

だが残念なことに、良い知らせは入ってこない。市兵衛自身の迷子石めぐりも、毎日毎日、無駄足に終わっている。それもまた不思議なことだ。長次の親は、本所あたりを駆けずりまわって子供を探そうとしないのだろうか。迷子石にも、掛札場にも、頼ろうとはしないのだろうか。

もしそうだとしたら、それはなぜなのだろう。考え始めると、市兵衛の心は堂々巡りを始め、しまいには、あの子を育て、あの夜盆市に連れていったのは、三年前に亡《な》くなった、あの子のふた親だったのではないか——というところにまでさまよっていってしまう。あの子はあの世から戻ってきたのかもしれない、などと。

十日ほどのちのことである。

猿江稲荷の境内の迷子石をのぞいているときに、市兵衛は、かたわらに、少し様子の変わった女がひとり、たたずんでいることに気がついた。

そろそろ三十になろうかというところだろうか。顔も身体も痩《や》せぎすで、とくに肩のあたりがげっそりとしている。迷子石を訪ねてくる人々には、もともと明るい顔をしている者などいようはずもないが、それにしてもひどいやつれようだった。

迷子石巡りを続けていて、市兵衛は思ったことがある。心に希望を持つというのは、どれほどにか人を強くすることであり、また酷なことである、ということだ。迷子石の周囲でめぐりあう親たちは、みな一様に疲れ果て、悲しみに心破けた顔をし、まなざしもうつろに、女たちのなかには、昨夜もまた泣きあかしたのだろうかと思えるような様子の者たちもいる。だが、それでも彼らは地に足をつけ、とぼとぼと歩いて、良い知らせはないものかと、ここへやってくるのだ。

やつれ果てた身体を動かしているのは、いつか子供を見つけることができるかもしれないという希望、ただそれだけであろう。それが、普通ならとても起きてはいられないのではないかと思われるほどの様子の人々を、立たせ、歩かせ、今日も生き延びさせている。いっそあきらめてしまえば、はるかに楽かもしれないのに、希望がそれを許さないのだ。希望は強いものであり、また残酷なものでもある。

そしてそういう親たちは、迷子石に抱きつかんばかりにして、舐《な》めるように、一枚一枚、張り出された紙を読んでいる。

だが、その女は違っていた。境内にやってきたのは、市兵衛とほとんど同じときだったのに、すぐには迷子石に近づかず、それでいて、釘《くぎ》で足を打ち付けられでもしたかのように、その場から離れることもできずにいるのだ。

横目でそんな女の様子を見ながら、市兵衛は、どうも、この女と出会うのはこれが最初ではないと思い始めていた。いつも、こちらも夢中で紙を読んでいるので、周囲のことなどあまり目に入らず頭にも残らないのだが、ひとたびこうして思い出してみると、以前にもどこかで会っている、という気がしてきたのだ。そう、つい何日か前にも、猿江稲荷の境内で、この女を見かけたような気がする。

顔だちは美しい。若いころには、さぞかしと思わせる。だから覚えているのかもしれない。目のあたりに少し険が感じられるが、勝ち気なしっかりもの、という風情《ふぜい》だ。古びた青梅縞《おうめじま》の着物に、こちらも古着屋の店先を通ってきたにちがいないと思われる黒繻子《くろじゅす》の帯を締めている。年中一枚きりのひとえの着物に、寒いときには亭主の半天をひっかけてしのぐという、その日暮らしのかみさんたちとは様子が違って、身形《みなり》は貧しくない。だが、着物の内側で身体は縮み、髷《まげ》も乱れていた。

女は泣いていた。声もなく、ただ涙が頬を伝っている。

市兵衛は、胸の奥が詰まってくるのを感じた。迷子石めぐりは辛《つら》い。そっと踵《きびす》を返して、境内を出た。女の泣き顔が、なかなかまぶたの裏から去らなかった。

また、幾日かが過ぎた。本所近辺を聞きまわってくれている岡っ引きも、さすがに首をひねり始めた。迷子を探す親と話したとか、迷子を尋ねられたとかいう話が、さっぱり出てこないというのである。

「どうも妙ななりゆきだね、市兵衛さん。あの子は、ただの迷子じゃねえかもしれねえよ」

そんな思いは、市兵衛も抱き始めていた。何か子細がありそうだ。死んだ親があの世から戻って子供を守っていたなどということよりも、もっと深いことが。

そんな折り、市兵衛は、今度は回向院の迷子石のそばで、またあの女に出会った。女はまた、泣いていた。着物を替える心の余裕などないのか、あのときと同じ身形で、顔はいちだんと青ざめている。痩せこけた頬に、涙の筋がついている。

その涙は、今度は、別の意味で市兵衛の心を揺り動かした。岡っ引きの言葉が、心の奥に淀《よど》んでいる考えが、市兵衛のなかで大きくふくらんだ。迷子石を訪ねてきながら近づくことのできないでいる様子に、市兵衛は、感じるものがあった。なにか、閃《ひらめ》くものがあった。

迷子石を訪ねながら、そこに近づかず、ただ泣いている女。

三年も前に亡くなった者の名を書いた迷子札を首からさげている子供。

ふと、頭に閃くものがあった。

「もし、おかみさん」

そっと近寄りながら声をかけると、女ははっとしたように身をひいた。急いで手の甲をあげ、涙をぬぐう。

「驚かせてすまないね。あんたも、迷子を訪ねてきなすったひとかね」

女は、市兵衛の顔から目をそらした。境内のじゃりが、女の足の下でかすかに鳴った。

「あれこれ聞き出そうというわけじゃないんだが、私のほうは、迷子をひとり預かっている身なのでね。こうして毎日、子供を探している親はいないかと、迷子石巡りをしているところなんですよ。だから、思わず声をかけてしまったんだが」

「迷子を……」

女が、身を寄せなければ聞き取れないような小さな声で呟《つぶや》いた。

「ああ、そうですよ。これが困ったことに、親元を探す手がかりがひとつもなくてね。迷子札を下げていたのだが、それがあてにならなくて」

そのとき、伏せられていた女の目が、足元に何か恐ろしいものを見つけたとでもいうかのように、大きく見開かれた。女が息を呑《の》んだのを、市兵衛ははっきりと感じとった。

「ひょっとして……覚えがおありなのかい。子供の名前は、長坊というのだがね」

今度は、女のなかで、積みあげておいたものが崩れるように、何かががたりと音をたてたのを、市兵衛ははっきりと感じた。

女は、身をひるがえして逃げ出そうとした。市兵衛はとっさにその手首をとった。折れてしまいそうなほどに華奢《きゃしゃ》な手首だった。

つかまえて引き戻すような手荒なことをする必要もなかった。急に身体を動かしたことがいけなかったのか、女はめまいでも起こしたかのように、ふらりとその場に倒れかかった。

その身体を抱き留めて、市兵衛はまた驚いた。なんという痩せようだろう。何日も、ろくに飯を食っていないんじゃないか。

女は市兵衛に支えられながら、たがはずれたかのように泣き出した。その手の指と、肌の荒れた手のひらに目をやったとき、市兵衛は、心の隅にまた、光のようなものが閃くのを感じた。それはすぐにはつかむことができなかったが、少なくとも、消えずにそこに残っていた。

大声で周囲に助けを求め、倒れ伏してしまった女を連れ帰る手はずを整えているあいだにも、市兵衛の頭は動き続けた。

女をいきなり自身番に連れ込んで、脅《おび》えさせるのは辛い。市兵衛は、彼女を家に連れ帰り、差配仲間に頼んで小女をひとり付けてもらい、彼女が目を覚ますまで、そばで世話をやいてもらうことにした。

そうしておいて、馬喰町の右兵衛店に向かった。

右兵衛は最初、市兵衛の話を本気にしなかった。そんなことがあるものかと、いくぶん、怒ったような口振りでさえあった。だが、とにかく本人に会ってみればわかることだと説きつけて、

「そら、あのひとだ」

障子のかげからそっと、眠っている女の顔を見てもらうと、右兵衛は驚きの声をあげた。

「あれは……おたえだ。髪結いの、長次の母親の、おたえじゃないか」

四

目をさますと、おたえは、またひとしきり泣いた。だが、それで諦《あきら》めたのか、そして、肩の荷がおりたのか、彼女は寝床に起き上がり、市兵衛の問いかけに、ぽろりぽろりと答え始めた。

「おっしゃるとおり、あたしが馬喰町の松吉の女房、たえです」

そう言ったときだけ、わずかに目をあげて、市兵衛を見た。そしてまた目を伏せる。市兵衛は、これまでのことの次第を話して聞かせた。たえは黙って聞いていたが、市兵衛が話し終えると、かすかに震える声で、話し始めた。

「三年前の火事のときには、あたしは長次を抱いて、ただ夢中で逃げたんです」

胸の前で、子供をかき抱くような仕種《しぐさ》をしてみせた。

「頭の上から、火の粉が雨みたいに降ってきました。背中が熱くて、髪が焦《こ》げているのがわかりました。だけど、そんなことなんかかまっちゃいられなかった」

彼女の目の底に、今もその夜の炎が映って閃いている。燃え上がっている。市兵衛には、それが見えると思った。

「長次に怪我《けが》がないようにって、火傷《やけど》させちゃいけないって、ただそれだけしか考えられませんでした。あの子を布団《ふとん》にくるんで、胸に抱き締めて、とにかく火のないところを目ざして走り続けたんです。うちの人は、あたしたちを先に逃がして、何か持ち出せるものを助けようっていって、それで別れ別れになっちまいました。あたしは一所懸命呼んだんだけど、届かなかった」

気がついたら、大川端まで来ていた。あたりには、炎や混乱を避けて逃げてきた人たちが大勢いた。

「そこでやっと、長次をおろして、布団をはいだんです。もう大丈夫だよって、おっかさんがここにいるよって、いってやろうと思って。でも、そしたら……あの子は……」

死んでいた、という。

「逃げるとき、あたしがあんまり必死になってあの子を抱き締めすぎたんです。あの子は息が出来なくなって、それで死んでしまってたんです。せっかく火事からは逃げ出せたのに。あの子、火傷ひとつしてなかったのに」

どうやってその夜を過ごしたのか、覚えていません、という。

「あたしの不始末で長次を死なせて、とてもじゃないけど、うちになんか帰れません。うちのひとにあわせる顔がないと思いました。だけど、家には帰りたかった。死ぬほど帰りたかった」

「だから、人気のないときを見計らって、右兵衛店に帰っていたんだね」

たえはこっくりとうなずいた。長屋の人たちの聞いた泣き声は、幽霊ではなく、生き身のたえの声だったのだ。魂を引き千切るような、慟哭《どうこく》の声だったのだ。

「あの長屋にはもう、うちのひとがいないってことも、そうこうしているうちにわかってきました。生きていたなら、あたしと長次を見つけ出すまで、あそこを離れるようなひとじゃありません。だから、死んだんだなと思いました。結局、火事場で別れたきりになっちまいました。おおかた、煙に巻かれてしまったんでしょう。あんまり苦しまないで逝《い》ってくれたならいいんですけど」

そのようだったよと、市兵衛は言った。詳しいことなど知らないが、そう言ってやりたかった。

「何度か死のうと思ったんですけど、人間て情けないもんですね。死ねないんですよ。それにね、あたしが死んだら、うちのひとと長坊の供養《くよう》を、誰がしてくれるんだろう、なんて考えるんです。うちのひとは、長坊を死なせたことで、きっとあたしを叱《しか》るでしょう。そのうえに、無縁仏なんかにしちまったら、あたしは、いつか死んだときに、あのひとに合わせる顔がない。今だってないけど、もっともっとなくなる。それは嫌だったんです。死ぬのはいつでもできる、長次のお墓をつくってから、お金をためて、どこかお寺さんに預けることができるようになってから、なんて、そんなこと考えるんですよ。幸い、あたしは手に職をもってたから、ひとりで食べてゆくこともできましたしね」

「あんたの長坊は、今はどこにいるんだね」

市兵衛の問いに、たえは薄く笑った。母親の笑みだった。

「ずっといっしょにいます。今は、あたしの長屋の床下に。今まで、誰にも気づかれたりしませんでしたよ」

たえは小さく咳《せき》をして、水がほしいと言った。市兵衛は土間におりて、湯飲みいっぱいくんでやった。礼をいってそれを飲み干してから、たえは続けた。

「あの子……おたくさまで預かってもらってる長坊は、あたしの子じゃありません」

市兵衛はゆっくりうなずいた。

「魔がさしたんです」と、たえはささやくように言った。「だけど、そうせずにいられなかった」

火事のあと、最初に落ちついた明石町《あかしちよう》の長屋の斜向《はすむ》かいに、手間大工の夫婦が住んでいた。子沢山の家で、長次は五人目の子だったという。

「赤ん坊でした」と、たえは言った。「生まれたばっかりで……一年前のことです。名前も、もちろん長次じゃありません。あれは、あの子を連れ出してから、あたしが付けたんです」

手間大工の家では、絵にかいたような貧乏人の子だくさんで、喧嘩《けんか》が絶えなかった。子供らはいつも飢えていた。それを見ているたえの心に、ひとつの考え――燃え尽きることのないろうそくのような、青白く熱い考えが浮かんできた。

「子供なんかもうこりごりだって、そのおかみさんは言ってました。だから思ったんです。それなら、あたしに赤ん坊をちょうだいって。亡《な》くした長次の代わりに、大事に育てるからって。あたし、頭がおかしくなってたのかもしれません。今だって、おかしいのかもしれません」

赤子を連れ出すには、慎重に時を待った。そして、途方も無いたえの企ては、

「やってみると、あっけないくらいうまくいきました。あの子を連れて深川へ渡ってきて、家を見つけて。あたしの子だって言って、誰にも疑われたりしませんでした。亭主には死に別れたって。それで、今日まで暮らしてきたんです」

楽しかった——と、夢をみるような口調で呟いた。

長次にあの迷子札をつけたのも、そうしていると、一度失ったものがすべて戻ってきたような気持ちになれたからだった、という。市兵衛は、憐《あわ》れさで喉《のど》が詰まった。

「あの迷子札を見ると、火事のことも、何もかもなかったような気になって。それにあたしは、万にひとつも、あの長次を迷子になんてするもんかと思ってましたからね」

しかし、その万にひとつが起こり、盆市で長次を迷子にしてしまったその夜から、あの迷子札は、たえの首をしめるものとなった。

「長次を見つけてくれたところでは、さぞかし首をひねるだろうって、そう思いました。うかつには、探しにいけやしません。いったいこの迷子札はどういうことなんだって、もし問い詰められたらどうしよう……。ちょっと調べられれば、あたしの長次が、今でもあの歳《とし》でいるわけはないって、すぐにわかってしまうだろう。そうしたら、あたしが他人の赤ん坊をさらったことに気づかれてしまうかもしれない。だけど、長次は取り戻したい。もう気が変になりそうでした」

迷子石のそばで流されたたえの涙は血の色をしていたと、市兵衛は思った。

「どうして、あたしがたえだってことがわかったんですか」

「あんたの手だよ」

境内で倒れかかったたえを支えたとき、その手のひらに、無数のたこができていることに気がついたのだ。

「出髪のときには、商売ものの道具箱をさげて歩くだろう。それでできたたこだと思った。それに、あんたは白くてきれいな、だが強そうな指を持っている。爪《つめ》には油がしみこんで、つやつや光っている。ああ、これは髪結いの手だと思った。そこから考えたんだよ」

これまででいちばん時がかかったのは、たえの口から、赤子の本当の親の名前を聞き出すことだった。たえは、それが最後の抵抗であるかのように、ひとしきり泣き続け、容易に話そうとはしなかったからだ。

「長次を返すんですか」

「そうなるだろうよ」

「あの夫婦は、返してくれなくたっていいって、きっと言いやしませんか」

市兵衛は嘆息した。辛いことだが、言ってやらねばならない。

「明石町あたりで尋ね歩いたら、その大工の夫婦が、今でも子供を探し続けていることがわかるだろうよ。迷子石にも、きっとはり紙が張られているだろうよ。あんただってわかるだろう。親ってのはそういうものだよ」

たえは嗚咽《おえつ》をもらした。「長次に、もういっぺんだけ、会わせてもらえませんか」

「それはいけないよ」と、市兵衛は言った。「それはいけない」
たえは、ただ泣いていた。

市兵衛の尽力で、幸い、たえはお咎《とが》めを受けることだけはまぬがれた。明石町の大工夫婦は、神隠しにあった赤子が二歳の子供になって返ってきたことに、かすかな戸惑い——そして怯《おび》えを隠さないまでも、市兵衛の思ったとおり、心の底から喜んでいるようだった。

だがしかし、長坊はどうだろうなと、市兵衛は思う。おまえのおっかさんは、別の人だったんだよ——

たえが長坊と住んでいた長屋を訪ねてみると、なるほど、彼らの住まいのすぐそばに、桶職の家があった。長坊が「桶屋のおばちゃん」と慕っていたそこのかみさんは、ことの事情を知ると、たえのために泣いてくれた。床下に眠る、たえの長次を葬《ほうむ》る手伝いもしてくれた。

市兵衛は、なにがしか、それで救われたように感じた。ほんの少しだが。

長次が本当の親の元へ引き取られていったあと、つやが、ぽつりともらしたことがある。
「ねえ、差配さん」
「なんだね」
「あたしねえ、あの子の親が見つからないといいなって、思ったことあるんですよ。罰が当たるだろうね、きっと」

市兵衛は黙っていた。そして、迷子石に張り付けられた、無数の紙を思い出した。
そこに、たえの、つやの、名前を書いてやりたいような気がした。

第七話　だるま猫

一

文次は、槍《やり》のような大雨のなかに立っている。

おとっちゃんに怒鳴られるのが怖くて家に入れず、叩《たた》きつけるような夕立と雷のなかで、もう小半時も外に立っている。閉じたまぶたの裏でも稲妻が閃《ひらめ》き、両手で覆《おお》った耳の底までも、地面をどよもすような雷鳴が轟《とどろ》いてきた。それでも文次は、震え泣きながら、長屋の入り口の木戸の粗末な廂《ひさし》の下に立ち、そこから動こうとはしなかった。動くことができなかった。家でおとっちゃんが酒を飲んでいたからだ。

文次はそこでそうやって、古着の担《かつ》ぎ売りをしている母親が戻ってくるのを待っている。かあちゃんが商いしながら通る道筋は、だいたいわかっていた。きっと今は、三丁目の煙草《たばこ》屋の軒先あたりで雨宿りしているにちがいない。あのいけすかない番頭が、かあちゃんを野良犬《のらいぬ》を追うようにして軒先から追い出していなければの話だが。

文次は家にとって返し、あちこち骨が折れ油紙の破れた番傘を持ってきて、かあちゃんを迎えに行きたいと思った。何度もそう思った。だが、それができない。破れ障子を開けて番傘に手をのばせば、おとっちゃんが縁の欠けたどんぶりを投げつけてくるにちがいないからだ。その場はそのまま逃げだすことができても、かあちゃんと一緒に帰れば、さっきはどうして逃げたと怒鳴られて、もっとひどい目にあわされるからだ。また井戸端の杭《くい》にくくりつけられて、ひと晩ほうっておかれるかもしれないからだ。文次はこれまでにも幾度かそういう目にあっていたが、どのときでも、かっとなったら何をしでかすかわからないおとっちゃんの気性をよく知っている長屋の人たちは、誰一人、文次を救《たす》けてはくれなかった。

雷が怖くて、文次は声をあげて泣いた。泣き声は雷鳴が隠してくれた。頬を流れる涙は雨にまぎれた。大粒の雨は、薄い着物の上から、文次の青白い肌をしたたかに叩いたが、おとっちゃんの拳骨《げんこつ》に比べたら撫《な》でられているようなものだった。だから、七つの文次は魚の腹のように血の気のない爪先《つまさき》を泥にうずめて、雨がやむまで立っている。辛抱強く立っている。雨で身体が冷えきってしまっても立っている――

そこで、はっと目が覚めた。今や十六になり、ひとりぼっちになった文次は、薄べったい敷き布団《ぶとん》の上で目を見開いた。

(また夢を見たんだ……)

うなされて蹴飛《けと》ばしたのか、継ぎあてだらけの夜着《よぎ》が、足元に丸まっている。寒気がするのはそのせいだ。寝巻の前はだらしなくはだけ、顔にも胸にもべったりと汗をかいているが、これは冷汗で、暑さのためではない。夜気は涼しく、文次はひとつくしゃみをした。

思いがけず大きく響いたくしゃみの音に、文次は首を縮めて耳を澄ませた。階上《うえ》で寝ている角蔵は、歳《とし》のせいか妙に耳ざとい。だが、しばらくじっとしていても何の気配も感じられないので、ひとまずほっとした。角蔵はほとんどうるさいことを言わない雇い主だが、寝ているところを邪魔すると、ひどく機嫌が悪くなるのだ。

角蔵は、もう六十近い年配だが、まったくの独り身だ。かみさんや子供がいるのかどうか、あるいはいたことがあるのかどうかさえ、文次は知らない。このひさご屋をひとりで切り回し、いつもむっつりした顔をしている。一膳《いちぜん》飯屋のあるじとしては、どうしようもないほど愛想がない。馴染《なじ》みのお客とのあいだでさえ、無駄口もほとんどたたかない。

変わり者と、言えば言える。淋《さび》しいという言葉を知らずに、ここまで生きてきたのかもしれない。生きものが大嫌いだと言って、犬の子一匹寄せつけようとしないし、金魚売りにさえいい顔をしないくらいだから、人という生きものも嫌いなのかもしれない。

もっとも、そんな雇い主だからこそ、文次もなんとかもっているのだ。これがあれこれ詮《せん》索《さく》されるようだと、三日と働くことができなかったかもしれない。

文次はそっと寝床を抜け出し、土間へおりて水を飲んだ。汗は乾いてきたが、喉《のど》は干上がっていた。夢はまだうなじのあたりにまつわりついている。

土間はしんと冷えていた。季節が変わったことを、文次は肌で感じた。もう秋だ。ひさご屋では十日も前から突出しに柚子味噌《ゆずみそ》を出すようになった。あさってからはだらだら祭で、縁起ものの好きな角蔵のために、文次も生姜《しょうが》を仕入れに出かける。暦は容赦なくめくれてゆく。そうだ、もう秋だ。そう思うと、心が萎《な》えてゆくのを感じた。

一昨年の今ごろには、楽しい気分で考えていた。一年もたてば、けっこう一人前の顔をして、足場から足場を飛び歩くことができるようになっているだろう、と。そうして、ひとたびすり半鐘を耳にしたなら、頭《かしら》にしたがって火事場へ飛び出してゆくのだ、と。

それが、今はどうだ。

一膳飯屋で居酒屋の、このひさご屋で、ひからびたようなじじいの角蔵にこきつかわれている。店を閉めたあとは、用心棒代わりに、奥のこんな狭苦しい座敷に横になって、頭の上の蝿《はえ》を追ったり、隙間《すきま》風と添い寝したりしている。

これを見ろ、なんてざまだよ。

文次はため息をついた。吐息のおっぽが震えているような気がして、それでなおさら惨《みじ》めになった。

俺は火消しになるはずだった。今ごろは火消しになっているはずだった。最初は平人《ひらんど》でも、そのうち梯子《はしご》持ちになって、いつかは火事場のてっぺんで纏《まとい》を振るようになる。きっとなるのだと、そう決めていた。

それなのに、今はこうして寝汗をかき、裸足《はだし》で土間に降りて夜気に背中を丸めている。

こんなふうだから、子供のころの夢なんか見るのだ。あのころも、今と同じように惨めだったから。

今と同じように、臆病《おくびよう》者だったから。

十の歳まで毎夜のように寝小便をしていた。よく怖い夢を見てはかあちゃんの夜着にもぐりこみ、そのことでしょっちゅうおとっちゃんに叱《しか》られた。酒癖が悪く、手間大工で稼いでくる細々とした金も、みな酒に使い果たしてしまう父の怒鳴り声は、幼いころの文次にとっては、何よりも恐ろしいものだった。

そのおとっちゃんはもうこの世にはいない。四年前に死んだ。酒のせいだろう、大いびきをかいて寝込み、そのまま目を覚まさなかったのだ。かあちゃんも、おとっちゃんが逝《い》ってほっとして、やっと少しは楽ができるようになったと思ったら、それから半年もしないうちに、おとっちゃんを追っかけるようにして死んでしまった。苦労をつっかえ棒にして、ようやく生きていた人だから、苦労がなくなったら倒れてしまうのだと、長屋のかみさんの誰かが言っていた。そんな情けない話はないと、文次は思ったものだ。

こうして文次はひとりになった。かあちゃんには兄弟が多く、みな貧乏人ばかりだったが、妹のひとり息子を、それなりに面倒見てくれたから、みなし子にはならずに済んだ。その代わり、尻《しり》の温まるひまもないほどに、あちこちたらいまわしにされた。文次にとって、世話をしてくれた伯父や伯母は、気の短いせんべい屋のおやじみたいなものだった。しじゅう箸《はし》の先で文次をつっつきまわし、裏返し、あっちへいけこっちへいけ。

文次が十三の歳の冬、そのときやっかいになっていた伯父の家の近くで火が出て、おりからの北風にあおられ、四町も焼く大火となった。一家は逃げ遅れかけ、丸ごと焼けだされた。火事が多い江戸の町のこととはいえ、これほどの思いをするのは、文次も初めてだった。

そしてまた、このとき初めて、火消しの男たちを間近に見た。

今でもはっきりと覚えている。法被《はっぴ》を着て皮頭巾《ずきん》をかぶった小柄な男が、梯子など無用とばかりに天水桶《てんすいおけ》に足をかけ、するすると屋根にのぼっていった様子を。逃げ惑う人たちのあいだに分け入り、野次馬を蹴散らして進んでゆく男たちを。打ち振られる纏のばれんに火の粉が降りかかっても、纏を持つ男の手が緩みもしなかったことを。悲鳴や怒号、木槌《きづち》で建物を壊す騒々しい音のなかでも、誰ひとり聞き逃すことのないほどの、矢のようにまっすぐで芯《しん》の通った声が、ぴしぴしと指示を飛ばしていたことを。その声の主――それが頭だったのだ――の皮羽織の背中に、炎が照り映え、そこに一頭の龍《りゅう》が染めつけられていたことを。

さながら夢のようだった。恐ろしささえ遠退《とおの》いた。そして文次は決めたのだ。俺、大人になったら火消しになるんだ、と。

そのことを伯父たちに話すと、みな、鼻で笑った。なかでも、かあちゃんのいちばん上の兄貴はひどかった。おめえのような根性なしが火消しになれるわけがねえと頭から決めつけ、文次が言い返すと、二度に一度は手をあげて殴りつけてきた。伯父たちにしてみれば、妹と妹のろくでなしの亭主が早死にしたせいで、余計な口をひとつ養ってやらなきゃならねえ、いい迷惑だと思うだけで、そしてその子に食わせるのが精一杯で、その子の夢にまでは付き合ってやれなかったのだろう。

だが、どれほど冷たくあしらわれても、どれほど小馬鹿《こばか》にされても、文次はその夢をあきらめなかった。そこには文次のすべてがあった。飲んだくれのおとっちゃんが怖かったことも、かあちゃんがしじゅう泣いていたことも、井戸端にくくりつけられて腹が減って死にそうになったことも、伯父や伯母に疎《うと》まれたことも、従兄《いとこ》たちからいじめられたことも、すべて帳消しにするものがそこにはあった。それが文次のつっかえ棒になった。

そうして、ちょうど一昨年の秋のことだ。その夢の一端が、文次の頭のなかから出てきて、文次の袖《そで》を引き、歩きだす方向を教えてくれたのは。

二

そのころ文次は、二番目の伯父の家にいた。麻布《あざぶ》のうどん坂のとっつきにある、小さいが繁盛《はんじょう》している紙屋だった。紙屋の商売には力がいるし、手やくちびるは乾くし肌も荒れる。この家には文次よりも年下の娘がふたりばかりしかおらず、男手が足らなかったので、彼はいいように使われていた。ひとりで気ままに出歩くことなどできないし、一日が終わればぶっ倒れるようにして眠るだけだった。

ところが、急に、娘のひとりが婿《むこ》をとることになった。金貸しの次男で、おかげで紙屋は急に内証が良くなった。その気になれば、人も雇うことができる。文次はそれを、自由になる唯一《ゆいいつ》の機会と見た。家に入る婿さんだって、従兄《いとこ》とはいえ、文次のような居候《いそうろう》が同居していることを、あまり快く思っていないような感じもあったから、そのあたりをうまくついていけば、かならず抜け出せると思った。

その読みは当たっていた。紙屋の一家は、ただ働きの奉公人を手放すわけにはいかないというふうだったが、婿さんのほうは、また違う腹積もりがあった。文次をどこかに奉公に出そうと言い出したのだ。

文次は表向き、承知したような顔をしていた。そうして、やれ祝言《しゅうげん》だなんだのと、紙屋の一家の気持ちがよそに向いているうちに、ある晩、すずめの涙ほどのたくわえと、ふろしき包みひとつを抱いて家を飛び出した。

行くあては、あった。文次の心積もりのなかだけのものだったが、あてはあった。どこでもいい、片っ端から鳶《とび》の組に飛び込んで、最初はどんな下働きでもいいから使ってくれと頼み込むのだ。ほかに行くところはない、家族もない、使ってもらえなければ野垂れ死ぬだけだと頑張るのだ。鳶職としても一人前になりたいが、なにより火消しになりたいのだと必死でうったえれば、文次の熱意を、夢の強さ大きさを、どこかの組の、誰かひとりの頭でも、きっとわかってくれるはずだ。

破れかぶれともいえる、十四の少年のこのやり方で、目的を達するまでに、五日かかった。さすがの文次も、空腹と疲労とでふらついていた。

拾ってくれたのは、大川をこえた深川のお不動様のそばにある、猪助《いすけ》という鳶職の頭だった。最初はまあ下働きだが、使ってみてもいいか――という猪助の言葉に、文次は地面に頭をすりつけて礼を言った。うれしくて涙がにじんだ。

本所深川には、大川の西側の十番組とは別に、十六番の組が置かれている。文次にもその程度の知識はあった。が、なかに入ってみて初めて、猪助のところは、鳶の組そのものとしてもごく小さく、火消しとしてはいちばん格下――というより、火消しのうちに勘定されない、土手組としての地位しか持っていないということを知った。このときには、飯も喉を通らないほどに落胆したものだ。

するとヽ猪助は笑って言った。「はじめは土手組の人足でも、しまいまでそのまんまってことはねえ。おめえの心がけと働き次第で、よその組や頭につないでやったっていい。平人だって梯子にだってなれる」

文次はその言葉を信じた。それで生き返った心地がした。飯炊《た》き、洗濯、布団干し、猪助の肩もみまで、骨身を惜しまずに働いた。そうして、少しずつ少しずつ、まずは鳶としての仕事のあれこれを盗むようにして覚えていった。夢はかなう。少なくとも、そのとば口には立ったのだから。あとは歩いて、走ってゆくだけだ。

だが、ほかの誰でもない、文次自身の心が、その夢を裏切った。

去年の春のことだ。よく晴れた月の明るい夜だった。埃《ほこり》っぽく生暖かい風が強く吹き、そここの戸口を鳴らしていた。

火の手があがったのは、古石場《ふるいしば》の町屋の一角だった。風にのせられて、その火はたちまち木場町のほうにまで広がる勢いを見せた。水路の多い土地とはいえ、勢いにのれば、炎は狭い水の流れなど楽に飛びこえて燃え移ってしまう。しかも木場は材木の町だ。いったん燃えひろがれば手のほどこしようがなくなってしまう。

招集を受けて、猪助は乏しい手下を連れて起《た》った。文次もそれについてゆくことを許された。

「けっして俺から離れるな。火に近づくな。余計なことをするな。指図されたことだけやればいい」

猪助の戒めを、早くも高鳴る胸の鼓動を押さえながら、文次は聞いた。遠くで近くで、狂ったように鳴り響く半鐘が、文次の頭のなかでも鳴っていた。

（これを初手柄にしてやる）

子供こどもした気負いがあった。猪助の戒めは心に刻んだが、自分は大丈夫だという自負もあった。俺は火消しになるのが夢だったんだ。なにも怖いことがあるものか。

しかし――

風と炎と悲鳴と、打ち壊しの埃と土煙のなかで、そういう自負は、春先の雪のように溶けて消えた。

文次は怖かった。子供のとき、命からがら大火から逃げだし、初めて火消しを間近に見たあのときでさえ感じなかったような怖さを、腹の底にこたえるような恐怖を、初めて出掛けていった火事場で、文次は味わったのだった。

火に近づくなと、猪助は言った。文次の勇み足を防ぐためだったろう。だが実際には、そんな忠告など要らなかった。火事場に入り、どんな野次馬よりも近くで炎を目にし、その熱気に頬をあぶられたとき、文次は身体が動かなくなった。

なぜだ。なぜ怖いのだ。どうして足がすくむのだ。あんなに夢みてきたのに。あれほど願ってきたのに。その夢の端っこをつかんでいるのに、なぜ怖くてたまらないのだ。

なぜ頭で考えたようにはいかないのだ。

そのときの火事は、幸い、大きなものにはならなかった。猪助たちは、夜明け前に引き上げた。

帰り道、猪助が言った。「文次どうした。蛇ににらまれた蛙《かえる》みてえだったな」

それで、糸が切れた。文次は声をのんで泣きだした。

それから数ヵ月のあいだに、あと二回同じようなことがあった。火事場に出張《でば》ってゆくたびに、文次の身体はこわばり、舌はもつれ、膝《ひざ》から下がこんにゃくのように軟らかくなって、身動きができなくなってしまう。

「なに、そのうちに慣れる」と言ってくれていた猪助も、文次のただ事でない怯《おび》えように、眉《まゆ》をひそめるようになった。

そうして、去年の暮れに、とうとう引導を渡された。

「おれも、火事のたんびにおめえを連れ出して、いつかおめえが、すくんだまんまに焼け死んじまうのを見るのは忍びねえ。逆に、おめえを救《たす》けるために、ほかの連中が危ねえ目にあうのを放っておくわけにもいかねえ。文次、おめえはまだ子供だ。無理をすることはねえ。しばらく、うちから離れていろいろ考えてからでも遅くはねえ。おめえのしたいようにすればいいんだ。働き口なら、俺が面倒みることもできる」

その話に、文次はすぐにはうなずかなかった。できるわけがない。もう一度、もう一度やらしてくださいと、泣くようにして猪助に頼み込み、次の半鐘を待った。

だが、次のときも、結果は同じだった。それどころか、もっと悪かった。なんとか我慢しようとしたのがかえって災いし、文次は腕に火傷《やけど》を負い、仲間に救けられ、その仲間にも怪我《けが》をさせた。

組に帰ると、文次が何も言わないうちに、猪助が黙って首を横に振った。

そうして、今のこの暮らしがある。

ひさご屋の角蔵は、猪助の古くからの知り合いだという。年齢はずっと離れているが、気楽にものを頼むことのできる間柄だという。そして、ずいぶん前から、ひさご屋では下働きの若い者を探していたという。

「角蔵のところで働いて、もうしばらく考えてみるといい。あんがい、一膳飯屋が性にあってればそれでもいい」

猪助はそんな優しいことを言ったが、本音では呆《あき》れていたのだろう。笑っていたのだろう。やっぱり子供の言うことだ、まともに聞いた俺が馬鹿だった、と。文次はそう思い、顔から火が出る思いがした。

正月からひさご屋で暮らして、季節はもう秋になった。文次には、何も見えてこない。何もわからない。ここで働くことが性にあっているのかどうかわからない。火事場へ出ていって、また震えてしまうかどうかもわからない。

いや、自分が本当に火消しのような勇敢な男になれるかどうか、それもわからなくなった。だから夢を見るのだと思う。おとっちゃんが怖かった、がきのころの夢を。文次のなかに生き続けている臆病者の夢を。

心の中に残っているいい夢の残りかすと、頭のなかから消えてゆかない悪い夢の切れ端。土間に立ちつくして文次は、ひさご屋のすぐ近くを走る竪川《たてかわ》に、そのすべてを流してしまいたいと思った。

三

「ゆうべ、うなされていたようだな」

夜明けと同時に起きだして米をといでいると、背中ごしに、角蔵が声をかけてきた。

文次はちょっと言葉につまった。やはり、夜中にごそごそしていたのを、角蔵に気づかれていたのだろうかと思った。

「すみません」

すると、角蔵はぼそっと言った。「ゆうべばかりじゃねえ。たびたびそういうことがある。おめえがうちで働くようになってからこっち、もう数えきれねえほどだ」

文次は冷汗をかいた。それほどひどかったのか。

「朝は忙しいから、長げえ話はできねえが、これだけは言っておく」

と、角蔵は続けた。文次がそっとうかがって見ると、角蔵は寝起きのむくんだような顔をしている。いつもと同じように無表情で、そっけなく足元にこぼすようなものの言い方だった。

「おめえのような奴《やつ》は、めずらしくはねえ。火消しになりてえと思って、なりきれねえ奴はほかにもいる。そう恥ずかしいことじゃねえ。気にするな」

米のとぎ汁のなかに手をつっこんだまま、文次は身体を強《こわ》ばらせた。

猪助は、文次をひさご屋に紹介するとき、おめえのことは、ただ働き口を探している若者だとしか言っていない、と話していた。あれこれの事情は告げていない、と。

あれは嘘《うそ》だったのか。角蔵は、最初から何もかも知っていたのか。

すると、短い猪首をかしげるようにして文次のほうを見ながら、角蔵は言い足した。

「猪助を恨むんじゃねえぞ。あいつも、なんとかおめえの身がたつようにと、いろいろ心配していたんだ。それで、俺のところに話を持ってきた」

文次は喉《のど》がつまるような感じがした。

「それじゃ、ひょっとしたら、ここじゃあ、働き手なんか探していなかったんじゃないですか。頭が頼んでくれたから、俺を使ってくれたというだけで」

角蔵は黙っていた。それが返事になっていた。

やがて、文次から顔をそらしたまま言った。

「このことは、おめえがこんなふうに悩まされていなけりゃ、俺の腹のうちに納めておくつもりだった。ずっと、ずっとな」

「すんません」文次はうつむいたままつぶやいた。

「俺は、どうしようもねえ臆病者《おくびょう》なんです。てめえでも呆れてます」

不意に、涙があふれてきた。それを拭《ぬぐ》うだけの意地もなくなっていた。

「こんなてめえをどうにかしてしまいたいと思いますよ。臆病者を返上できるなら、どんなことだってします。どんな荒っぽいことだって、どんな悪いことだって」

「軽々しくそんなことをいうもんじゃねえ」

角蔵が諫《いさ》めた。口調が鋭くなっていた。

「あんまり思い詰めるな。いいな」

話はそれだけだった。文次は口のなかで小さく「へい」とつぶやき、その日の仕事にとりかかった。

昼間の仕事は何もかわることなく、それきり角蔵とこのことについて話すこともなかったが、それからは毎夜のように、文次は夢を見るようになった。やはり、角蔵がすべてを知っていたということが、心に重く沈んでいる。昼のうちは忘れていることのできるそのうしろめたさ恥ずかしさが、夜になると悪い夢を連れてくるのだ。

夢を見るたびに、文次は、がきに戻って寝小便をもらしてしまったのかとあわてるほどに冷汗をびっしょりかき、ときには震えながら飛び起きた。何度繰り返されても、けっして心が慣れてしまうということがなく、夢はいつも同じように、文次の身をさいなんだ。そしてまた、そういう夜中の自分の有様を、眠りの浅い体質《たち》の角蔵が、階上《うえ》の寝床でどんなふうに聞いているだろうかと思うたびに、頭のなかいっぱいに嘲笑《ちょうしょう》の声が響き渡る。臆病者、臆病

者、臆病者――

そうやってひと月がすぎたある晩、客足がひと段落すると、角蔵が不意に、「今夜は早じまいにしよう」と言い出した。

「どうかしたんですか」

「おめえに話しておきてえことがある」

いよいよきたかと、文次は身を縮めた。これ以上、こんな厄介な野郎を置いてはおけないと、追い出されるのだろうか。

のれんをしまい、火を落とすと、角蔵は文次を促して、狭い梯子《はしご》段をあがっていった。行灯《あんどん》建《だて》のこの家の、二階の座敷に足を踏み入れるのは、このときが初めてであることに、今さらのように文次は気がついた。

乾いた畳を踏んで座敷を横切ると、角蔵は瓦灯《かとう》に火を入れた。部屋の隅に、きちんと畳んだ敷き布団《ぶとん》と夜着が重ねてある。文次は、黒い煙をあげながら燃えている瓦灯の油の匂《にお》いと、かすかな埃臭さを感じた。

きちんと正座した文次には目もくれず、角蔵は、座敷の西の隅にある、半間の押入れを開けて、身体を半分そこにつっこむようにしながら、少しのあいだもぞもぞしていた。やがて、あとずさりしながら押入れから出てきたときには、右手になにかを持っていた。薄暗がりのなかで、文次は目をこらした。

「これを見てみろ」

言いながら、角蔵は手にしたものを文次の目の前に持ってきた。猫頭巾《ねこずきん》だった。

ずいぶんと古い代物《しろもの》で、皮の折り目のところが白っ茶けている。あちこち手ずれをしてやわらかく、覆面の部分や、うなじを覆《おお》う垂れの部分の端っこが、あちこち焦《こ》げている。使いこんだ年代物だ。

「これは……」

おもわずつぶやいた文次に、角蔵はうなずいてみせた。「俺のだ、昔、俺が火消しだったころに使っていた。もう何十年も昔の話だが」

皮製の頭巾に覆面をつけた猫頭巾は、町火消しの決まりの装束のひとつなのだ。文次もむろん、そのことはよく知っている。

「――親父《おやじ》さんも火消しだったんですか」

角蔵は、手に握った頭巾をゆっくりと広げながら、どこか投げ遣《や》りな様子で「うん」と言った。

「どれくらいのあいだ、火消しをしたんですか」

「さあ、二、三年のことだろう」と、かすかに笑った。「俺は臆病者だったからな」

文次は黙って角蔵の顔を見つめた。すると、頭巾のほうに目を落としたまま、角蔵はするりと着物の片肌を脱いで、くるりと文次に背を向けた。

文次は目を見張った。角蔵の痩《や》せた背中に、醜い火傷の痕《あと》がいくつも残っている。左のかいがら骨のすぐ上には、深い切傷が治った痕のような、くさび形のあざがあった。

「俺は臆病者だった」着物を肩の上に戻しながら、顔をあげて文次の目を見て、もう一度、角蔵は言った。「それだから、火消しの組から逃げだしたのさ」

文次は干涸《ひから》びたような感じのする喉に湿りをくれて、やっと言った。「そんなひどい火傷を負うほど、火事場のなかに踏み込んでいた親父さんが、臆病者のわけがねえ」

角蔵はまた目を伏せた。それから、ゆっくりと、お経でもとなえているかのような口調で語りだした。「話の都合で、俺がどこの組にいたのかってことは伏せておかないとならねえ。おいおい、それがどうしてかってことはわかるだろうがな」

火消しに憧《あこが》れ、組に加わったのは、おめえと同じように十六の歳《とし》のことだった――と続ける。

「俺の生まれも、おめえと似たりよったりで、頼りになる身内もいなかった。捨てるものもねえ、心配してくれるもんもいねえ。俺はただただ火消しになりたかった。おめえと同じだ」

そして、そこから先も同じだった。

「いざ組に入って火事場に出ると、俺は怖《お》じ気づいちまった。おめえより、もっとずっとひどかったろうよ。てめえでてめえがわからなくなった。どうしてこんなに、小便をちびりそうになるほど怖いんだろう、逃げだしたくなるんだろう――そう思うと、てめえの頭をかち割ってやりたくなったもんだ」

そのうち慣れる、そのうちと、自分をごまかしながら半年を過ごした。だが、いっこうに、慣れるということはなかった。

「俺は悔しかったし情けなかった。肝っ玉を金で買えるなら、押し込みや人殺しをやってでもその金をこさえてやるんだが、とまで思い詰めたもんだ。まわりの連中の俺を見る目が、どんどん冷たくなっていくのもわかった。誰もからかっちゃくれねえ。もう、笑って背中をたたいてもくれねえ。おめえは駄目だ、出ていきな、あばよ。誰の顔にもそう書いてあった」

角蔵は、膝の上で骨張ったこぶしを握り締めた。「だが、俺はあきらめたくなかったんだ」

何十年も昔の悔しさが、少しも薄れることなく、しわの深い角蔵の目尻《めじり》や口許《くちもと》に、くっきりと浮かび上がっている。

「ちょうどそのころのことだ。俺は、ひょんなことからひとりの按摩《あんま》に会った。組に出入りしていたじいさんで、そのころでもう、七十に手が届こうという歳《ば》だった」

商売だから愛想こそいいが、いつもなら、角蔵のような下っ端に声をかけることさえないその按摩が、そのときに限って、向こうから近寄ってきたのだ、という。内密に話をしたいと、妙に神妙な声を出して。

「そうして、のっけから言いやがった」

——頭に聞きましたが、おまえさん、組から出されるようですねえ。このままじゃ、おまえさんのせいで死人が出るってねえ。

「俺は、野郎を殴りつけてやろうかと思ったよ。按摩のほうもそれに気づいたのか、にやにや笑って、まあまあ怒りなさんなと宥《なだ》めるんだ」

——あんたに、いい話を持ってきたんですよ。

そして、懐《ふところ》を探り、一枚の猫頭巾を取り出した。

「それがこいつだよ」角蔵は言って、また頭巾を握り締めた。「こいつは、だるま猫って頭巾だって言ってな」

「だるま猫」

角蔵は膝を乗り出し、瓦灯の乏しい明かりの下で、文次の鼻先に猫頭巾を突きつけた。

「よく見てみろ。頭のところに、猫の絵が描いてあるだろう。もうすっかり薄くなっちまってるが」

文次は目を細め、顔を近づけてよく見てみた。なるほど、ほとんど線ばかりしか残っていないが、背を丸め目を閉じた一匹の猫が、身体中の毛をふくらまして座っているところを描いた絵があった。脚を身体の下に入れて丸まっているので、たしかに、だるまさんのように見える。

——こいつは縁起ものですよ。

「按摩はそう言ったんだ。このだるま猫は、火事場であんたを守ってくれる。こいつを被《かぶ》って出ていけば、臆病風に吹かれることもなくなる。そいつは私が命をかけて請け合いますってな」

文次は角蔵の痩せた顎《あご》を見あげた。角蔵はにっと笑ってみせた。

「俺も、すぐには真にうけなかった。人を小馬鹿《こばか》にしやがってと腹を立てた。だが、按摩はしつこく同じことを言い張って、私はあんたを助けてあげたいだけだからと粘るんだ。もちろん、売り付けるつもりもない。無料《ただ》でいい。だまされたと思って、一度これを被って火事場へ出てごらんなさいと、なあ」

臆病者の自分に嫌気がさしていながら、組を出されるかもしれないと思うといてもたってもいられないほどの焦《あせ》りを感じてもいた角蔵は、結局、その頭巾を受け取った。

「おめえだって、そうするだろう。藁《わら》にもすがりてえというのは、あるからな」

文次は黙ってうなずいた。

「その日のうちに、はかったように、頭が俺を呼び付けた。顔を見ただけで、何を言われるかわかったよ。俺はとにかく泣きついて、あと一度だけ。もう一度だけ試させてくれと頼み込んだ。それでようやく、首がつながったんだ。頭は苦い顔をしていなすったが」

「それで……」それで本当に臆病者ではなくなったのかと、文次は早く知りたかった。「それでどうなったんです」

角蔵はあっさりと答えた。「按摩の言うとおりだった。だるま猫の頭巾を被るようになってから、俺は嘘のように勇敢になったんだ。火事場が恐ろしくなくなった」

文次は、思わず、角蔵の手のなかにある古ぼけた頭巾に目をやった。

「信じられねえだろう。だが本当だ」

「どうしてですか。どうして急に――」

「見えるからだよ」と、角蔵は答えた。

「見える？」

「そうだ。この頭巾を被って出てゆくと、まだ半鐘が遠いうちから、煙の匂いさえしねえうちから、その日の火事の有様が、まるで幻を見るように頭のなかに浮かんでくるんだ。炎がどんなふうに吹き出すか、燃え移るか、どこの纏《まとい》がどんなふうに振られるか、野次馬たちがどっちのほうへ走ってゆくか。全部が見えるんだ。家主がどこの物干竿《ざお》をかっぱらって、消口にどんなふうに立てて歩くか、そんなことまで見えるんだ。はじめからしまいまで、火事場のことが残らずな」

目をむいている文次に、角蔵は笑いかけた。

「俺も、最初は、てめえの頭がおかしくなったのかと思ったよ。だがすぐに思いなおした。その日の火事場の有様は、俺が目の奥で見たのと寸分たがわねえようになったんだ。少しの違いもねえ。だから、俺は怖くなくなったんだよ。どの屋根が燃え落ちるか、風の向きがどうかわるか、どこに誰がいてどういうことになるか、みんなわかってるんだからな。危なくねえように、そのうえでしっかり働くことができるように、自分の身体をもっていくことぐらい、やさしいもんだった」

それから数日すると、例の按摩がやってきて、首尾はどうだったかと尋ねてきた。

「あんたの言うとおりだったと答えると、按摩は心底うれしそうに笑ったよ。今思うと、あのあけっぴろげなうれしそうな顔に、俺はもっと気をつけなきゃならなかったんだが、そのときはもうただただ有頂天で、世の中に怖いものはひとつもなくなったような気がしていたからな」

礼を言う角蔵を押し止《とど》めて、按摩は言ったという。

――ただし、この頭巾を被り続けていると、ちっとばかり、損をすることもでてきます。しかし、それはたいしたことじゃない。あんたが火消しとして名を馳《は》せたなら、そのくらいのこと、どうでもいいと思って納得してしまう程度の、些細《ささい》な代償です。ですから、案じることはないですよ。

どんな損なのかと、角蔵は訊《き》いた。すると按摩は薄笑いをして答えた。

――あんたを嫌う人が出てくる、とでも言えばいいでしょうかね。

「それは、まわりのねたみをかってそうなるという意味かって訊くと、按摩は笑っただけだった。だから、俺はそう受け取っちまった。そして、それぐらいならなんてことねえと思ったんだ」

角蔵は、ぐいと首を振った。

「俺は馬鹿だった」

歯噛《はが》みしているかのような声で、そう言った。

「もっとつっこんで訊くべきだったのに、そうしなかった。どうして按摩があんなににやにや笑っているのか、いやそもそも、どうして野郎が按摩をしているのか、それを訊いてみるべきだったのにな」

「どういうことです？」

「その按摩も、昔は火消しだったんだよ。そのことは、組の連中なら誰だって知っていたんだ。俺も知っていた。按摩の首筋にも、火傷《やけど》の痕がいくつか残っていたよ」

若き日の角蔵が按摩に尋ねたのは、どうしてこの頭巾にはこんな力があるのか、この「だるま猫」にはどういう意味があるのかということだけだった。すると按摩は答えた。

——私にも、それはしかとはわかりません。ただ、だるま猫と呼ばれていた、百年も長生きをして霊力を持つようになった老猫《ろうびょう》を殺して、その皮でこさえた頭巾だそうでございますよ。

その言葉を、文次が頭のなかでこねくりまわしているうちに、角蔵は言った。

「このだるま猫を、おめえに貸してやろうと思う」

文次ははっと目をあけた。

「おめえは散々苦しんできた。それを見ていて、俺も何十年かぶりに、こいつを押入れからひっぱりだす気になったんだ。先《せん》に言ってたな。臆病者を返上できるなら、どんなことでもするって。本当にそんなことができるかどうか、試してみるといい。こいつをおめえにくれてやる。被って、火事場に出てみるといい。それから俺のところに戻ってこい。そうして、これからの身の振り方を決めるといい」

「俺にこいつを……」

「そうだ。被ってみろ。きっと、さっき俺が言ったようなことが起こる。さぞ気分がいいだろう。そしたら、俺のところへ来い。おめえが、このだるま猫と、こいつが運んでくる損とを秤《はかり》にかけて、どっちをとるか、決められるように算段してやるから」

「親父さんがですか」

「そうだ。俺こそ、生きた証《あかし》だからな」

角蔵の言葉は、自分で自分を嘲笑《あざわら》うような色合いに染まって聞こえた。口元が歪《ゆが》んでいる。だが、そのあとすぐに、真顔になって、薄暗がりのなかで怖いほどに、思わず文次が身を引いたほどきついまなざしになって、角蔵はこう言った。

「文次、おめえは臆病者だ。てめえで思ってたほどの肝っ玉はねえ。そのままじゃ、火消しにはなれねえかもしれない。それがどれだけ辛《つら》くて情けねえものか、俺にはよぉっくわかる。おめえの苦しみが本物であることを知ってるからこそ、俺もこんな昔話をしたんだ。わかるな？」

文次は強くうなずいた。何度も何度も。すると角蔵は、苦しげに眉根《まゆね》を寄せた。

「だがな、臆病者には臆病者の生き方がある。酷なようだが、俺はそう思う。おめえが苦しんでるのは、臆病者の自分から、なんとか逃げ出したいと思っているからだ。どんな手を使ってでも逃げ出したいと思っているからだ。だが、文次、それは本当じゃねえ。臆病者の自分を大切にしてやる道が、どこかにきっとあるはずだ。臆病者の自分から逃げちゃいけねえ。一度逃げれば、一生逃げ続けることになる。俺のようにな」

話はそれだけだと言って、文次の手のなかにだるま猫を押しつけ、角蔵は背を向けた。

猪助の下に帰り、もう一度使ってくれと頼み込むと、思っていたよりあっさりと承知してもらうことができた。どうせまた同じことだと、たかをくくられたのかもしれない。

それに、文次も、まだ半信半疑の思いを抱いていた。角蔵の真剣な口調は、いっそ薄気味悪いほどのものだったが、変わり者のじいさんの昔語りが少しばかり羽目をはずしたのだと、思ってしまうこともできた。

だるま猫は、昼の光のなかで見ると、ただ小汚いだけのお古だった。被ってみたところで、どういうこともない。すっかり皮が薄くなっていて、頼りないような気さえした。猪助に見つけられれば、いったいどこからそんな代物を見つけてきたんだと、叱《しか》られてしまうかもしれない。

だが、しかし。

組に戻って半月後、丑三《うしみ》つ時に相生町《あいおいちょう》の一角で火が出たとき、手の震えを抑えてだるま猫を被り、猪助のあとを追いかけて火事場へ出た文次は、角蔵の話に一分の嘘《うそ》もなかったことを知った。

その幻は、頭巾を被ってすぐにやってきた。あたかも文次の頭のなかに幻灯の花が咲いたかのようだった。

燃える長屋が見えた。吹き出す炎が見えた。龍吐水《りゅうどすい》の一台の具合が悪く、あまつさえそれに火が燃え移り、平人《ひらんど》のひとりが大怪我《おおけが》を負う様も見えた。どこが燃えず、どこが危ないか、吹く風も飛ぶ火の粉も、文次の目にはすべてが見えた。

もう、なにものも怖くなかった。


幸い風のない夜で、大きかった火の手も、夜明けになる前に消し止めることができた。肩をたたいて誉《ほ》めねぎらってくれるまわりの火消したちに頭をさげながら、文次はすぐに、角蔵のもとへ向かった。煤《すす》と泥にまみれ、右手には、だるま猫をしっかりと握り締めて。

「親父さん！」

表戸には心張り棒をかけてなかった。角蔵も半鐘を耳にして、今夜文次が出張っていったことを察していたのだろう。だから戸を開けて、文次が戻るのを待っていてくれたのだ。

「親父さん、やったんだ、俺はやったんだよ！」

走りこんで大声で呼びかけると、階上から声がした。「俺はここだ」

文次は宙を飛ぶような勢いで梯子《はしご》段を駆けのぼった。

「親父さん！」

今夜は瓦灯《かとう》がついていなかった。狭い座敷を照らしているのは、指の幅ほどに細く開けた雨戸の隙間《すきま》から差し込む半月の明かりだけだった。

角蔵は寝床の上に起き上がり、こちらに背中を向けて座っていた。

「俺の言ったとおりだったか」と訊いた。

「親父さんの言ったとおりでした」

「だるま猫が火事場を見せてくれたんだな」

「何から何まで」

角蔵の声が、急に冷えた。「それでおめえはどっちをとる」

「え?」

「言ったろう。だるま猫は、おめえに損をさせるってことを。損しても、おめえはそいつがほしいか。そいつがくれる、空勇気がほしいか」

「空勇気じゃねえ」

思わず、文次は声を荒げた。

「こいつは俺の救いの神です。こいつのために、多少ひとからねたまれたって、俺はちっともかまいやしねえ」

「ねたまれるってことじゃねえ」と、角蔵は低く続けた。「嫌われるんだ。人と関われなくなるんだ」

「そんなこと、俺にはどうでもいい!」

叫ぶように言った文次におっかぶせるように、角蔵が声を張り上げた。

「じゃあ見せてやろう。だるま猫の報いをな。こいつのせいで、昔火消しだった男が按摩になった。てめえでてめえの目を潰《つぶ》さずには生きていられなくなったからだ。そしてその按摩はてめえだけが苦しむのが悔しくて、それを俺にも持ちかけた。馬鹿な俺は、それをつかんだ。つかんだ挙句に、女房子供も持てず、火消し組にもおれなくなって、ひとりきりになって、それでもまだ、夜はおちおち眠れねえ。明かりのないところで、ひょいと誰かが俺の顔をのぞくんじゃねえかと思うと、命が縮まるからだ」

「……親父さん？」

「これがだるま猫の報いだ、そら」

角蔵は振り向いた。その両の目が、細い月明かりしかない闇《やみ》のなかで、真っ黄色に、爛々《らんらん》と光っているのを文次は見た。まるで、猫の目のように。

たまげるような叫び声をあげ、手にしていただるま猫を放り出し、文次は一目散に逃げ出した。逃げて逃げて、一度もうしろを振り向かなかった。

その日の明け方近くになって、ひさご屋の二階から火が出た。火はおもしろいように燃え上がり、ひさご屋を丸焼けにしておさまった。ただし、近隣には一寸と燃えひろがらなかった。

焼け跡から、黒焦《くろこ》げになった死体がひとつ出てきた。角蔵のものと思われた。瓦灯の油の匂《にお》いがぷんぷんしている。放火と思われた。

人々は訝《いぶか》った。角蔵が、頭に皮頭巾をかぶり、それがはずれないように、顎のところでしっかりと押さえたまま死んでいることを。その皮頭巾から、とりわけ強く、油の匂いがしていることを。

ただひとり、文次だけは、それを不思議には思わなかった。

(文次逃げるな。一度逃げれば、一生逃げ続けることになる。俺のように)

その言葉だけが、幾度もよみがえっては耳朶《じだ》を打った。

第八話　小《こ》袖《そで》の手

一

そろそろおまえも、自分の小袖ぐらい自分で見つくろって買うことができるようになってもいいと思って、今日はひとりで出かけさせたのだけれど、どうだったかい。さっきから、いやに嬉《うれ》しそうな顔をしているようだね。

いいものを見つけた？　おっかさんの言って聞かせたことをちゃんと頭に入れて、よくよく気をつけてきただろうね、本当に。

どのあたりまで行ってみたの。おや、牛込《うしごめ》まで行ったのかい。帰りが遅いことだし、おまえはもともと凝り性だから、そんなこともあるかと思ったけれど、ずいぶんと足をのばしたもんだ。

牛込の、どのあたりだい？　あそこは古着店《だな》というくらいなんだから、店はたくさんあるだろう。古川橋の手前の、道の左手の三軒目？　隣が紺屋《こうや》だって？　さて、見当がつかないねえ。おっかさんも久しくあっちのほうにまでは行ったことがないし、それはきっと、新しいお店なんだろう。

どれどれ、広げてごらんな。ちょっとおっかさんに見せてごらん。

ほう……。

これは伊予染《いよぞめ》だね。またずいぶんと渋い鼠色《ねずみいろ》を選んできたものじゃないか。そりゃあ、黒《くろ》繻子《じゆす》の襟にはよく映えるかもしれないけれど、それであんたに似合うものかしら。これじゃあ、路考茶《ろこうちや》のほうがずっとましだ。

おや、にやにやしておいでだね。先に釘《くぎ》をさしておくけどねえ、いくら世間さまで流行《はや》っているからといっても、おっかさんはあんたに、この着物の裾《すそ》から緋《ひ》ぢりめんや友禅模様の長襦袢《ながじゆばん》をぞろりとはみ出させてそこらを歩きまわらせるつもりなんか、これっぽっちもないからね。ふくれた顔をしてみたって知らないよ。いいかい、そんな水茶屋の女まがいのことをしていたら、嫁のもらい手がなくなっちまうんだからね。

ところでおまえ、これをいくらで買っておいでだい？　おや、ずいぶんと安いじゃないか。それでさっきから、そんなふうに箍《たが》がはずれたみたいな薄ら笑いをしているんだね。

わかったよ。そうだね、おまえの言うとおり、たしかに安いとおっかさんも思う。だからね、少しのあいだおっかさんをひとりにして、この小袖をよく見させておくれでないかい？

いいえ、べつに難癖をつけようというのじゃないよ。娘がどれほど立派に買い物をしてこれたかどうか、じっくり拝んでみたいというだけさ。

それに、今夜はきっと忙しいよ。走り蕎麦《そば》を食べにくるお客さんが多いからね。だもの、今のうちからおとっつぁんを手伝って、少し機嫌をとっておけば、この次には、帯のひとつもねだることができるかもしれないじゃないか。

さあ、いい子だから、あっちへ行っておいで。

おつるかい？　いいよ、お入り。

おやおや、急にそんな大きな声を出すひとがあるもんか。とにかくお座り。わかったよ、たしかにおっかさんは、おまえの買ってきた小袖をほごしてしまったよ。だけれど、これにはちゃあんと理由があるんだ。それを今から話してあげるから、そんなふうに泣きわめくのはあとまわしにしておくれ。そら、鼻紙をあげるから涙をおふき。

ねえ、おつる。これからおっかさんの話すことを、信じるも信じないも、おまえの心ひとつだ。だけどおっかさんは、よかれと思って、おまえのためだと思って、これこれのことを言って聞かせるんだからね。

なんだって？　おっかさんはいつだってそうだ？　そうだねえ。おっかさんてもんは、おっかさんになったときから、そういうふうになるようにできてるんだろうさ。仏さまのはからいでね。

そろそろ、話を聞く心持ちになったかい？　もう一度鼻をかんで。いい娘が台無しじゃないか。

さて、ねえ。

おまえ、「つくも神」という言葉を聞いたことがあるかい。ない？　まあ、おさきちゃんやお糸ちゃんとばっかりつるんでたら、百年たっても耳に入ってくることじゃなかろうけどね。

「つくも神」というのはね、あたしたちが家のなかで使っている道具——そうだよ、桶《おけ》だの杓子《しゃくし》だのお釜《かま》だの、櫛《くし》や鏡や、箒《ほうき》やちりとり、そういうものに係わりのあることさ。そこじゅうにあるああいう道具の類《たぐい》が、長いこと使われているうちに、生き物のように精気を帯びることがある、それをさして呼ぶ言葉なんだそうだ。

もっとも、それは本当の神さま、良いことをしてくれる神さまじゃあない。どっちかっていうと、お化けのようなものだ。人を驚かせたり、怖がらせたり、ときには災いももってくる。どうしてかっていうとね、恨みがあるからさ。

道具というものはね、なんでも、百年使われると、みんな魂を持つようになるのだそうだ。それだから、あんまり古いものは、粗末に扱ったりしないほうがいいんだよ。まあ、普通は、どんな道具でも百年はもちゃしないから、そんなに怖がることはないけれどね。

そう、普通は、早いうちに壊れたりして捨てられてしまう。だから魂を持つなんてところまでは、とうていいかない。けれど、たまに、とても長もちした道具があって、それが、あと一年で百年というところで捨てられてしまったら、どうだろう。そりゃもう心から残念がって、深い恨みを持つようになるんじゃないかい？　そうだよねえ。それで、本物の魂の入っていない、お化けに変わってしまう。それが「つくも神」だよ。「つくも」というのは、「九十九」という字をあてるのさ。わかるかい？

そんなふうにね、台所の杓子にだって、魂が宿ることがあるのさ。だから、ましてや、人が身につけるもの、人の心のより所になるものには、もっともっと、気をつけて手を触れなくちゃいけない。おまえは、おっかさんといっしょに古着屋に行くたびに、おっかさんはしわいやだと文句を言っていたけれど、べつに銭金だけを惜しんで買い控えてきたわけじゃないんだよ。おっかさんはね、前の持ち主の魂——それも、その着物を惜しんだり恨んだりしている魂の残っているものを、金で買うわけにはいかないと思っているから、いつも目を光らせてきたのさ。

とりわけ着物には、女の心が吸い取られることが多いからね……。

おっかさんがそんなふうに思うようになったのは、子供のころに、ひとつ、不思議なことを見聞きしたからだ。これから、その話をしてあげよう。

二

あれは、おっかさんが十のときのことだった。季節はちょうど今ごろ——秋の彼岸の前くらいじゃなかったかと思うよ。

おまえも知っているとおり、おっかさんのおとっつぁんは棒手振《ぼてふ》りの八百屋で、あのころは、深川の冬木町というところに住んでいた。そう、あの材木問屋の冬木屋のあるところだよ。長屋の名前は、もう忘れてしまったけれど、差配さんは猪兵衛《いへえ》というお年寄りで、いつも杖《つえ》をついて歩いていた。節のぼこぼこある、太い杖でね。いたずら小僧が悪さをして、あんまり手を焼かせると、それでお尻《しり》をどやしつけたりする、ちょっと怖い人だった。

おっかさんたちの住まいは、木戸の入り口から二軒目の左側で、表店《おもてだな》には豆腐屋の夫婦が住んでいた。おっかさんのうちは貧乏で、いつも食べ物にきゅうきゅうしていたから、そのお豆腐屋さんが、ときどきただでくれるおからに、ずいぶん口を助けてもらったもんだったよ。

こうして考えると、夢のようだね。明日のおまんまのあてさえなかったおっかさんが、今はこうして、繁盛《はんじょう》している蕎麦屋のおかみさんと呼ばれていてさ、おとっつぁんがいておまえがいて……。

おやいけない、ほかの思い出話をしてる暇はないんだよね、なんせ、忙しい日なんだから。

さて、そのころ、うちの隣に、三造という男のひとが住んでいた。そのころでもう、六十近い年配で、ようやく髷《まげ》を結ってるというくらい、髪も少なくなっていた。

この三造さんは、子供のおっかさんの目から見ても、ずいぶん寂しい暮らしをしているひとだった。ひとり住まいで――ずっとずっとひとりだって噂《うわさ》だったよ――誰が訪ねてくる様子もなくて、身寄りなんて影もない。家のなかをのぞいてみたひとの話じゃ、仏壇や位牌《いはい》のひとつもなかったっていうんだから、家族に先立たれてひとりになったというのでもなく、とにかく、ひとりだってことだったのさ。おまけに、長屋の連中とも、顔をあわせれば挨拶《あいさつ》するというくらいの付き合いしかしない。まあ、変わり者、ひと嫌いだったんだろうね。

さっきも言った猪兵衛という差配さんは、口も堅かったから、長屋の住人の噂話など、一度だってしたことがなかった。向こうから持ちかけられてもはねつけて、じろりと睨《にら》んで、それでおしまい。だから、いろいろあったあとでも、とうとう、この三造さんの身の上については、おっかさんたちも長屋のひとたちも、誰も何も知ることができなかった。いろいろって、何があったんだって？　気の短い娘だね。それをこれから話そうとしてるんじゃないか。

ことの始まりは、三造さんが、どこかの古着屋から、一枚の女ものの小袖を買ってきたことだった。

三

男が、それも六十年配のおじいさんが、女ものの小袖を買うなんておかしいって？　そうだよね、普通はそうだ。だけど、三造さんに限ってはそうじゃなかった。このひとは、袋物売りをしていたからさ。

わかるだろう？　ときどき、両国橋のあたりにも出てるじゃないか。竹竿《たけざお》に、服紗《ふくさ》とか指頭巾《ずきん》とか煙管《きせる》入れとか、きれいな袋物をいっぱいぶらさげて、道端で売ってるだろう。三造さんも、あれを商いにしていたんだ。男だけど、手先の器用なひとだったんだろうね。そういえば、噂だけど、もとは通町《とおりちょう》あたりの大きな呉服屋の奉公人だった、とかいう話も聞いたことがあったっけ。

三造さんは、古着屋や呉服屋をまわって、袋物の材料を仕入れていたんだ。呉服屋からは裁ち残りの端切《はぎ》れを、古着屋からは、しみがついたりしている傷物をうんと安く買い入れてきて、使えそうなところを切りとっていたんだろう。

とにかく、この小袖も、三造さんが、最初は、そういう材料にするために買ってきたものだった。もっとも、そういうことはみんな、あとのほうになってわかったことだったんだけどね。

三造さんの様子がおかしい――そのことを、最初におっかさんの家に知らせてきたのは、向かいに住んでいた、おすずという小唄《こうた》のお師匠さんだった。訪ねてきたのは夕方のことだったけれど、その日はね、よく覚えてるよ、また夏が戻ってきたんじゃないかと思うほどの陽気でね、おっかさんたち、汗びっしょりだった。

だから、おすずさんがおでこから汗を流しているのを見たときも、最初は、おっかさんもおっかさんのおっかさんも、暑さのせいだと思ったんだよ。ところがよく見ると、おすずさん、がたがた震えてるじゃないか。

「いったいどうしたんですよ、師匠」と、おっかさんのおっかさんはきいた。

すると、おすずさんはうちのなかに駆け込んできて、おっかさんのおっかさんにしがみついてきたもんだ。

ちょうどそのとき、おっかさんとおっかさんのおっかさんは、ふたりで提灯貼《ちょうちんは》りの内職をしていたところだったんで、手がねばねばしていてね。おすずさんというのは、小唄の師匠で世渡りしているくらいのひとだから、万事に洒落《しゃれ》てて奇麗好きで、ふだんだったら、提灯貼りのねばついた手になんか、けっして触ろうとしないひとだったんだよ。それが、溺《おぼ》れかかった人が竿をつかむみたいにして飛びついてきたんだ。息を切らして言ったよ。「新しい財布をひとつ、買わせてもらおうと思って」

「今、三造さんのところへ行ってたんだけど」と、おっかさんのおっかさんがきいた。

「三造さん、帰ってたかい？」と、おっかさんのおっかさんがきいた。

おすずさんは、ぶるぶる首を振った。

「まだだったよ。だけど、戸は開いてたから——」

今はもうそんなことはないだろうけれど、三十年近く昔の冬木町の裏店《うらだな》じゃ、出かけるときも寝るときも、いちいち戸締まりなんかしなかったもんさ。盗《と》られて困るようなものなんか、誰も何も持っていなかったからね。

「なかへ入って待たせてもらおうと思ってさ。あがりかまちのところに腰かけて、ちょっとのあいだ待っていたんだけど……」

「そしたら？」

おすずさんは、うちの隣、子供が暴れて蹴飛《けと》ばしたら、すぐにも穴があいてしまいそうな薄い壁一枚むこう側の三造さんのすまいのほうをはばかるようにして、声をひそめた。まるで、そっちで誰かが耳をそばだてているとでもいうみたいに。

そして言ったんだよ。

「壁ぎわの衣桁《いこう》に、小袖が一枚かけてあって。萌黄色《もえぎいろ》の、そりゃあきれいな小袖なんだけど。錦糸で縫い取りがしてあってね」

「ああ、そりゃ、三造さんが商売に使うものでしょうよ。買ってきてしばらくのあいだは、湿気を抜くために衣桁にかけておくんだって、言ってたことがありますよ」

おすずさんは、また隣をうかがうような顔をした。

「あたしもそう思って、おやきれいだこと、と思って見ていたの。あんまり立派なものだから、三造さんが袋物をつくるために裁ってしまう前に、まるごと譲ってもらえないもんかしら、なんて考えながら」

「そうしたら？」

おすずさんは、また汗を流した。それが冷汗だってことに、やっとおっかさんは気がついた。

「その小袖の袖口から、白い手が二本、すうっと出てきたのよ。出てきて、あたしのほうに、おいでおいでをしたんですよ」

それだけ言ってしまうと、おすずさんは、頭を抱えてその場にしゃがみこんでしまった。

おっかさんは、頭から井戸におっこちたみたいな気がしたよ。もう怖くて怖くて、動けなくなっちまった。そしたら、おっかさんのおっかさんが、なんだか怒ったような顔でおすずさんを助け起こしながら、

「子供の前で、妙な話をしないでくださいよ、師匠。寝小便でもされたら困るんだから」

おすずさんは泣きながら、つくり話なんかじゃないって言ってたけど、おっかさんのおっかさんは、なんとかしておすずさんを外へ連れ出してしまった。そして、しばらくしてから

戻ってくると、おっかさんに言った。

「あんな話、気にするんじゃないよ、いいね？」

おっかさんはうなずいた。それでとりあえず、話は済んでしまった。

だけど、その晩は眠れたもんじゃなかったよ。


うちのおっかさんもおしゃべりな気質《たち》じゃなかったから、おすずさんとのことはほかの誰にも——おとっつぁん以外には——話さなかったし、おとっつぁんも、そういうことですぐに騒ぎ立てるような弱気な男じゃなかったから、その場はそれでおさまった。

だけど、おすずさんにしてみればおさまらなかったんだろう。それに、噂というのは韋駄《いだ》天《てん》だからね。三日としないうちに、三造さんのところの古着の小袖から手が出たって話は、長屋じゅうに広まっちまってた。

怖いもの見たさってのは、本当によく言ったもんだね。そうなると、今まで三造さんと付き合いのなかったような連中が、われもわれもと三造さんのうちをのぞきに行くようになったのさ。

三造さんはおとなしいひとだったけど、馬鹿《ばか》じゃなかったから、すぐに、それがどういうことか察しがついたらしい。だけど、そこから先がふに落ちなかった。

いつもの三造さんなら、自分のことが元になって長屋で騒動が起こってる——なんてことがあったら、何をさておいても謝って、自分のほうに咎《とが》がなくても頭をさげて、それで丸くおさめようとするはずだった。それくらい、ひとと係わることの苦手な、弱腰のひとだった。

それが、そのときに限っては、ちがってた。強気に言ったもんだよ。うちにはそんな小袖はない、何かの見まちがいでしょう、ってね。

あのときの三造さんの顔を見て、おっかさんは思ったもんだよ。まるで、自分の女房が、よそで男をつくってるって言い付け口をされた男みたいだなって。なんだい？　おっかさんはませてた？　まあ、いいじゃないか。それはあんただって似たようなもんだったよ。

三造さんは、以来、それでなくても薄かった長屋の連中とのつきあいを、鋏《はさみ》で切ったみたいにぷっつりと断ってしまった。誰に会っても、にこりともしないんだよ。

それでも、三造さんの留守を狙《ねら》って、小袖を見にいこうという連中はあとを断たなかったけれど、そこは相手も考えたものでさ、商いに出かけるときに、たたんで持って出てしまってたらしいんだよね。衣桁にはかかっていないし、もの入れにもしまってないって、確かめたやつがいたそうだから。これも呆《あき》れた話だけどね。

そんなこんなで、最初は大騒動になった一件だったけれど、半月もすると、話が尻すぼみに小さくなっていった。みんな食うことに追われていたから、そう長いこと、他人さまのこと、しかもおまんまのたねにならないことに、かかずらってる暇はなかったってことさ。

だけれど、三造さんのすぐ隣に住んでいる、おっかさんのところでは、話が別だった。話が消えるどころか、どんどん恐ろしい向きに進んでいったんだ。

どうしてかっていうとね、おつる。三造さんのところから、毎晩、笑い声が聞こえてくるようになったからなんだ。三造さんの声がね。

四

あのひとが声をたてて笑うなんて、それだけでも信じられないようなことだった。だけど、本当なんだよ。毎晩、床につくころになると、三造さんが楽しそうに笑って、その日の商いの具合だの、出先であった面白いことだのを話しているのが聞こえる。ときには、愚痴をこぼしていることさえある。

たまらなかったよ、おつる。おっかさんたち一家は、毎日毎日、冷たい水でびっしょり濡《ぬ》れた布団《ふとん》で寝ているような気分だった。その布団だって、一日ごとに、一寸きざみに、隣との仕切りの壁から遠いところへ、遠いところへと離して敷くようにしていったんだけど、そんなのは限りがあるからね。親子三人、しがみつきあうようにして寝なくちゃならなかった。

おまけに、恐ろしいことがもうひとつあった。

おっかさんたちも痩《や》せる思いだったけど、三造さんは本当に、日毎夜毎《ひごとよごと》に痩せていったということさ。

血の気が少なくなっていくようだった。商売ものをぶら下げた竹竿を背負って出てゆくとき、足元がふらつくようになっていった。その度合いがひどくなっていくのが、お陽さまの傾き具合で影が伸びたり縮んだりするのを見るように、はっきりと見てとることができたんだ。

おっかさんたちが住んでいた棟は、豆腐屋さん、うち、三造さんのうちの三軒でひとくぎりになっていたけれど、豆腐屋さんていうのは、夜はめっぽう早寝で、朝はあたしたちより早起きだ。だから夜中に、三造さんのうちのなかで起こっていることを耳にすることができるのは、おっかさんのうちだけだった。長屋のほかのひとたちは、最初の一件以来、三造さんをうとましく思う気持ちのほうが強くなってしまったみたいで、みんな、係わりあいを避けるようにばっかりなっていたしね。

親子三人で、いろいろ気をまぎらわしあったり、三造さんのところにお客でも来てるんだろうとか、いいかげんなことを言い合いっこしたりして、しばらくのあいだは我慢をしたよ。だけど、とうとうその辛抱も切れかかったころに、差配さんが訪ねてきた。月に一度の、店《たな》賃《ちん》をとりにね。

三造さんの顔をひと目見て、差配さんには、尋常でないことが起こっているということが、すぐにわかったらしい。隣のよしみだということで、すぐにうちへやってきた。

「本人と話しても埒《らち》があかない。いったいどういうことだろう」

おっかさんたち、もう、ぶちまけるようにして全部話したよ。

差配さんは、木彫りのお面になったみたいな険しい顔をして話を聞き終えると、その夜、うちにひと晩泊めてほしいと言った。そうして、たしかに三造さんが誰かとしゃべっていることを、耳で確かめて帰っていった。

「あと何日か、辛抱してくれ。こういうことをきちんと始末できるひとを、なんとかして頼んでくるから」と言い置いて。

「ぜんたい、三造さんに何があったんでしょう」

泣きそうな顔で尋ねたおとっつぁんに、差配さんは答えた。

「可哀相《かわいそう》に、魔物に魅入られてるんだろうよ、あの男は」

それから四日ばかりかかったろうかね。差配さんが、どこぞのお寺のえらいお坊様を連れてやってくるまで。

そのあいだに、おっかさんたち一家は、たった一度だけ、差配さんが「魔物」と呼んだその小袖を、じかに目で見ることができた。それがよかったかどうか、いまだにわからないんだけど。

満月の夜だったよ。いつものように、三造さんは楽しそうにしゃべってた。それがふっつりやんだかと思うと、引き戸の開く音が聞こえてきた。

おっかさんたち親子三人、明かりを消したうちのなかで、さあどれぐらい、顔を見合わせて考えていたろうかね。

「様子を見てみよう」

と立ち上がったのは、おとっつぁんだった。

「おめえたちはここにいろ」

だけど、おとっつぁんひとりを行かせるわけにはいかなかった。おっかさんのおっかさんと、おっかさん。手を握りあって、そっと引き戸から顔を出してみた。

すぐそばに、おとっつぁんがしゃがみこんでいた。水桶《みずおけ》の陰に隠れていて、あたしたちにも(しゃがめ)と手振りでさしずしてきた。それぐらいすぐ近く、目と鼻の先に、三造さんがいたんだ。

三造さんは、長屋の木戸のとっつきのところに立って、こちらに背中を向けて、夜空に真ん丸に浮かんでいる、青白いお月さまを見あげていた。

そして、見るかげもないくらい痩せ細ったその肩に、あの小袖をしょっていた。

わかってるんだよ。小袖をしょっていたんじゃなくて、かぶっていたと言ったほうがいいんだろう。だけどね、おつる。あのとき、おっかさんの目には、たしかに三造さんが、あの小袖をおんぶしているように見えたんだよ。

おすずさんが言っていたとおり、萌黄色の地に、肩口や袖や裾《すそ》のところに、錦糸で豪華な縫い取りをほどこした小袖だった。それが、月の光に輝いていた。まだ今のように、おかみが厳しく贅沢《ぜいたく》を禁止しているような時代じゃなかったから、袖もたっぷりと長くとってあってね。

三造さんは、本当に子供でもおんぶして、「そら、お月さんだよ、きれいだね」と見せてやっているかのように、ゆっくりゆっくりと、身体を左右に揺らしていた。はっきりとは聞こえなかったけれど、鼻歌のようなものをうたっていた。

萌黄色の小袖は、三造さんが身体を揺らすと、かすかな夜風にひるがえる。裾や、袖や、身ごろのところが。

そのたびに、ちらりと見える裏地は、一面、緋色《ひいろ》一色だった。血のような色だった。

そして、おつる。おっかさんは見たんだよ。

緋色の裏地にぐるりと縁どられた、小袖の両の袖口から、夜目にも真っ白な腕が二本伸びて、しっかりと、三造さんの首を抱いているのを。

おとっつぁんが合図をしてきて、あたしたちはみんな、うちに戻った。眠らずに、その夜を越した。

あれは、おっかさんのおとっつぁんもおっかさんも見たと思う。見なかったわけがあるものか。だけど、たぶん、おっかさんに怖い思い出を残したくなかったからだろうね。ふたりとも、あのときのことは、死ぬまで一度も、ひと言も口に出さなかった。

そして、その翌朝のことだったよ。あたしたちが見かけたその場所で、三造さんが倒れて死んでいるのを、早起きの豆腐屋さんが見つけたのは。

そのときには、三造さんはひとりきりだったそうだ。小袖はなくなっていた。

そう、姿を消してしまっていた。

さっきも言ったように、差配さんと偉いお坊様は、手遅れになってからやってきた。だから、まとまって筋の通った話を、あたしたちに聞かせてはくれなかった。

差配さんは、三造さんの荷物を片づけ、そこでお坊様になにがしかのお清めをしてもらったけれど、たっぷり一年以上は、そこを空家のままにしておいた。

このことについて、差配さんがあたしたちに言った言葉は、とても少ない。だけど、おっかさんはよく覚えてるよ。

「あの小袖は、何かの理由で横死した女の魂がこもったものだったんだろう。古着には、よくあることだ。よく調べると、血のしみが残っていたとか、死人の死装束をはがして売りに出されたものだったとか」

「だけど、そんなものを、なんだって三造さんは……」

大事にして、楽しそうに話しかけて、あげくには背負ってお月見なんかしていたんだろう。問いかけたうちのおとっつぁんに、差配さんは答えた。

「三造は、寂しかったのだろうな」

あたしもそう思うよ、おつる。あのお月見を見た者なら、誰でもそう思うだろうね。三造さん、あれはあれで本望だったのさ。

そうそう、あとひとつ、付け加えておくことがある。小唄《こうた》の師匠のおすずさんのことだ。三造さんが死んで、あの小袖が消えてなくなると、今さらのように、長屋じゅうをひっくり返したような騒動が起こった。もちろん、おすずさんもそのなかに巻きこまれた。だけどね、おすずさんは言うんだよ。

「たしかにね、あたしが見たのは、萌黄色の地に錦糸の縫い取りのある小袖でしたよ。だけど、裏地は緋色じゃなかった。白でしたよ。誓って本当に、真っ白でした」

おっかさんの長い話、聞きくたびれたかい？　これという種明かしのある話じゃなかったけど、でも本当にあったことなんだよ。

およしよ、そんなふうに震えるのは。あの小袖は、いくらなんでも、もうどこかで灰になっちまってるだろうよ。え？　あたしはもう一生、萌黄色の着物は着ない？　おやおや、怖がらせちまったもんだね。

ところでね、おつる。怖がりついでに、もうひとつ聞いておくれでないかい？

おっかさん、こうして、あんたの買ってきた小袖をほどいてしまったけどね。どうしてこんなことをしたのかは、もうわかるだろ？　おかしなところがないかどうか、よく見るためにこうしたんだよ。品物のわりに、あまりに売値が安すぎるんでねえ。

それでね、おつる。おっかさん、これを見つけたんだけど。どう思うね？

ほら、これ。どうも身幅が狭いような気がしてしょうがなかったんだけど、脇《わき》のところを詰めて、縫いなおしてあったんだよ。それをほどいてみたら、これさ。この傷、なんだろうね。ちょうど脇腹のところだよ。刀傷の痕《あと》かしら——

わかったよ、わかったよ、なにも泣かなくてもいいじゃないか。じゃ、この小袖は、おっかさんがいいように言い訳して、古着屋に返してくるから。それとも今夜ひと晩ここに置いて、なにか見えるかたしかめてみようかね？

嫌だね、意地悪で言ってるんじゃないよ。泣くのはおよし、およしったら。

第九話　首吊《くびつ》り御本尊《ごほんぞん》

逃げて帰ったところで何にもならなかった。おとっちゃんには死ぬほどひっぱたかれたし、上総屋《かずさや》からはすぐに迎えがきた。

「おめえの給金は、もう向こう三年分もちょうだいしてあるんだ。逃げてくるなんざとんでもねえ。ちっとはみんなのことを考えろ」

おとっちゃんが怒鳴り、おかあちゃんは泣く。だがふたりとも、上総屋の番頭さんがやってくると、そろってぺこぺこ頭を下げ、捨松《すてまつ》の頭も押さえて何度もお辞儀をさせると、ただただお許しくださいとお願いするばかりとなった。

番頭さんは怖い顔はしていなかったし、首に縄をつけてもひっぱって帰ろうという様子ではなかったけれど、このまま捨松が奉公に戻らなければ、前渡しの給金は返してもらうことになるとだけ、喉《のど》にこもったような声で繰り返した。

おとっちゃんもおかあちゃんも、そのたびに、すりきれた畳に頭をこすりつけて謝った。それを見ていると、まだ十一の捨松にも、この世の中の道理がわかってきたような気がしたのだった。

そのことが、何よりも心にこたえた。もう帰るうちはないのだ。いや、もともと生まれたときから、うちなんてものはなかったのかもしれない。貧乏人はみんなそうなんだ。

「辛《つら》いだろうけど、おかあちゃんを助けると思って奉公しておくれ。あんたが頑張ってくれなかったら、みんなで首をくくって死ぬしかないんだよ」

おかあちゃんは、泣きながらそう言った。可哀相《かわいそう》に帰っておいでなんて、ひと言も言ってくれなかった。

番頭さんは、通町《とおりちょう》のお店まで捨松を連れ帰る道中、まったく口をきかなかった。大川を渡って吹きつけてくる冬の風が耳たぶをちぎりそうなほど冷たく感じられる朝のことだった。昨日の夕暮れ、馬喰町《ばくろちょう》までお使いに出されたとき、おうちはすぐそこだろう、おかあちゃんはすぐそこにいるぞ、渡ってこい渡ってこいと歌い招いているように見えた両国橋――駆け出した捨松の小さい足の下で、おうちへ、生まれ育った長屋のあの小さな部屋へと捨松を運んでいってくれるように流れていった橋の木板の一枚一枚が、今朝は陽ざしの下で、死んでしまった馬の腹の皮のように白っちゃけて見える。

「今日は飯抜きだ」

上総屋の勝手口まで帰りついたところで、番頭さんがやっと口を開いたかと思うと、たったそれだけを言った。捨松はもう涙も涸《か》れ果てていたけれど、腹の虫はぐうと鳴った。

捨松は五人兄弟の長男として生まれた。おとっちゃんは手間大工とまでもいかない日雇い職人で、そのくせ稼いだ金の大半は酒につぎこんでしまう。おかあちゃんは、にっこり笑った顔などほとんど見せることのない暮らしのなかにどっぷりと首まで浸《つ》かり、毎日毎日少しずつすりきれてゆく。

そんななかでは、むしろ、捨松が今まで奉公に出されずにいたことのほうが不思議かもしれない。もっとも、前々から話はいくつかあったらしいのだが、長屋のなかでも群を抜いた貧しい暮らしぶりと、もともとあまり明るいとは言えないおかあちゃんの顔つきと、酒を飲んでは暴れるおとっちゃんの悪い評判とが重なりあって、「あのうちの子供は手癖が悪い」とか、「あのうちの子供じゃ使いものになるまい」とかの噂《うわさ》が先走り、それらの話が立ち消えになっていたということもあったようだった。

それだけに、日本橋通町の呉服問屋上総屋からの丁稚《でっち》奉公の話には、おとっちゃんもおかあちゃんも死に物狂いでしがみついた。

「奉公に出れば、あんたはもうひもじい思いをしなくてよくなるし、おかあちゃんたちも助かるんだよ」

おかあちゃんは捨松に説いてきかせ、どれほど辛くたって一生懸命ご奉公するんだよと、捨松の手を握って涙を流したものだ。

どうしてもどうしても辛かったら帰ってきてもいいんだよとは、言わなかった。

だけど幼い捨松は、おかあちゃんも口では言えないけども、心ではそう思ってくれているのだろうと考えていた。だからこそ、奉公の話にもうなずいたのだ。辛かったら帰るうちがある、と思ったからこそ。

だけどちがってた。もう帰るうちはない。帰っていってもおかあちゃんは泣いているだけだ。

連れ戻されたその日、すきっ腹を抱えて反物巻きの手伝いをしながら、捨松の頭のなかに、おかあちゃんの泣き顔が何度も何度もよみがえった。寂しくって辛くって帰りたかったよと泣く捨松のほうを見ようともせず、顔をおおって泣いていたおかあちゃんの姿が、消しても消してもよみがえった。

「またぼうっとしてやがら、見ろ、反物がゆがんじまってるじゃねえか」

ひとつ年上の丁稚に嫌というほど頭を小突かれて、それでようやく我にかえったけれど、耳の底からはおかあちゃんの泣き声が消えなかった。どうしても。

二

大旦那《おおだんな》さまがお呼びだよ——と伝えられたのは、連れ戻されてから数日後のことだった。

「今夜寝る前に、大旦那さまの御寝所へうかがうんだ。私がおまえを連れてゆくから、きちんと支度して、ぱっちり目をさましておきなさい」

大旦那さま？　旦那さまではなく？

捨松だけでなく、いっしょにいたほかの奉公人たちも、それには疑問を感じたようだった。みなが捨松の顔を見つめ、からかうような、いぶかるような表情を浮かべている。

「あい、わかりました」

手をついてきちんとお辞儀をし、捨松はそれらの視線から顔を隠した。胸がどきどきした。お暇を言い渡されるんだろうか？

その晩、約束通りに捨松を迎えにきた番頭さんは、捨松を立たせて身形《みなり》や髪を点検すると、明かりを片手に、先に立ってずんずんと廊下を進んでいった。上総屋の家屋は建てられてから五十年ほど経《た》つもので、建増しを繰り返しているために廊下は迷路のようになっている。番頭さんについて足を踏み入れたよく磨きこまれた廊下は、奉公にあがって以来、捨松が初めて足元に踏み締めるところだった。いや捨松だけでなく、女中奉公の娘たち以外は、大部分の奉公人が、こんな家の奥深くまでは入りこんだことがないに違いない。

奥の間に続く廊下を左に折れ、番頭さんは渡り廊下を渡った。外気にあたるとくしゃみが飛び出しそうになって、捨松はあわてて口元を手でおさえた。満月に近い月が青白く空を照らし、植え込みのそこここが冷たく光っている。霜がおりているんだ。

渡り廊下のとっつきの襖《ふすま》を開けると、三畳間ほどの座敷があった。番頭さんは捨松を促してそこに正座させ、自分もきちんと膝《ひざ》をそろえて座ると、座敷の反対側の襖のほうに向かって声をあげた。

「大旦那さま、捨松が参りました」

ひと呼吸おくれて、年老いた男の声が応じた。「お入り」

番頭さんが進み出て襖を開けた。行灯《あんどん》の明かりの下、床の間のほうを頭にして延べた温かそうな布団《ふとん》の上に、小柄な老人がひとり、身体を起こして座っていた。大旦那さまだった。

番頭さんに肘《ひじ》をつかんでせきたてられ、捨松は膝でにじるようにして仕切りの敷居のところまで進んだ。そこで頭をおさえられ、お辞儀をする。襖の向こうとこちらとでは、部屋の温かさが違っていた。

「頭をおあげ。こちらにおいで」

大旦那さまは捨松にじかに声をかけ、ついで番頭さんに言った。「ご苦労だったね。おまえはもう部屋に引き取っていいよ。捨松も、帰りはひとりで戻れるだろう」

番頭さんは少しためらったようだが、大旦那さまがもう一度うなずいて促すと、一礼して部屋を出ていった。去り際《ぎわ》に、捨松をうんと見据えて、(粗相《そそう》のないようにしろよ)と釘《くぎ》をさすことは忘れなかったが。

「こちらへおいで。襖をしめておくれ。寒いからな」

大旦那さまに言われて、捨松は急いで立ち上がり、襖をぴっちりと閉めた。また正座をし、閉めた襖の前でちぢこまる。すると大旦那さまは笑いを含んだ声で、

「そこでは話ができないね。私はもう年寄りだから、耳も遠いし大きな声も出せない。もっとこちらへ――そうだね、その火鉢のところへおいで。長い話になるから、火にあたりながら聞きなさい。今夜はもっともっと寒くなるだろう」

言われたとおりに、お芝居に出てくるからくり人形のようにして、捨松はぎくしゃくと座を移した。火鉢には炭がいっぱいにいけてあった。気がつくと、部屋の反対側の端にも同じような火鉢が据えてある。温かいわけだ。捨松には夢のようなことだった。

「眠くなってしまうだろうから、さっさと話を始めようかね」

大旦那さまはほほえんだ。年齢のせいなのかもともとそうなのか、捨松とほとんど同じくらいの背格好だ。両の耳たぶがぺったりと頭の脇《わき》にはりついているし、真っ白な髷《まげ》も捨松の中指くらいの大きさしかないくらい、髪は全体に薄くなっている。だから、頭など本当に小さく見えた。

大旦那さまはおいくつぐらいなのだろう。上総屋は今の旦那さまの代になって、もう二十年以上たつという話をきいたことがあるから、たとえば六十歳で隠居されたとしても、もう八十をこしているということになる。

「おまえをここに呼んだのは、ほかでもない、見せたいものがあったからだよ」

大旦那さまはそう言って、ゆっくりと寝床から出ようとした。だがなかなかうまく動けない。とうとう、自分でももどかしくなったのか吹き出して、

「捨松、そこの床の間に置いてある細長い箱をとって持ってきておくれ」と言った。

なるほど、色のついていない、墨だけで描いた絵の掛け軸のかけられた床の間に目をやると、黄色い菊を生けた花盆の脇に、古ぼけた細長い箱が置いてある。捨松は立ちあがり、それをそっと両手で包んで、大旦那さまのそばへと持っていった。

近寄ると、大旦那さまからは枯れ草のような匂《にお》いがした。

「これをごらん」

大旦那さまは細長い箱にかかっていた紐《ひも》を解き、そこから巻物のようなものを取り出した。

広げてみると、それは掛け軸だった。

　床の間にかけてあるのと同じ、墨で描いた絵だった。上総屋に奉公にあがって初めて、捨松はこの世にそういうものを飾る家があるのだということを知ったので、床の間もそこにかけられる掛け軸も、すべてが物珍しいものだった。

　だが、そんな捨松の目にも、その掛け軸、そこにある絵は異様なものに映った。

　描かれているのは、ひとりの男だった。商人ふうの髷を結い、縞《しま》の着物を着ている。番頭さんぐらいの年格好で、髪の毛は少し白くなっている。

　その男は、荒縄で首を吊《つ》っていた。たしかにそういうふうに描かれている。足は地面から一尺近く浮き上がり、片方の履き物が脱げ、地面の上に裏返しになっておっこちている。

　だが、それでいて、その男はにこにこ笑っているのだ。なんだか、楽しそうな顔をしているのだ。

　捨松が目を見張って掛け軸を見つめていると、大旦那さまが、掛け軸の首吊り男と同じくらい楽しげな顔で笑いながら言った。

「驚いたろう。妙な絵だろう」

「……はい」

「これは、この上総屋の家宝なのだよ」

「家宝？」

「そうだ。大黒様よりお伊勢《いせ》さまより、何よりも上総屋にとって大事な神様だ。私はこれを、首吊り御本尊さまとお呼びしているのだがね」

三

もう遠い昔のことになる——と、大旦那さまは語り始めた。

「私も昔、おまえと同じような丁稚奉公にあがった身だったことがあるのだよ。おまえよりもっと小さいとき、数えで九つの歳《とし》に、浅草の井原屋という古着屋にあがったのが始まりだった」

大旦那さまも奉公人だった——そのことが、捨松を素朴に驚かせた。

「驚いたかい。この家の者ならみんな知っていることだと思っていたがね。私は丁稚奉公を振り出しに、一代でこの上総屋を興《おこ》したんだ。だからおまえの今の旦那さまが二代目ということになる。苦労知らずで困ったものだと思えることもあるが」

捨松にとっては雲の上の人である旦那さまがそんなふうに言われている。おかしいような面白いような気がした。

大旦那さまは続けた。「井原屋での私の暮らしは、今のおまえの奉公人としての暮らしより、もっともっと厳しいものだった。あのころは、世の中ぜんたいも、今よりずっと貧しかったからね」

大旦那さまは、何が面白いのか喉の奥でくくと笑った。

「そして私も、おまえと同じような貧しい家の子供だった。家にいては食べてゆく道がなかった。だから奉公に出されたんだ」

おいらのこと、大旦那さまはずいぶんよく知っていなさる――捨松は不思議に思った。たかが奉公人、それもいちばん下っ端《ぱ》の丁稚のことを。

その疑問が捨松の顔に現れたのだろう。大旦那さまは言った。「私はこのお店《たな》の奉公人たちのことをよく知っているよ。まだまだ伜《せがれ》たちに任せきりにするわけにはいかないからね。それだから、今夜おまえをここに呼んだのだ。実はね捨松、私も一度、その井原屋からうちへ逃げて帰ったことがあったのだよ」

だが逃げ帰ってもなんにもならなかった。すぐに連れ帰られたし、家では誰も温かく迎えてはくれなかった――つい最近、捨松が身にしみて感じたことが、大旦那さまの口から言葉になって出てきた。

「そしてね捨松、井原屋に連れ戻され、私が生きた心地もしなかったときに、そこの番頭さんが私を呼んで、この話をしてくれたんだよ」

「この――首吊り御本尊さまのですか」

「そうだ。どうだね、この御本尊さまの身形はどこかの奉公人のようだろう？」

たしかに、そうだ。

「私に話してくれた番頭さんは、名前を八兵衛《はちべえ》といった。井原屋に三十年も勤めあげて、まだ所帯も持てない住み込みの番頭だった。そのひとがね、捨松、まだ丁稚だった私に向かって、自分も昔奉公にあがったばかりのころ、寂しさと辛さに負けて家に逃げ帰って連れ戻されたことがある、と話してくれたんだ。おかしいだろう？　みんな同じようなことをしていたんだねえ。

だが丁稚の八兵衛さんは、おまえや私のようにあきらめてまた奉公しようと決めたのではなく、連れ戻されるとすぐに、死のうと思ったんだそうだ。だから夜中にこっそり寝床を忍び出て、土蔵へいった。首をくくるにはあそこがいい。折釘にぶらさがれば簡単だ」

捨松は土蔵の壁を思い浮かべた。真っ白な漆喰《しっくい》の白壁に、折釘という、頑丈な太い鉤型《かぎがた》の釘が何本か突き出している。土蔵の壁の塗り替えや屋根の補修をするとき足場を組みやすいように、また火事のときには火消しが屋根にあがる足掛かりになるようにそうしてあるのだと、奉公にあがったばかりのころ、教えてもらったことがあった。

なるほどあの折釘になら、首をくくってぶらさがることができそうだ。土蔵のところなら人目にもたたないし、あとの始末も楽だから誰にも迷惑をかけない。

「さて丁稚の八兵衛さんは、首をくくろうと土蔵へ行った。古着屋のことだから、首をくくるにも、使い古しのしごきかなにかを使おうと持っていったそうだ。ところがね、そこには先客がいたんだそうだ。ちょうど今夜のような満月に近い月明かりの下で、誰かが土蔵の折釘にぶらさがっているのが見えたんだそうだ」

捨松はものも言えず、大旦那さまの顔を、ついでこのおかしな首くくり男を描いた絵を見つめた。絵のなかの男はにこにこ笑いかえしてきた。

「びっくりして下から見あげる丁稚の八兵衛さんに、その首をつっている男は言ったそうだよ。『おや、こんばんは。気の毒だがここはもういっぱいだよ』」

そんなことがあるもんだろうか。いやあるわけがない。首をくっているひとが話しかけてくるなんて——。

大旦那さまはますます楽しそうだ。

「そうだろう、今のおまえと同じように、私もそんな話は嘘《うそ》だと思ったよ。だが八兵衛さんは大真面目《おおまじめ》でね。たしかに見たんだというんだよ。そして、その男にそう声をかけられたとたん、急に『ああ、そうですか失礼申しました』という気持ちになってしまったんだそうだ。折釘はまだほかにもあるから、その男のいうように『もういっぱいだよ』ということはなかったんだが、並んで首をくくろうとか、そういう気持ちにはならなんだ。急いで寝床へとって返して、布団をかぶって寝てしまったそうだ」

だが、やはり気になる。自分はもののけのたぐいを見たのかもしれない——翌朝になるとそう思った。昼間土蔵の壁を見てみても、なんにもぶらさがっていなかったから、なおさらだ。

「それで翌日の晩、もう一度出かけていった。すると男はまたそこにいた。また首をくっていて、なんとも上機嫌だったそうだ。足をぶらぶらさせて、『おや、また会ったね。こんばんは。だけどここはいっぱいだよ』と言ったそうだ。

丁稚の八兵衛さんもさすがにぞっとして、あとも見ないで逃げ出したそうだ。ところがそれを追いかけるようにして、首つり男が声をかけてきた。『ひもじかったら、おみちに頼んでみな』とね。おみちというのは、そのころ井原屋にいた女中で、ひどくとっつきの悪い怖そうな女だったそうだ。そのおみちに頼んでみな――おかしなことという、おかしな幽霊だ――そう、丁稚の八兵衛さんは、あれは幽霊だと思ったそうだ」

ところが、その「幽霊」の言うことは本当だった。

「翌日、どうにも気になるので、ひもじいよりはむしろそっちの気持ちにせかれて、丁稚の八兵衛さんは、こっそりとおみちに話してみたそうだ。とっても腹が減って辛《つら》いんだとね。するとおみちは、あいかわらずのとっつきの悪い顔のままだったが、その晩、こっそりと飯を塩梅《あんばい》して、握り飯を食わせてくれたというんだね。できるだけのことはしたげるよ、と言ってくれたというんだね。今までずっと、小さな丁稚たちに、そうやってこっそり飯を食わせてきたというんだね」

捨松は、魅せられたような気持ちで大旦那さまを見つめた。

「それで八兵衛さんは思ったそうだ。あの土蔵の首くくり男は、亡《な》くなった井原屋の奉公人の幽霊じゃないかとな。それでその晩も、勇気を出して土蔵に出かけていったそうだ。するとやっぱり、首くくり男はそこにいた。また『こんばんは。ここはいっぱいだよ』と声をかけてきたそうだ」

丁稚の八兵衛は、真っ白な土蔵の壁を背中に足をぶらぶらさせている首くくり男を見あげ、声の震えをおさえてきいた。

（あんたは幽霊なの？）

するとくくり男はにっこり笑い、袖《そで》のなかから手を出して大きく振ると、

（違うよ）

（じゃあなんなの）

（あたしは神様さ）

丁稚の八兵衛は仰天した。土蔵の壁からぶらさがっている神様などいるものか。

（神様ならどうしてそんなところにいるの）

（ここが好きなのさ。それに、ほかに居場所もないしね）

（あんたはなんの神様なの）

（そうさな、奉公人の神様さ）

大旦那さまはほほえんで捨松の顔をのぞきこんだ。

「毒気を抜かれるという言葉を知っているかい？　拍子抜けするというか、そういうような意味だ。丁稚の八兵衛さんは、まさにそういうふうになってしまった。

そしてそれ以来、丁稚の八兵衛さんは、毎夜のように土蔵へ出かけていったそうだ。男は毎晩ぶらさがっていた。いつもにこにこしていた。そうしていつも『こんばんは、ここはいっぱいだよ』と言うのだそうだ。八兵衛さんは、そのうち、その男が怖くなくなってきた。それというのも、男と話してみると、女中のおみちのことのように、身の助けになることをいろいろ教えてくれるということがわかったからだ。女中たちのこと、勝手むきのこと、番

頭さんのその日の機嫌、どこそこから客がきて到来物の饅頭《まんじゅう》があるからうまくするといただけるよ――そんなようなことだ。男はいつだって、いろんなことを知っていた」

捨松は、おっかなびっくりきいてみた。最初はなかなか声が出なかった。「それで丁稚の八兵衛さんは、もう死のうとか思わなくなったんですか」

大旦那さまは大きくうなずいた。「死のうとは思わなくなった。それだけでなく、奉公も、それまでほど辛いとは思わなくなったそうだ。そしてだんだんに、男の言うことを信じるようになってきた。あの土蔵の首くくり男は、本当に神様だ、奉公人の神様なんだってなあ」

そうこうしているうちに大晦日《おおみそか》がきて、元日がきた。夜になって、丁稚の八兵衛さんは、こっそり土蔵に出掛けていった。

男はやっぱりそこにいた。

「お正月だから、何かそなえましょうかときいてみると、首くくりの神様は言ったそうだ。『酒をいっぱいくれると有り難いなあ』。それで八兵衛さんは、台所に忍び込んでどうにか酒を持ち出し、男のところに持っていったそうだ。男はたいそう喜んで礼を言った。そしてしばらくすると、上機嫌を重ねて歌をうたいだしたって」

「歌ですか」

「土蔵の壁を足で蹴《け》って調子をとりながらな」

そのとき首くくりの神様がうたった歌を、番頭になった八兵衛さんは、丁稚だった大旦那さまに歌ってきかせてくれたという。

「古い謡曲とかいうものだそうだ」

人買い舟は　沖を漕《こ》ぐ
とても売らるる身を
ただ静かに漕げよ船頭どの

大旦那さまはゆっくりと調子をつけてうたってくれた。

「ずっと忘れられなかったと、番頭の八兵衛さんは言っていたよ。とても物悲しい調べのもの悲しい歌だったと」

その後も、丁稚の八兵衛さんの土蔵通いは続いた。そして、首くくりの神様に励まされながら奉公を続けているうちに、次第しだいに八兵衛さんは仕事を覚え、少しずつだがお店に慣れ、奉公人の厳しい暮らしにも慣れていった。

「半年ばかりたったあるとき、丁稚の八兵衛さんの下に、もっと小さい丁稚が入ってきたそうだ。八兵衛さんは、まだ十にもならないその子の面倒をみてやらなければならない立場になった。そんな忙しさに取り紛れ、土蔵通いが一日おき、二日おきとなってゆき、あるとき、とうとう十日も通っていなかったことに気がついて、夜中に寝床を抜け出して出かけてみると――」

捨松は膝《ひざ》を乗り出した。「出かけてみると？」

大旦那さまは静かに言った。「そこにはもう、首くくり男はいなかったそうだ。もう見えなくなっていたそうだ」

丁稚の八兵衛さんは、寂しさに泣いたそうだ――と、大旦那さまは続けた。

「だがな、自分にこう言い聞かせもしたそうだ。おいらには首くくりの神様がついている、奉公人の神様がついている。だからひとりじゃねえ、しっかり奉公していれば、必ず首くくりの神様が見ていてくださるってな」

辛抱が幸いして、丁稚の八兵衛さんは、三十になる前に手代の八兵衛さんになった。その後も真面目に働き続け、とうとう番頭の八兵衛さんになった。

「そしてこの絵は――」と、大旦那さまは掛け軸に手を触れた。「八兵衛さんが番頭になったときに描いた、その首くくりの神様の絵だよ。かくべつ絵心があったわけじゃあないが、一生懸命描いたら、自分でも巧《うま》く描けたと思ったそうだ。そしてこれを、八兵衛さんは大事に大事にしていた。そして、今のおまえと同じように、寂しさと辛さに負けてうちに逃げ帰り、連れ戻された丁稚の私に、これを見せて話をしてくれたのさ」

大旦那さま御自身は、とうとう一度も首くくりの神様を目にすることはなかったそうだ。だが、井原屋で奉公を続けてゆくうえで、その話と、その話をしてくれた番頭の八兵衛さんの存在は、大きな心の支えになった。

「八兵衛さんは言っていた。どこのお店のどの土蔵の折釘にも、奉公人の神様がひとりずつぶらさがっていなさる。だから、辛くても辛抱して奉公を続けていれば、かならずいいことがあるってな。神様なのにあんなふうに首をくくっておられるのは、奉公人の辛さを、自分でも味わうためなんだって、土蔵にいるのは、うんと下のほうにいる者たちのための神様だから、やっぱり、ほかにはいる場所がないからだろうってな」

大旦那さまは井原屋で手代にまで出世したが、ある程度商いを覚えたところで、こつこつと溜《た》めていた金を元手に、思い切って独立し、古着の担《かつ》ぎ売りを始めた。それが今の上総屋の土台となった商いである。

「私が独立して井原屋を出るとき、八兵衛さんはまだ住み込みの番頭だった。ずいぶんと足腰が弱くなっていた。そして、祝いのしるしであり、形見のつもりでもあるといって、私にこの絵をくれたんだよ」

大旦那さまは、これですっかり話し終えたというように、口をつぐんでほほえんだ。捨松は、そのあとどうしていいかわからなかった。

「部屋にお戻り。私の話はそれだけだ」

そう言われて、やっと立ち上がることができた。

奉公人部屋に戻ると、八人が雑魚寝《ざこね》している北向きの座敷には、もう寝る場所などなくなってしまっていた。普通に床に入っても、誰かしらに夜着《よぎ》をとられてしまったりする捨松だ。あきらめて、部屋の隅にうずくまり、膝を抱えて頭を乗せた。

（結局、説教かあ……）

首くくりの神様？　奉公人の神様？

そんなもの、いるわけがねえや。

三

その後、捨松は上総屋で奉公を続けたが、大旦那さまのしてくれた話を、心から信じたわけではなかった。年寄りの粋狂《すいきょう》だ、苦労話をしたかっただけだろうとも思った。私も昔は丁稚だったんだよ、か。

だが、その思いの下からのぞくようにして、あの話に心を慰められたような気分もわいてくる。それが自分では嫌だった。なんだか、手の内にはまったような気がする。

それに、奉公が辛いことに変わりはない。

ちょうど七五三の祝いのころで、七つのお祝いをするお嬢さんがいるために、上総屋の奥には革羽織の職人が祝いに来たり、角樽《つのだる》が運びこまれたり、賑《にぎ》やかなことが続いた。目の隅でそれを見ていると、なおさら、寂しさや惨《みじ》めさがつのるようだった。

そのせいだろうか、月末になってふいと、捨松は、一度土蔵を見にいってみようかという気持ちになった。助けを求めに行くのではない。確かめにいくのだ。つくり話をぶちこわしにいくのだ。

首くくりの神様なんかいるはずがない。いてたまるか。そして、それを確かめたら、今度こそこのお店を逃げ出そう。今度はうちにも帰るまい。どこかよそへいって暮らすんだ。自分ひとりの口を養うくらいならどうにでもなる。物ごいしたって、今よりはましだし腹もふくれるだろう。

ちらちらと小雪のちらつく宵だった。足音を忍ばせて廊下を抜け、ふところから履き物を出して裏庭に降りる。そして土蔵に向かった。

土蔵の壁はあくまでも白く、のっぺりと立っていた。爪先《つまさき》が冷え、手がかじかみ、頭は粉雪で真っ白になった。

鉤型《かぎがた》の折釘が、土蔵の壁をひとめぐりしている。雪明かりのせいか、白いしっくいの壁の上に、その影が妙に黒々と浮き上がってみえるような気がした。

首くくりの神様など、どこにもいない。にこにこ顔など、どこにも見えない。

ため息をついて、捨松は踵《きびす》を返した。さあ、逃げ出そう。もうこんなお店はこりごりだ。つくり話に騙《だま》されるほど、おいらは子供じゃない。

そのとき、背後で、地面の上に、なにかがぽとりと落ちる音がした。捨松は振り向いた。

とたんに、髪の毛が逆立った。

土蔵のいちばん手前の折釘に、おかあちゃんが、捨松のおかあちゃんが首をくくってぶらさがっている。

笑ってなどいない。苦しそうに歪《ゆが》んだ顔。ねじれた指。両目は真っ赤にふくれ、まぶたがとじずに白目が上をむいている。

さっきの音は、おっかちゃんの足から履き物が脱げて落ちた音だった。うっすらと積もった粉雪の上に、底のすりきれた履き物が、こちらに爪先を向けて転がっている。

声にならない声をあげ、捨松は土蔵に走り寄った。おかあちゃんのもとに走り寄った。だが次の瞬間には、堅くて冷たいしっくいの壁に頭をしたたかぶつけていた。

見上げる折釘からは、何もぶら下がっていなかった。

（夢……）

捨松の身体から力が抜けた。おかあちゃんの泣き声が耳の底によみがえった。しっかり奉公しておくれ、おかあちゃんを助けると思って。

助けると思って。

（あんたが頑張ってくれなかったら、みんなで首をくくって死ぬしかないんだよ）

このお店を逃げ出すわけにはいかない。おいらはもう、ここから逃げるわけにはいかないんだ。

初めて、背骨の芯《しん》に何かを通されたかのようにしゃんとして、捨松はそう思った。

後年、捨松は上総屋でいちばん若い手代になった。十八歳だった。名も改め、松吉となった。

その年の春、大旦那さまが百歳で大往生をとげた。

お店の奉公人たちのあいだを、それとはなしに尋ねまわって、松吉は、ほかにも大旦那さまから「首吊《くびつ》り御本尊さま」の話を聞かされた者がいないかどうか調べてみた。だが、結局はっきりしなかった。大旦那さまの手回り品のなかに珍しい掛け軸があるという話さえ伝わってはいなかったし、ましてや、首吊り男を描いた掛け軸が上総屋の家宝であるという話など、どこをどう探しても出てこない。

あのとき見せられた掛け軸は、さてどこへ行ったのか。

大旦那さまが亡《な》くなったあと、久しぶりに、真夜中、松吉は土蔵へと降りてみた。

もとより、折釘からは何もぶらさがっていない。

心のなかからゆっくりと、甘酒がわきたつようにして、とろりとした笑いがこみあげてきた。

あのころの俺は、やっぱり大旦那さまにおこわにかけられたらしい。

だがそのおかげで、ふた親と兄弟たちは、とりあえず、貧乏のためだけに命を落とすことはなかった。

「人買い舟は　沖を漕ぐ――」

口のなかで小さくくちずさみ、松吉はふっと笑った。

第十話　神《かん》無《な》月《づき》

一

夜も更《ふ》けて、ほの暗い居酒屋の片隅に、岡っ引きがひとり、飴色《あめいろ》の醤油樽《しょうゆだる》に腰を据え、店の親父《おやじ》を相手に酒を飲んでいる。

親父はとうに六十をすぎた小柄な老人で、頭の上に乗っている髷《まげ》は銀糸色、背中もずいぶんと丸くなっている。岡っ引きのほうは三十後半、ようやく親分と呼ばれることが板についてきたという風情《ふぜい》だ。

客が十人も入れば満杯という店だが、この時刻になると、さすがにもう誰もいない。夜明け前には縄のれんの代わりに一膳《いちぜん》飯屋の看板をあげるという店だから、いつもならとっくに店じまいのはずなのだが、ふた月に一度、岡っ引きが店の隅のこの樽に腰を落ち着けに来る夜は、親父もとくに、彼ひとりの長い酒に付き合うことになっている。それがもう何年も続いてきた。

岡っ引きは鮫《さめ》の皮の煮こごりだけを肴《さかな》に、熱い燗酒《かんざけ》を手酌でちびちびとやっていた。染め付けの銚子《ちょうし》がひとつ空くと、親父がすいと手を伸ばし、新しい熱いのを代わりに置く。それが三本目になったら止《と》めてくれというのが、岡っ引きのいつもの注文だった。

ふたりはあまり話をしなかった。岡っ引きは黙々と飲み、親父も静かに洗い物や明日の仕込みにかかっている。時おり包丁の鳴る音がする。黄色味がかった行灯《あんどん》の明かりの下で、湯気がゆらゆら揺れている。

親父の立つ帳場のうしろの壁に、三枚の品書きと並べて、暦が一枚貼《は》ってある。岡っ引きはそれを見上げた。毎日書き換えられる品書きの紙は白いが、正月元旦《がんたん》から今日の日まで、煮炊《にた》きの煙に燻《いぶ》されてきた暦は、薄茶色に染まっている。

暦は俺たちと同じだ、ちゃんと年齢《とし》をくう――岡っ引きはふとそんなことを考えた。

「今年ももう神無月《かんなづき》になったな」

銚子を傾けながら、岡っ引きはぼそりと言い出した。親父は俯《うつむ》いて手を動かしながら、口元にかすかな微笑を刻んでうなずいただけだった。

「神無月だ。嫌な月だよ。親父、覚えてるかい、ちょうど去年の今ごろだったよなあ、俺の話したことを」

親父はまたうなずいた。脇《わき》のざるから葱《ねぎ》を一本取り上げて、それを刻み始めた。

「葱を刻んで何をするんだい」

「納豆汁《なつとうじる》をこさえますんで」

「ああ、そりゃあ有り難い。だがもうそんなに飲んでるかい」

「それが三つ目の銚子ですよ」

葱を刻み終えると、親父は手を洗った。湯がしゅうしゅうと沸いている。銚子の具合を見ながら、親父は言った。

「去年、初めてあの話をしたときも、親分は納豆汁を食って帰りなすった」

「そうだったかな。好物だからな」

岡っ引きはまだ暦を見上げていた。親父もそちらに頭を振り向けた。

「今日は仏滅ですね」

「いい塩梅《あんばい》だ。しんき臭い話をするにはおあつらえむきじゃねえか」

親父はわずかに眉《まゆ》をひそめた。「今年もあったんですかい」

岡っ引きは首を振った。「いいや」

銚子を手に取り、それを傾け杯を満たす。ちょうど空になった。そこで手を止めて、岡っ引きはもう一度首を振った。

「いいや、まだな。まだ起こってねえ。今はまだ」

「そのことに気がついてるのは、親分だけなんですか」

「そうでもねえよ。俺が話したからな。だが、みんな首をひねってる」

岡っ引きは顔をあげ、親父と目をあわせてにやりと笑った。

「それもそうだろうと思うぜ。俺だって、毎年神無月にただ一度だけ押し込みを働いて、あとの一年はなりをひそめている——そんな律儀《りちぎ》な賊はいったいどんな野郎だと、不思議でしようがねえんだからな」

二

夜も更けて、九尺二間の裏長屋のほの暗い部屋の片隅に、男がひとり、瓦灯《かとう》の明かりひとつを頼りに縫物をしている。

古びてささくれだった畳の上に、清潔なござをひいてある。男はそこに正座をし、がっちりした膝《ひざ》のまわりには、色とりどりの端《はぎ》切れをいくつかちりばめていた。男のすぐ隣では、八つになった小さな娘がひとり、夜着《よぎ》にくるまって穏やかな寝息をたてている。

男が縫っているのは、その小さな娘のための、小さなお手玉だった。男のかたわらには、小豆《あずき》を入れた小ざるがあり、端切れを縫い合わせて小袋ができあがると、男は頑丈そうな手で小豆をすくいあげ、そのなかに入れた。幼い娘の手にちょうどいい重さ大きさになるように気を配り、丁寧にお手玉をこしらえてゆく。昔から手先は器用なほうだったし、生計《たっき》の途《みち》でも針を使う。男の手付きはよどみなくなめらかだった。

娘のためにお手玉を縫うのは、男にとって、年に一度の大切な行事だった。娘はそれを使い、楽しんでよく遊んだ。おとっちゃんのこさえてくれるお手玉は、彼女の大切な宝物だから。赤ん坊のときから身体が弱く、ほとんど寝たきりで外に出ることもなく育ってきた娘にとっては、おとっちゃんのお手玉は、唯一《ゆいいつ》無二の楽しみなのだから。

娘は、今でもときどき、油断のならない高い熱に襲われる。かかりつけの医師は親切だが、その温厚な顔を曇らせて、この子は大人にはなれまいと言う。いくつまで育つか、私にもしかとは保証できないと。

(生まれつき、どこかに具合の悪いところがあるのだよ)

薬で宥《なだ》めることはできても、芯《しん》からは治すことができないのだと、気の毒そうに男に告げた。

だが男は、医師の言葉に、育ててみなけりゃわかりませんと答えた。この子を生んだとき、入れ代わりにお産で命を落とした女房に、俺は約束したんです、この子を立派に育ててみせると。この子は女房の命をもらって生まれてきたんだから。だからどれだけ金がかかってもかまわねえ。高価《たか》い薬も使ってくだせえ。先生のできるかぎりのことをしてやっておくんなさい――

男はお手玉を縫っている。口元にはほほ笑みが浮かんでいる。夜は深々と更けてゆくが、男はまだ時があることを知っている。このお手玉を縫いあげるころが、ちょうど出かける頃合いだろう。

三

「あの押し込みがあったのは、そう、五年前の神無月、たしか十日ごろの夜のことだった」

三つ目の銚子と親父を相手に、岡っ引きは話し始めた。

「そいつは俺の縄張《しま》で起こった。猿江の御材木蔵のすぐ裏手の、遠州屋っていう質屋だった。盗《と》られた金は十両ちょうど。このときはまだ、それだけだった。質屋の夫婦と住み込みの小僧がひとり、縛られただけで済んでいた。賊は身体の大きな男ひとりで、黒い小袖《こそで》に股引《ももひき》、頭からすっぽりと黒い覆面をかぶっていたそうだ」

「押し込みにしては、十両とはおとなしい」

親父が言って、煙草《たばこ》をふかした。湯気と煙がいりまじった。

「俺もそう思った。それにこの賊は、質屋の連中にも、ことさら手荒なことをしていねえ。たしかに刃物で脅かされたことは脅かされたが、それを除いたら、まるで托鉢《たくはつ》にきた虚無僧《こむそう》のような感じがしたそうだ。そんなふうに思うなんておかしいがと、質屋の主人も苦笑いしていたよ」

岡っ引きはゆっくりと杯を空け、目をしばしばとまたたいた。頭の奥に残っている光景を思い出そうとして。

「あのときの賊は、土蔵に金も金目のものもうなっている質屋に押し入りながら、主人を脅かして、すぐそばの手文庫に入れてあった十両だけ盗って引きあげてる。無理押しをしなかったということだ。質屋の連中に騒がれることが怖かったのかもしれない。だから、これは素人《しろうと》のおつとめだなと、俺は思った。この押し込みが初めてだろう。ひとりきりでやってきたということも、普通の押し込みとは違ってる。こいつは堅気だ。堅気が何かの理由で金に困ってやったことだ。ひょっとしたらこれっきりで、もう二度と同じことはやらねえんじゃねえかと」

「それだから、親分のほうも、あんまり気合いが入らなかったんですかね」

少し笑いを含んだ声で、親父がそうたずねてきた。岡っ引きはさすがに笑った。

「かもしれねえ。だから、とうとう下手人はあがらなかった」

岡っ引きは銚子を傾けた。そろそろ残り少なくなってきた。親父が煙草を消し、納豆汁を火にかけた。

「ただそのとき、たったひとつだけ心にひっかかったことがある。あまりにも手口が鮮やかだということだ。勝手口の錠をはずして、赤の他人の家のなかを、しかも明かりひとつなしにすいすいと抜けて、主人夫婦の枕元《まくらもと》に立った——そういう押し込みだ。こいつはよほど、質屋の家のなかに詳しい野郎に違いない。あるいは質屋の知り合いがやったことかもしれねえ。そう話すと、今度は質屋のほうが青くなったよ。いろいろと叩《たた》けば埃《ほこり》が出るんだろう。俺に袖の下を差し出して、たいした金は盗られてないからお調べは適当なところでおさめておいてくれと言ってきたくらいだったからな」

親父はまた黙って微笑した。岡っ引きがその袖の下を受け取ったかどうかは尋ねなかった。

「だから俺も、それきり忘れた」と、岡っ引きは続けた。「たった十両、それも質屋の十両のことだ。造作もなく忘れた。思い出したのは、それから三年たってからのことだ」

銚子が空になった。岡っ引きは皿の上の煮こごりもきれいに箸《はし》でさらった。

「おつもりだ」と言うと、また目をしばたたかせながら壁の暦を見上げた。

「三年後の暮のことだ。ちょいとした盗みの引き合いを抜くために、俺は神田のほうの岡っ引きと顔を合わせた。日ごろから名前は知っているという間柄だったから、そっちの話は簡単についた。そのあとあれこれしゃべくっていると、向こうがひょいと言ったんだ。神無月に、猿楽町のそば屋で、いっぷう変わった押し込みがあってなあ――とな。聞いてみると、三年前の質屋の件と、ほとんど同じ手口だった。ひとりきりで押し入ってくる図体《ずうたい》のでかい男。黒い覆面。家のなかのことをよく知ってること。無理強いには金を盗らねえこと。そのとき盗まれたのは八両だったそうだ」

親父は納豆汁を椀《わん》によそい、飯といっしょに岡っ引きの前に並べた。まだ少し浅いですがと言いながら、茎漬《くきづ》けの小皿を添えた。

「有難うよ、こいつはうまそうだ」

岡っ引きは箸をとった。音をたてて納豆汁をすすった。

「それで親分は思い出しなすった」と親父が言った。「三年前の押し込みと同じ野郎がやったんじゃないかとねえ」

岡っ引きは椀に顔を埋めたままうなずいた。湯気が彼の鼻先を光らせている。

「こいつは妙だと思った――というより、なんだか気になってきた。こいつはどういう野郎だろうと、な。それでちょいと当たってみたんだ。俺の知らないところで、神無月に、こういう手口の押し込みが起こってないかどうかを」

「起こっていたわけですか」

「そうよ、起こっていた。起こっていたどころじゃねえ。俺の出くわした質屋の件が最初じゃなかったんだ。あれは四番目だった。俺の前に三件、同じ手口の押し込みがあった。つまりは八年前からだ。八年前から毎年一度、かならず神無月のあいだに、俺が見たのとそっくり同じ手口の押し込みが起こってる。盗られた金も、いつも五両からせいぜい十両。無理なく、危なくなく、襲われた家がその場で出せるかぎりの額だ。盗ったら早々に逃げ出すところも同じだ」

「余分な欲はかかないってことでしょうかね」

「俺はそう思うよ。盗られた側にも、それほど大きな痛手にはならねえ。となると、追われる心配も、それだけ少なくなる」

親父はうんうんとうなずいた。

「それにこのことからも、野郎が堅気だってことがわかる。博打《ばくち》や悪所がよいで金を欲しがってるのなら、もっと無理をするはずだ。年々、奪う金の額が増えてゆくはずだ」

「だがこいつは違う、と」

「うん。これはまず、間違いねえと思う。段取りを決めて、年中行事みたいにきっちりこなして行くことができるのは、こいつが尻《しり》に火のついた半端《はんぱ》野郎じゃねえからだよ」

それに頭のいい野郎だと、岡っ引きは唸《うな》った。

「狙《ねら》う家は、見事なくらいにばらばらだ。大川の向こうだったりこっちだったり、南だったり北だったり。だから誰もつながりに気づかなかったんだ」

岡っ引きはゆるゆると首を振った。親父に向かってそうしているのではなく、誰か別に話相手がいて、それに向かってしているような仕種《しぐさ》だった。

「ただ、御府内を出ることはねえ。遠っぱしりはしねえ野郎なんだ。これもやっぱりひっかかる。こいつは堅気だと、俺はまた思ったよ。長く家を空けることはできねえんだ」

四

お手玉が五つ縫いあがった。

幼い娘はぐっすり眠っている。男は針箱を片付け、瓦灯の芯をしぼって明かりを小さくすると、音もたてずに立ち上がり、身支度にかかった。

八年前、娘の命をこの世につなぎとめておくには、当たり前の働きで稼ぐ以上の金が要るとわかったとき、男は心を決めた。それならば、ほかの手段でその金を工面しよう。本当なら、他人様《ひとさま》に迷惑はかけたくない。だが、右か左かどちらかを選べと問われ、その問いに自分の子供の命がかかっているのなら、もう迷っている暇はない。

これまでずっと、それでうまくいっていた。その決心に誤りはなかった。後悔もない。

(ただ……)

去年のはまずかった。本当に危ないところだった。今思い出しても、胸の奥のところをぎゅっと締めあげられるような心地がする。

向こうがあんなふうに飛びかかってさえこなければ、刺さずに済んだのに。

恐ろしかった。あんなことは二度とごめんだ。こういう危ない橋は、やっぱり長くは渡れないものかもしれないと、八年で初めて弱気になった。

(今年は少し、大きな金を持ち帰ろう)

できたら、向こう何年かのあいだ、何もしないで済むくらいの額を。

五

「去年のことがあるまでは、俺も、このおかしな神無月の押し込みを、放っておいてもいいような気持ちでいた」

岡っ引きは飯と納豆汁を平らげ、親父といっしょに煙草をふかしていた。

「こいつはは〈い〉みを咬《か》んでいる。てめえの手綱をてめえで握っている。誰も傷つけずに、要り用なだけの金を盗って逃げる。よほどのへまをしねえ限り、これから先も捕まることはねえんじゃねえか。いや、強いて捕まえることもねえんじゃねえか。そんなふうに思った。こいつは、金が要るからこういうことをやっている。金に困らなくなったらやめるだろう。盗みや押し込みが生業《なりわい》になってるわけじゃねえんだから、とな」

黙ってこちらを見つめている親父の顔に、岡っ引きは恥じたように笑ってみせた。

「親父の顔にもかいてあるな。だが、それは見込み違いってもんだ、とな。そうなんだよ。

野郎は去年、初めて人を傷つけた。刃物で刺したんだよ。車坂のそばの金貸しの家だ。そこの息子の向こうっ気が強かったのがまずかった」

親父は微笑した。「それだけじゃないでしょう、親分」

「ほう、そうかね」

「たとえその金貸しの息子が向こうっ気が強くなくても、押し込みのようなことを続けていたら、いつかはどこかで、その男は人を傷つけてたでしょうよ。それから先も決まってます。挙げ句には殺《あや》めるようなところにまで行っちまうでしょう。物事ってのはそういうもんだと、あたしは思いますよ。川と同じで、みんな流れてる。同じところで留まってはいられねえ」

岡っ引きは、暦を見つめたときと同じような目で親父を見つめた。この親父も暦みてえだ、と思った。きっちり数だけ年齢《とし》をくってやがる。

「そうなんだろうな、きっと」

「そうですよ、親分。それに、去年のことはきっと、やっこさんの身にもこたえてるはずです。そうなると、今年はもう少し大きな金を盗ろうとするかもしれない」

「なぜだい？」

「そうすれば、この先何年かは危ないことをしないで済むじゃないですか。あるいは、うんと盗むことができたなら、これで足を洗えるかもしれない」

岡っ引きは、親父の顔を見つめ続けた。

「そうか……」

「そうですとも。そうして、無理をしようとするかもしれない。今までしなかったような危ねえ真似《まね》を」

岡っ引きは両手を握り締めた。「じゃあ俺は、こうなったらもう、なにがなんでもあの野郎を捕まえてやらなくちゃいけねえな。歯止めがきかなくなる前に、本当に人を手にかけちまう前に、袖をとらえて引き戻してやらねえと。だが、それにはどうしたらいいかわからねえ――」

「手掛りはなにもないんですか」

親父の問いに、岡っ引きは顔を歪《ゆが》めた。

「さっぱりだ。襲われた家どうしにはつながりはねえ。なかには、うしろぐらい金を儲《もう》けて、世間にあまりいい目で見られていない家もあるが、ごくまっとうに稼いでる家もある。商いの種類もばらばらだ」

肩をすくめ、そこで岡っ引きはふっと笑った。

「そうそう、ただ、妙なもんならあるよ。小豆《あずき》っ粒さ」

「小豆？」

「そうなんだ。去年の金貸しの家の押し込みのあと、そこを嘗《な》めるようにして調べたっていう仲間が教えてくれたんだ。押し込みの野郎が息子を刺して、泡を食って逃げたあたりに、小豆が一粒落ちていたってな。金貸しの家じゃ、そのころ小豆を食ったことはねえし、これは野郎の落としものだろうって」

まだ笑いながら、岡っ引きは言った。

「なあ親父、押し込みをはたらきに行くのに、小豆を持ってくなんてのは、どんな野郎だろう」

六

着替えを終え、黒い頭巾《ずきん》を懐《ふところ》におさめると、男はかがんで娘の寝顔に見入った。

（なあ、おたよ）

心のなかで呼びかけた。

（おとっちゃんはこれから出かけてくる。なあに、大してひまはかかりゃしねえ。夜明けまでには戻ってくるよ）

掌《てのひら》をさしのべて、娘の温かい寝息を受けた。それは彼の身体を芯《しん》から暖めた。

（危ねえことにはなりゃしねえ。そうだよな、おたよ）

男はそこで顔をあげ、壁に貼《は》った八幡《はちまん》様の暦に目をあてた。

神無月。

おたよ、おめえはこの月末に生まれた。そしてこれからも、何度でも何度でも、神無月の月末を祝うんだ。生まれてきたことを祝うんだ。おとっちゃんが必ず、必ずそうしてやるからな。

それにしてもおたよ、おめえは運が悪かった。どうして神無月なんかに生まれたんだろう。神無月がどういう月か、おめえは知ってるかい？　この国の神様がみんなして、出雲《いずも》へ行ってしまわれる月なんだよ。神様が留守にしちまう月なんだ。

だからおめえは、こわれものの身体を持って生まれてきちまった。おめえのおっかさんも、おめえと入れ代わりに死んでしまった。みんな神様が留守だったからだ。ちゃんと見ていてくださらなかったせいだ。

おとっちゃんは、そういう神様を恨んだりはしねえよ。そんなのは罰あたりだし、神様を恨んだりすると、もっと悪いことが起こるからな。

だが、おめえを幸せにしてやるためには金が要る。その金を工面するのに、おとっちゃんは、神様が喜んではくれそうにねえことをする。神様に見られては困るようなことをする。

だから、神無月にするんだ。神様が留守のあいだに、神様が留守にしていたせいで起こった不幸せの穴埋めをしに出かけて行くんだよ。わかるかい、おたよ。

男はそっと娘の床のそばを離れると、さっきこしらえたお手玉をひとつ、手のなかに取り上げた。ぽんと放ってみる。新しいお手玉は、快い音をたてた。小豆はまだだいぶ余っている。男は小ざるのなかからその数粒をつまみだし、小袖のたもとのなかに落とした。

おたよ、この月末には、この小豆を使って赤まんまを炊《た》こう。毎年そうしてきたように、今年もそうしよう。必ずそうしよう。

闇夜《やみよ》に出かけて行くおとっちゃんを、守ってくれる神様はいねえ。だが、代わりに、このたもとのなかの小豆がおとっちゃんをおめえのところまで無事に連れ戻してくれる。去年もそうだったように。ずっとそうだったように。

おとっちゃんは必ず戻ってくる。そして、月末には赤まんまを炊いて、神様が戻ってくるのを、それでまたこれからの一年を楽しく暮らせることを祝おう。

「じゃ、行ってくるぞ、おたよ」

その言葉だけ声に出して呟《つぶや》き、男は家を出た。

七

岡っ引きは煙草《たばこ》をふかし、親父は茶わんを洗っている。油が切れてきたのか、明かりがいちだん薄暗くなった。

「大工じゃねえかと考えたこともあったんだ」

煙を天井に向かって吹き上げながら、岡っ引きが言った。

「大工？」

「ああ。あの押し込みは、狙った家の造りをよく知ってる。それで思ったんだ。この野郎は大工で、それぞれの家を建てたり、直しをしたりしたことのある野郎なんじゃねえかってね」

「ははあ」親父は洗い物の手を止め、ちょっと考え込んだ。

「襲われた家のなかには、建てたばかりというのもあったし、去年土間を直しましたというような家もあった。だから最初はすわこそと思ったんだがな」

「違っていたんですか」

「えらい手間がかかって、挙げ句に行き詰まりよ」

岡っ引きは煙管《きせる》のがんくびをぽんと叩《たた》いて火を落とした。

「たしかに大工が入ったことのある家でも、頼んだところは別々だし、百年このかた大工にはさっぱり縁がありませんというような家も出てきちまってな」

親父は残念そうにため息を落とした。

「全部が全部親分の縄張で起こったことばかりじゃねえしね。だいたいが調べにくいねえ」

「そうなんだ。いちばんしゃっちきになってくれそうなのは、去年の金貸しの件を洗ってる車坂の連中なんだがな。運の悪いことに、その金貸しは、あんまり素性がよろしくねえほうの家でな。多少の金を使っても、探りを入れずにおさめてほしいようだ。そんなんだから、死人も出てないことだしと、誰もやる気を出してねえ。かっかしてるのは俺だけよ。ざまはねえ」

親父は洗い物に戻った。岡っ引きはぼんやりと天井をながめた。

「なんとしても、そいつを捕まえてやりたいもんですね」

親父の口調に、憎々しげな響きはなかった。

「本当に、早いところなんとかしないとまずい。さっき言った、そいつが本当に人を殺めてしまう前に、というのもあるし、その逆も心配だ。去年はそいつが金貸しの息子を刺して逃げた。でも、今年はどうなるかわからねえでしょう。そいつが刺されるかもしれない。たとえ今年は逃れても、この先どうなるかわからねえ。来年、再来年《さらいねん》、何があるかわからねえ」

「そいつも年齢《とし》をくっていくんだからな」

岡っ引きの言葉に、親父は目をあげてうなずいた。

「暦は容赦ないもんですよ、親分」

岡っ引きは黄ばんだ暦に目をやった。なんということのない文字のつながりのなかに、流れる時が封じ込められている。こうして見てみると、なんと恐ろしい代物《しろもの》だろう。

「なぜ、神無月なんだろうな」と、岡っ引きが呟いた。「どうして毎年神無月なんだろう。なぜ神無月がいいんだろう。俺にはわからねえ。小豆っ粒と同じくらい不思議なことじゃねえか」

少し間をおいて、親父が言った。「それはやっぱり、そいつが堅気であるしるしじゃねえですか」

「どういうことだ？　神無月だけ稼ぎがなくなる商人かなんかで、その月を暮らすためだけに押し込みをやってるとでもいうのかい？」

「いえいえ」と、親父はかぶりを振った。「押し込みが悪事だってことを承知していて、ただどうしようもない理由があってやってるってことですよ。だから神無月なんです」

「俺にはわからねえな」

「神様の留守の月だ。神様が見てない月だ」

岡っ引きはぽかんと口を開いた。それから、どっと笑い出した。

「さああ、それはどうかと思うよ。そこまで神妙な野郎じゃあるめえ。やっぱり何かの都合で、神無月だと具合がいいんだろう。あるいは具合が悪いから押し込みをはたらくのか
――」

いったいどんな野郎なんだと、岡っ引きの頭のなかを、空《むな》しい問いがかけめぐる。

「ねえ親分」と、親父が呼びかけた。「さっきの、大工かもしれないっていうのは、悪い考えじゃねえかもしれない」

「家の造りをよく知ってるからかい？」

「ええそうですよ」

「だが、大工じゃ駄目だったんだ」

「ですからそこだ。大工のほかにも、他人様の家の造りをよく知る機会がある商いはありませんかね」

岡っ引きは顔をしかめた。「そりゃあいろいろ考えたよ。油売りだの、魚屋だの。お得意先には出入りするだろう。町医者かもしれねえとまで思ったんだ。往診とかで、家のなかに入りこむからな。だが、そういうのもみんなまとめてはずれだったんだよ。襲われた家のどこにもここにも出入りしていたというようなのは、ひとりだって見つからなかった。駄目だったんだ」

親父は辛抱強く、岡っ引きの嘆き節を聞いていた。それからゆっくりと言い出した。

「ひとつ抜けてますよ、親分」

「抜けてる？」

「たとえば、畳屋はどうですか」

岡っ引きは目を見開いた。

「畳屋――」

「暮れになると、金のあるうちでは畳替えをするでしょう。表替えだけでもするでしょう。そういうとき、出入りする職人なら、家の造りをよく見ることができますよ」

ぐっと考え込んでいる岡っ引きに、おっかぶせるようにして親父は言った。

「ちゃんとお店《たな》を張っている畳屋の職人だと、そうあちこち気ままには出入りしない。でも、渡り職人ならどうです。そのたびごとの雇いの職人なら、北へ行ったり南へ行ったり、あちらこちらへと行くじゃないですか。襲われた家が、それ以前に畳替えをしていたかどうか、調べてみたらどうですかね」

岡っ引きはまともに親父の目を見据えた。それから、ぐいと立ち上がった。

「有難うよ。間に合うといいがな」

八

夜陰にまぎれて、男は外に出た。長屋の木戸を抜けるとき、つと頭を頭上に向けてみた。彼の名前を書き記した木札が、細い月の明かりに照らされている。

「たたみ職　市蔵」

男は夜道を急いでゆく。年に一度のおつとめのために、小豆を数粒、たもとに入れて。岡っ引きは夜道を急いでゆく。顔も知らず影さえ見せない不思議な押し込みの袖《そで》を、少しでも早くとらえるために。

夜も更《ふ》けて、男がふたり、夜道を駆けてゆく。擦れ違うことのないふたりの背中を、それぞれの背負った月が照らしている。

そして夜のどこか深いところでは、病弱な娘が安らかな眠りのなかで夢を見ている。

神様は、出雲の国に去っている。

第十一話　侘《わび》助《すけ》の花

一

さっきから香ばしい匂《にお》いがすると思ったら、加世《かよ》が味噌《みそ》がゆを炊《た》いていたのだった。よく擂《す》った味噌を鍋《なべ》で軽く焦《こ》がし、そこに水をさして味噌汁をつくり、洗い飯を入れて刻み葱《ねぎ》を散らす。これに生姜《しょうが》のしぼり汁をたらして熱いうちに食べると、どんな薬よりも風邪によく効くのである。今日で三日、ぐずぐずと下がらない微熱に悩まされ、身体を持て余している吾兵衛には、ありがたい馳走《ちそう》だった。

質屋という商売柄そうなったのか、もともとそういう気質だったのが家業にも向いていたのか、万事に几帳面《きちょうめん》で細かい吾兵衛の精進の甲斐《かい》あって、吾兵衛の代で、『質善』は吾兵衛の父親の代の倍近い身代を持つようになった。それだから、昨年、還暦を迎えたところで隠居の身になり、伜《せがれ》夫婦にあとを任せて、表向きは商いから身を引いた形になりはしたものの、やはり、まだまだうしろのほうでは手綱を握ったままでいたつもりだった。

が、責任という裃《かみしも》を脱いで気楽な身分を身にまとうと、身体のほうは正直なものだ。これまで、半日と寝込んだことがないのが自慢の吾兵衛だったのに、近ごろでは、ちょっとした風邪にもすぐ負けてしまうようになった。おまけに、お店《たな》の階上《うえ》にあるささやかな住まいの奥の自室に床を延べたまま、そこに飯や湯茶を持ってきてもらう有様だ。いかに病人であろうと、寝床で飲み食いするなど、商人の風上にもおけない怠け者の所業だと思ってきたし、そう口に出してはばかることのなかったこれまでの自分をかえりみると、吾兵衛はいささか決まり悪くなる。

そのせいか、味噌の香りの漂うひとり前の土鍋を盆に乗せ、加世が座敷に入ってきたときも、本当はとても嬉《うれ》しいのに、素直には喜びを顔に出すことができず、

「私はそれほどの重病人じゃないよ、皆と一緒に向こうで飯を食ったのに」と、強がりを口にしてしまう吾兵衛なのだった。

加世が伜の市太郎に嫁いできて三年、まだ子はない。だが、それも夫婦仲が良すぎるためだろうと噂《うわさ》されるほどに、ふたりのあいだは睦《むつ》まじかった。市太郎は、何かというと腹にあることと反対のことばかり言いたがる親父《おやじ》殿の癖をよく飲みこんでいるから、その薫陶《くんとう》をよろしく受けている加世も、吾兵衛が少しばかりすねたようなことを言ったぐらいで気を悪くしたりはしない。今も、吾兵衛の床の脇《わき》にある小さな卓袱台《ちゃぶだい》に盆を乗せると、まめまめしく立ちふるまって食事の支度を整えた。

半身を起こした舅《しゅうと》の背中に回り、どてらを着せかけようとする。吾兵衛も、口では文句を言いながら、素直にどてらに袖《そで》を通す。つれあいに早く先立たれ、男手ひとつで市太郎と質善を育てあげ守《も》り立ててきた吾兵衛は、この若い嫁が家に入ってきて初めて、家人に甘えることの面白さをかじったような気分になっていた。

「少しは熱が下がってきたようですかしらね」

味噌がゆをゆっくりと口に運ぶ吾兵衛の顔を、満足そうに見守りながら、加世が言った。

「とっくに下がっているよ。昔なら、とうに起き出して帳場格子《ごうし》のなかに座っているころだ」

「それはよかった」加世はにっこりと笑う。「それなら、おとうさんにお客を引き合わせて

もようございますね」

「客？」吾兵衛は味噌がゆの湯気のなかで顔をあげた。「私に客かね？」

加世はうなずいた。「昼すぎに、看板屋の要助さんが顔を見せましてね。御隠居の身体に障《さわ》りがないようなら、夕方ちょっと寄りたいんだがと言ってきたんです。急ぎの相談ごとがあるような様子でしたから、たぶん差し支えはないでしょうと返事はしておいたんですが」

「要助が？」

「はい」

「碁を打ちにきたんじゃないのかね」

「それは風邪がすっかりよくなってからって言っていたでしょう」

そのとおり、だから吾兵衛も楽しみにしていた。

「金のことじゃあるまいね」

「まさか」と、加世は笑った。「要助さんのうちには、質善の商いは無用の長物でしょうよ」

加世の言うとおりだというのは、吾兵衛もわかっている。だが、あの要助が何かに困り、吾兵衛に相談ごとを持ちかけてくるというのは、どうにも考えにくかった。

「おもよさんに、縁談でもあるのかもしれませんね」と、加世が言って首をかしげた。「そ

ういえば、瀬戸物町にある大きな問屋の跡取りが、おもよさんにご執心だとかいう噂を聞いたことがあるけれど」

おもよというのは、要助の長女の名前である。今年十八になる、大柄で勝ち気で働き者の娘だ。要助にはおもよを頭に三人の娘があり、こいつらを無事に嫁に出すまでは死んでも死にきれねえというのが口癖だった。とりわけ、酔ったときなど、それればかりを何度でも繰り返す。

「縁談なら、私に相談にくることもあるまい」と、吾兵衛は言った。「私はやもめの身だよ。仲人《なこうど》だってできない」

「それじゃやっぱり、お金でしょうかね。お嫁入りとなると、いろいろ費《つい》えがあるでしょうから」

あて推量を続けるまでもなく、吾兵衛が味噌がゆを食べ終えて汗をぬぐっていると、階下から小僧の呼ぶ声がして、要助がやってきたことを知らせた。

看板屋の要助は、もう五十をすぎているというのに、小作りの身体の上に小さな丸い頭を乗せ、小さなふたつの眼を、いたずら盛りの子供のように、いつも忙《せわ》し気に動かしている。強い風の吹く日には飛ばされてしまいそうなほどの体格だが、それがまた看板屋という彼の商いに似つかわしく思えるところが面白い。風に乗ってひょうと空を飛び、高いところから腰に手をあてて屋根看板の具合を見たり、建て看板の上の瓦《かわら》屋根を直したり、楽々とやってのけているように見えるのだ。

質善と要助のつながりができたのは、かれこれ十年ほど前のことになるだろうか。商い仲間から、相生町《あいおいちょう》の要助という看板屋の看板が、あちこちで評判がいいという噂を聞きつけて、ちょうど掛けかえようと思っていた質善の看板を、彼に任せてみたことが始まりだった。

そのころから、要助の看板は、細かいところに趣向がこらされていることで知られていた。夜更《よふ》けてからも客が飛び込んでくることのある薬屋の建て看板に、提灯《ちょうちん》で照らしたとき遠くからでも屋号がくっきりと浮き上がって見えるように銀箔《ぎんぱく》を使ってみたり、帳面のたぐいを扱う帳屋の看板がわりに本物の大福帳をぶらさげ、通りがかりのお客がそれをめくってみると、そこには値段表が載せてある——というような具合だ。

ただ、請われてやってきた要助は、あいにくと、質屋というのは工夫のしがいのない商いのひとつだといい、結局質善のそれは、ごく地味な倉型の掛け看板に落ち着いた。あまり目立つと、かえってお客の足が遠退《とおの》くというのである。それには吾兵衛も納得した。

それだけなら、どうということのないただの看板屋と質屋の間柄だったのだが、そんなこんなで話をしているうちに、要助が碁をたしなむ——たしなむどころか、働きづめで道楽などひとつも知らなかった彼が、四十をすぎてやっと覚えた唯一《ゆいいつ》の道楽が碁だということがわかってから、雲行きが変わってきた。そのころ、吾兵衛もまったく同じようにして、五十をすぎて覚えた碁の味に溺《おぼ》れきっていたからだった。ふたりはまたたくまに碁敵《ごがたき》になり、十日に一度は碁盤を挟んでうんうん唸《うな》りあう仲となった。

要助の手掛けた看板のうちの傑作のひとつに、明神下の碁処のそれがある。一見したところは、碁盤を模した木の板に、木っ端《こっぱ》を削ってつくった白と黒の碁石を並べ、大きく「碁処」と書いただけのもので、これだけならそこらじゅうの碁処の店先にもぶらさがっている。だが、碁を愛し碁を打つ人ならば、その看板を一目仰いだだけで、そこに並べられている白黒の碁石の位置が毎日かわり、しかもそれが、白熱した対局の様子を刻々と映し出していることに、すぐに気がつく――という趣向だ。実は、要助がこの案を思いつき、多くの碁打ちを惹《ひ》きつけることができるような対局を看板の上に作り出したときには、吾兵衛も一緒に知恵をしぼったものだった。

それだから、質善の吾兵衛と看板屋の要助の付き合いは、ずっと、よき碁敵としてのそれだった。碁盤を挟むときには、要助が吾兵衛を訪ね、明日の商売に差し支えない程度の夜更かしをして帰ってゆく――というのが長年の習慣だった。それは吾兵衛が隠居してからも変わらず続いてきた。今回、吾兵衛が風邪にとりつかれてしまう前も、ふたりでなかなか伯仲《はくちゅう》したいい勝負をした。

その要助が、あらたまって相談ごととは何だろうか。

吾兵衛がまだ床の上に座っていたものだから、座敷に入ってきた要助は、少しばかり遠慮したような顔をした。

「かまわんよ」と、吾兵衛はすかさず言った。「もう風邪のほうはほとんどいいんだ。ただ、あんたにうつしてしまうと商いに障るだろうが」

「あたしはまだまだ達者だし、いつも表を飛び回って風に吹かれてますからね、その心配は無用です」

吾兵衛が隠居してからこっち、要助は時折こんなふうに吾兵衛を年寄りあつかいする。それが小面憎《こづらにく》くもあり、また、少しばかり優越感をくすぐられたりもする吾兵衛だった。要助が吾兵衛の年齢《とし》になっても、さて今の吾兵衛のような優雅な隠居暮らしをすることができるかどうか、怪しいものだからだ。要助もそれをわかっていて、承知で憎まれ口をきいているのだろう。

加世が茶菓を持ってきて、要助と軽い世間話などして去ってしまうと、彼は畳に座り直し、神妙に膝《ひざ》をそろえた。

「実はね質善さん、あたしは今、ちょいとばかり厄介ごとに巻き込まれちまってて。それで質善さんの知恵を借りたくてきたんです」

吾兵衛は要助を「要さん」と呼ぶが、要助は律儀《りちぎ》に吾兵衛を「質善さん」と呼び続けてきた。このあたりにも、要助の真面目《まじめ》さと頑《かたく》なさが表れている。

要助の日ごろから薄黒い顔色が、いちだんと曇ったように見える。吾兵衛は、これは本当に厄介ごとのようだぞと思った。

本人が言うとおり、要助はこれまでずっと、年中表を飛び回り、働き続けてきた。そのために、顔も手足も、日焼けというのをとおりこし、ほとんどなめし皮のような色合いになっている。一度見たらなかなか忘れられない顔である。

いつぞや、加世がうっかり火鉢にやかんをかけたまま忘れてしまい、焦がしてしまったことがあった。急いでそのあと始末をする嫁と、黒焦げのやかんを見比べながら、吾兵衛は、このやかんは何かに似ている何かに似ていると思っていた。片付けながら、加世も同じことを考えていたらしい。

そしてふたりでほとんど同時に、ぷっと吹き出した。吹き出しながら、思っていたことを言い合った。するとふたりとも、「このやかんは看板屋の要さんにそっくりだ」と思っていたのだとわかった。要助はそんな顔をしているのだ。

その顔が、今は子細あるらしく沈んでいる。頰のあたりが歪《ゆが》んでいる。よほどの困りごとらしい。吾兵衛は助け船を出した。

「うちのなかで何かあったのかね」

要助はもじもじと膝頭を動かしている。

「かみさんや娘さんたちかね？」

すると、要助は言いにくそうに言った。「そういうこともあるんで……」

吾兵衛は笑い出した。「いや、あんたがそれほど深刻な顔をしているのを笑っちゃいけないが、そんなふうに見合いの席の娘さんみたようにうつむいていたんじゃ話にならないよ。いったいどうしたんだね」

吾兵衛の笑いが要助の気をほぐしたのか、彼もちょっと頰をゆるめた。それからほっと息をつくと、いつものようにせわしなく目を動かしながら、こう言った。

「実はね質善さん。あたしに、隠し子ができちまったんです」

二

とっさに吾兵衛の口をついて出た言葉は、「あんたに、女がいたのかい」というものだった。

すると要助は、まるで人殺しをしたのかと咎《とが》められでもしたかのように、ちぎれそうなほどに激しく首を振った。

「とんでもねえ。そんなことは誓ってありゃしねえ。だいいち、あたしのこの御面相に、寄ってくる女なんざいるわけねえじゃねえですか。質善さんぐらい金持ちならまた話は別だけどさ」

吾兵衛もこれにはあわてた。「めったなことを言わないでおくれよ。うちには嫁の耳ってものがあるんだからね」

もうずいぶん昔のことになるが、吾兵衛が後添いにしようかと思った水茶屋の女がいたことを、要助は知っているのである。その縁は結局流れた。相手の女には情男《いろ》がおり、吾兵衛に近づいたのは質善の身代目当てだったということがはっきりしたからだ。吾兵衛にとっては苦い思い出である。

「とにかく、あたしにはそんな覚えはねえんです」要助は念を押し、そこでひと膝乗り出した。「ねえ質善さん、あたしが掛け行灯《あんどん》をつくるとき、必ず侘助《わびすけ》の花を描くってこと、知ってますよねえ」

二八そば屋や小さな居酒屋など、客寄せの看板と、夜の明かりとりとの両方をかねるために、店先に掛け行灯をともす。行灯の囲いの紙に、じかに店の名や商いの種類を書いたものだ。要助は、ひとつあたりいくらにもならないこの掛け行灯でも、頼まれれば気楽に引き受けて書いてやった。

そして、普通なら、屋号や「そば」だの「めし」だのだけ書いて済ましておくところに、要助は必ず絵を添えて描いた。そしてその絵は、いつも侘助の花の絵だった。

侘助とは、別名を唐椿《からつばき》ともいう。椿によく似た赤や淡い紅色、白色の花を咲かせる樹木だが、世間一般にどこでもここでも見かけるというものではない。花の色は椿と同じように美しいのに、ひっそりと侘《わ》びるようにうつむいて咲くその風情《ふぜい》が、わび・さびを尊ぶ風流人に愛され、とくに茶人が好んで庭木に選ぶ。俳句では、冬の季語にもなっている。

「ああ、よく知っているよ。あんたの好きな花だ」

要助がこの侘助を描くようになったのは、まだごく若いころからのことだと、吾兵衛は聞いていた。以前、どうしてまたそんな珍しい花を描くのかと尋ねたとき、要助は少し照れながら答えたものだ。

その昔、まだ看板屋の親方のところで修業中のころに、垣根ひとつへだてたところに医者の父娘が住んでおり、その家の小さな庭にこの侘助の木が植えられていたのだという。むろん、そのときはまだ、この木の名前など知らなかった。

「その町医者の娘は、そりゃあきれいな娘さんでね。だけどあたしなんかとは身分がちがいだから、とてもじゃないけど近づけなかった。相手もそう金持ちには見えなかったけど、やっぱり育ちが違うから」

若き日の要助は、うつむきがちの清楚《せいそ》な医者の娘と、緑の葉のあいだに隠れるようにして咲くこの花とを、二重写しにして恋していたのだった。そしてあるとき、この娘がひとりで庭にいるのを見かけ、一世一代の勇気をふるって、声をかけてみたのだという。

「きれいな花ですけど、これはなんていうんですかってね」

すると娘は、侘助というのだと教えてくれた。椿のような華やかさはないけれど、おとなしやかな花で、わたしはとても好きなのですよ、と。

その娘はまもなく他家へ嫁いでゆき、要助の片想《かたおも》いもそこで終わったのだが、侘助の花への思い入れは残った。そして、彼は、そっけない字面を並べるだけで終わることの多い掛け行灯に、薄紅色のこの侘助の花を描き添えるようになったのだった。

「最初のうちは、まあ甘ったるい気持ちでね。そのままだったら、そのうちやめてたでしょうよ。だけど、あたしの描く絵付きの掛け行灯てのが段々評判になってきましてね。だいたいが珍しい花だから、お客がそれを見て足をとめるってね。で、あたしはそれで自信を付けて、看板屋稼業《かぎょう》で独り立ちできたようなもんだったんです。だから、医者の娘さんのことを忘れたころになっても、侘助の絵は描き続けることになったんです。あたしにとっては縁起のいい花だったし」

それから二十数年、要助は掛け行灯に薄紅色の侘助を描き続けてきた。質善と知り合ったころも、むろんそうしていた。そして、なぜその絵を描くのかと尋ねられると、相手がとおりいっぺんの客ならば、

「きれいでしょう。あたしの好きな花なんですよ」と答え、相手が質善のような懇意の客ならば、その昔の淡い恋物語から語って聞かせる——というふうにしてきた。

ところが、ほんの二年ほど前のことだ。浜町河岸《はまちようがし》のそばの料理屋の掛け行灯を手掛けたとき、

「そこのお内儀《かみ》がまた美人だったもんで」

さほど懇意の客ではなかったのだが、問われるままに、なぜ侘助を描くのかという理由を正直に打ち明けた。すると美人のお内儀は、さもおかしそうに笑い転げたというのだ。

「あたしは顔から火が出るような思いをしましたよ」

そのお内儀はよくよく人が悪かったらしく、料理屋の出入りの客たちや自分の知り合いの面々にも、ことあるごとに掛け行灯を見せてはその話をし、いい肴《さかな》にしていたらしい。

「だけど、相手はお客だから、怒るわけにもいかないしね」

またそのお内儀の話を聞いて、要助に掛け行灯を頼んでくる客もいる。そういう客は、要助からじかに彼の過去の恋物語を聞き出そうとする。それも、面白半分に。

「さすがのあたしも、あるところで頭にきちまいましてね。で、出任せを言ったんです」

「出任せ？」

「ええ。浜町河岸のお内儀さんには本当のことは言わなかった。実は、本当の理由はこうなんですってね」

とっさのつくり話だから、複雑なものはできない。そこで、ちょうどそのころ、要助の娘たちが好んで読んでいた黄表紙のひとつから、話をいただくことにした。

「その黄表紙の物語は、火事で生き別れになったおっかさんと娘の苦労話みたいなので、なかなか面白かったんでね――」

そのさわりをかいつまんで、要助は話をつくった。

「あたしには昔、火事のなかで別れ別れになっちまった娘がひとりいます。あたしはその娘が生きてるって信じています。その娘は、別れたときまだ小さかったけど、あたしが侘助の花を好きだったことは知っていた。だから、掛け行灯を頼まれるたびにそこに侘助の花を描いておいたら、どこかでそれが娘の目に触れて、また巡り合うことができるかもしれないから、だから描いてるんだって、ね」

吾兵衛はふうんと唸った。要助にしてはよく考えた話だ。

「こういう話なら、さすがに誰も笑いはしないだろうって思ったんですけどね、なかなかそうは問屋がおろさなかったんで。本当かいなんて、やっぱりにやにやされましたよ」

元来、嘘《うそ》やつくり話は苦手の男である。すっかり嫌気のさした要助は、以来、どこで誰にきかれても、侘助の花の由来については語らないと決めたし、ずっとそうしてきたという。

「それならそれでよかったじゃないか。風流を解さない、人の思い出に敬意をはらわないような連中は、放っておけばいいんだよ」

吾兵衛の言葉に、要助は頭のうしろをさすりながらうなずいた。

「本当に質善さんのいうとおりですよ。だから、それはそれでよかったんですけどね」

あたりをはばかるように、要助の声が低くなる。吾兵衛は身を乗り出した。

「で、そのあとに何があるんだい？」

「そのあとに……」

言いにくそうに口ごもったあと、要助はぼそぼそと呟《つぶや》いた。

「今ごろになって、あたしがたった一度、腹立ちまぎれにしゃべったつくり話が仇《あだ》になってきたんです」

「ということは――」

それで、吾兵衛もああと思い当たった。それがつまり、隠し子ができたということだったのか。

「そうなんです」要助は、心底参ったという顔だった。「四、五日前のことですよ。あたしの掛け行灯を見て、その店の人から由来を聞いたっていう女がうちを訪ねてきましてね」

話の先を察して顔をしかめた吾兵衛に、要助は情けなさそうにうなずいてみせた。

「おとっつぁん、あたしがその生き別れになったおとっつぁんの娘よって、こう言うんですよ」

三

名乗りをあげてきた偽《にせ》の娘は、名をおゆきといった。年は二十四、住まいは根津の権現《ごんげん》さまの近くのしもたやである。

ようよう風邪の気が抜けたころ、吾兵衛が、弱り切っている要助に代わって訪ねてみると、そのしもたやは、一見して、ある種の稼ぎを生業《なりわい》としている女のものだとわかる家だった。

もっとも、世間では囲われ者になることを「生業」とは呼ばないかもしれないが。

おゆきの家は、あいにく留守のようだった。さて空振りかとがっかりしたが、時間つぶしもかねて、近所の家を数軒まわり、おゆきについて何かしら聞かせてくれないかと水を向けてみると、しゃべるしゃべる、しかも悪口ばかりである。

おゆきを囲っているのは、日本橋あたりの大店《おおだな》のあるじで、年はずいぶんと離れているらしい。おゆきがここに家をもらって住み着いてからかれこれ三年ほどたつが、そのあいだ、近所に挨拶《あいさつ》にきたこともなければ、通りすがりににっこりしたことさえもない。貧乏人など鼻もひっかけないというそぶりでいながら、近所の若い男連中には平気で色目を使うとか。旦那《だんな》がいないときはぶらぶら遊んで暮らし、旦那がくれば昼間からでも酒を飲んで騒ぐし、雨戸を閉めきってこもってしまうという。

「もともとは芸者だったとか言ってるけど、ときどき聞こえてくる三味線だの小唄《こうた》だのって、あんた、とんちんかんで大笑いの代物《しろもの》だもの。ありゃ枕《まくら》芸者だよ」

斜向《はすむ》かいに住む小間物商いのかみさんが、小鼻をぴくぴくさせながら言ったものだ。

「あの旦那も、よくよく色に目がくらんでるんだろうね。いい歳《とし》してみっともないったらありゃしない」

おゆきはいつもいい身形《みなり》をして、櫛《くし》こうがいも高価なものを付け、家には婢《はしため》もひとりいるという。それもまた、近所のかみさんたちの怒りのもととなっているようだった。

どういう人物であるにしろ、おゆきを囲っている旦那は、趣味は悪くないと、吾兵衛は思った。しもたやの風情は、どうしてなかなか落ち着いたもので、妾《めかけ》の住まいというよりは隠居所のようだ。家のぐるりを塀越しに見ただけなのではっきりとは判《わか》らないが、屋根のあんばいからして、どうやら、敷地のなかには茶室も設けられているようだった。

おゆきが何を考えて要助にあんな悪さをしかけているのか、吾兵衛にはちょっと見当がつかない。ただ面白がっての悪戯《いたずら》だとすれば許しがたいが、囲われ者の女の身に、見ず知らずの看板屋をからかって遊ぼうというほどの暇が、果たしてあるものだろうか。なるほど彼女には時間はたんとあるだろうけれど、自由な時間は、そうたくさん許されていないと思われる。

おゆきはこれまでに二度、要助を訪ねてきたという。もちろん、最初のとき、「生き別れになった娘です」のひと言に、事情を知らない要助の女房や娘たちは大驚愕《きょうがく》し、家のなかは上を下への大騒ぎになってしまった。それなのに、二度目の訪問のときには、おゆきは菓子折を下げて現れ、ぬけぬけと「妹たちへのお土産だから」と言って、おもよたち三姉妹をカンカンに怒らせたのだそうだ。

（わからん……）

きっちりと閉じられたおゆきの家の木戸を眺めながら、吾兵衛は心のなかで呟き、それにしても人の口というのは恐ろしいものだと思った。要助がたった一度、カッとしたとき口に出した出任せの筋書が、どこをどうにかして伝わってこの女の耳に入り、こんな次第となったのだ。

当の要助は困惑するばかりだから、ここはひとつ年寄りの冷や水で仲裁役を買って出てはみたものの、実のところ、吾兵衛にも、何をどう言い含めどう諌《いさ》めておゆきに馬鹿《ばか》な悪戯をやめさせたらいいか、しかとはわからなかった。なにしろ相手の腹が読めない。

（せめて顔を見てからいろいろ考えようかと思えば、留守ときているしなあ）

日陰の身とはいえ裕福に暮らしている若い女が、五十すぎの看板屋をおどして金を取るつもりもあるまい。菓子折を下げてくるなんて、人を馬鹿にしてはいるがどこか生真面目《きまじめ》でもある。妙な女だ……

そんなふうに考えこんでいたためだろう。吾兵衛は、すぐそばまで人の気配が迫っていることに気づかなかった。声をかけられたときには、飛びあがるほど驚いた。

「あんた、おとっつぁんの使いの人？」

振り向くと、目立つ縞柄《しまがら》の着物に濃い紅を引いた若い女が、すくうような目つきで吾兵衛を見つめていた。胸に紫色の風呂敷《ふろしき》包みを抱いている。

おとっつぁんの使いときたか。吾兵衛は咳払《せきばら》いをして気をとりなおした。

「あんた、おゆきさんだね？」

「そうですけど」

おゆきは値踏みするように吾兵衛をながめている。

「私は看板屋の要助さんの知人でね。実はあんたのその『おとっつぁん』のことで話があってやってきたんだ」

「話すことなんかありませんよ」

すいと吾兵衛を追い越して、木戸を開けながら、おゆきは肩ごしに言った。

「生き別れてて、やっと会えたんですよ。これからは、あたしはおとっつぁんに親孝行したいだけ。妹たちにもちょっときれいな着物を着せて美味《おい》しいものを食べさせてやりたいだけ。だってそうでしょう、血がつながってるんだもの」

吾兵衛はおゆきに一歩近づいた。「それが嘘で、出任せのつくり話だってことは、あんただってよく知ってるんだろう？　要助さんは困ってるんだよ。あんた、暮らしに窮してるわけじゃなし、あんな真面目な働き者の一家を煩《わずら》わせて、いったいどうしようっていうんだね。悪戯にもほどがある。いいかげんにしてくれないか」

おゆきは木戸を開け、早足でなかに踏み込み、挑むように振り返って吾兵衛を見据えると、きっぱりと言った。

「あたしにかまわないでよ、あんたは係わりないでしょう。これは家族のことなんだから」

「あんたね……」

追いかけようとした吾兵衛の鼻先で、木戸がぴしゃりと閉まった。

（まったく――）

もっていきどころのない腹立ちに、吾兵衛は大きく息を吐いた。と、そのとき、木戸の板の透き間から、向こう側の、飛び石をわたって玄関へ入るところの脇《わき》の植え込みに、ちらちらと赤いものがあるのが目に入った。

よく見ると、それは侘助の花だった。

なるほどと思った。あっても不思議はない。妾宅《しょうたく》に茶室をつくるような粋人の旦那のことだ。庭に侘助の木のひとつやふたつ、格好づけに植えてみたっておかしくはない。

おゆきの暮らすもらいものの家に、侘助の花、か。

もっとも、それで何か合点がいくというわけでもない。家に押し入るわけにもいかず、吾兵衛はひとまず、空《むな》しく踵《きびす》を返すことにした。

看板屋一家とおゆきとの奇妙なやりとりは、それからしばらくのあいだもとぎれとぎれに続いた。おゆきはときどき、本当に思い出したように唐突に一家を訪ね、実の父に対するように要助に話しかけ、「妹たち」に笑いかける。いつも何かしら土産物をさげてきて、気前よく置いてゆく。門前払いしようとしても無駄で、追い返しても追い返しても戻ってくるが、そのかわり、一刻《いっこく》ほどいると落ち着かなくなって、「じゃ、またね」と言い置いて帰ってゆくという。

その都度《つど》様子を聞かされ、どうしたものかと相談を受けても、吾兵衛にはどうしようもない。あのあと、もう一度おゆきを訪ねてみたが、やはり彼女は家に入れてくれなかったし、話を聞いてもくれなかった。

あるとき吾兵衛は、加世に問いかけてみた。同じ年ごろの女として、おまえ、おゆきをどう思う？ あの女はなんで、こんな戯《ざ》れ事を仕掛けてきているのだろう？

すると加世は、気楽に訊《たず》ねたつもりの吾兵衛が驚くほどに真面目な顔をした。そのまま、しばし考えている。吾兵衛がかえって気詰まりになって、「そんなに考えこまんでいいよ」と言おうとしたとき、やっと口を開いてこう答えた。

「おとうさん、わたしにはわかりません。わたしは幸せだから」

幸せという言葉を、その時の加世は、それが罪深い言葉であるかのように、低い声で言った。

いよいよもって困り果てた要助が、若干の哀れをもよおしたような様子で、

「あたしがじかにおゆきのところへ行って話してみましょうか。質善さん、いっしょにいってくれますか」と言い出したのは、事が起こってから三月目に入ったころだった。

「それがいちばんいいかもしれないね」

ところが――

要助の女房や娘たちともよく話し合い、話の次第では根津のあのあたりの町役人にも訴え出ようかというところまで話を詰めて、要助と吾兵衛が出かけていってみると、あのしもたやには、おゆきはもういなかった。

家は空家になってはいない。現に人の気配が――若い娘の笑い声が聞こえてくる。吾兵衛は、先にきたときいろいろ教えてくれた、斜向かいの小間物商いのかみさんを頼ってみた。思ったとおり、かみさんは事情のあらましを知っていた。

「追い出されたんですよ、あのおゆきさん」

「追い出された……」

「ええ。旦那に新しいこれ」と小指を立て、「これができてね。入れ代わりに今あそこに住んでるけどさ」

かみさんは、ここで声をひそめた。

「なんだか、あのおゆきって人、だいぶ前からちょっとおかしくなってたみたいでね。旦那ももてあましてたらしいんだわね。あたしら、そんなことはつゆ知らないからさ」

「いつごろ、おゆきさんは出ていったんです?」

吾兵衛の問いに、かみさんは首をひねった。「つい最近のことだと思うけどね。二、三日前かねえ。はっきりはわかんないのよ。ただあの人がいなくなって、別のが来てさ。今度の女はあんた、おふくろさんまでいっしょでね。挨拶回りにきたんですよ堂々と。で、そのおふくろさんが言ってたの。『これからうちの娘がお世話になります。前にいたおゆきとかいう人は、ちょいと頭のほうがおかしくなってて迷惑をかけたみたいでしたけど、これからは仲よく願います』とか言ってね」

吾兵衛はあのしもたやを振り返った。要助もそうした。

「おゆきさんは身ひとつで？」

「たぶんそうでしょうねえ。大八車で道具を運び出したりすれば、あたしたちだって気づくもの」

吾兵衛たちはかみさんに礼を言い、ときおり、若い娘のはずむような声がもれ聞こえてくる、あのしもたやへと近づいた。

木戸は今日も閉ざされている。

「板の透き間から見てごらん、要さん」

要助を促して、吾兵衛は言った。

「あそこに、侘助が植えられているだろう」

要助は短い首を伸ばし、背伸びをし、やっと赤い花を認めて、せわしなくうなずいた。

「あの娘、どうして追い出されたんだろう」

吾兵衛の呟きに、要助も独り言のような呟きを重ねた。

「どうしてあたしのところを訪ねてきたのかなあ」

「本当の話、要さんの掛け行灯《あんどん》をどこで見たんだろうね」

「どこであたしのあの作り話を聞いたんでしょうね」

そしてそこに、おゆきは何を見たのだろう。少し――物事がよくわからなくなりかけていた彼女の頭のなかに、何が映っていたのだろう。

（ただ親孝行したいだけ）

ふたりはしばし黙りこんだ。やがて、吾兵衛は言った。ひどく、口に出すのが辛《つら》い言葉だった。

「おゆきは、自分が追い出されることを知っていたんだろうか」

要助は黙っている。彼とて何も言い様がないのだ。吾兵衛もまた、言い様がない。

要助がふたたび背伸びをして、木戸の向こうをのぞいた。薄紅色の侘助の花が、うつむいているのが見える。

「もう、花も終わりだなあ」

ぽつりと、要助が呟いた。

第十二話　紙　吹　雪

ぎんは、私物といったら鋏《はさみ》一丁だけしか持たずに井筒屋に奉公にあがった。だから、出てゆくときもそうするつもりだった。

主人夫婦の部屋を出ると、彼女はまず厠《かわや》へ行った。気分は悪くなかったが、少しのあいだ、足が震えて仕方がなかった。

厠を出ると、手水鉢《ちょうずばち》の水を使って、ぎんは念入りに手を洗った。顔も洗った。手水鉢の水は澄んでおり、ぎんはそのなかに腕を肘《ひじ》までひたし、目を閉じた。師走《しわす》の水は、指先の感覚がなくなるほどに冷たかったが、あえてそうしていることで、手や指がすっかり清められるような気がした。手がきれいになると、着物の裾《すそ》をからげて、裸足《はだし》のまま中庭の地べたに降り、それから手で手水鉢の水をかいだし、足にかけてこちらも清めた。

井戸端に行くと、誰かと顔をあわせてしまうかもしれない。それはしたくなかったので、ついでにここで、鋏も清めてしまうことにした。水をかけると鋏の刃が光り、金気臭い味が口のなかに広がるような気がした。

鋏を洗い終えるころには、中庭の地べたには水がいっぱいこぼれ、白い足が泥まみれになっていた。最後の仕上げに手水鉢を倒し、両足に水をざぶんとかけると、白い指が真っ赤になり、しもやけのできた小指が急にむず痒《がゆ》くなってきた。愉快なほどの痒さで、ぎんはくつくつ笑った。笑いながら、頭の上につり下げてある手ぬぐいをとって、それで手足をきれいにぬぐい、鋏の水滴も拭《ふ》いて、それを手にまた廊下へあがった。

次は、足早に歩いて勝手口へと回る。内側からしんばり棒をかう。がたつかせても、戸は動かない。よし、これでいい。

井筒屋の、たったひとりの女中としての三年の月日を、ぎんは、主人夫婦にあてがわれた北側の納戸《なんど》部屋で過ごしてきた。それなりに愛着のわいたその部屋に、ぎんはゆっくりとあがっていった。梯子《はしご》段はいつものように五段目のところできしみ、ぎん独りしかいない家のなかに、大きな音を響かせた。

主人夫婦は宵っぱりで、そろって酒飲みだったから、毎夜仕事が終り、さがっていいという許しを得ることができるのは、もう深夜といっていい時刻のことだった。昼日中には、たとえ主人夫婦が昼寝を決め込んでいるときであっても、細かな用に追いまくられて、自分の部屋に戻って休むことなどまったくできない。だから、ぎんは、一日のうちに正確に二度だけ、この梯子段のきしむ音を聞いてきたことになる。朝は「さあ、また一日が始まるよ」というように、夜は「おかえり、ゆっくりお休み」というように聞こえた。

その音が今は、「ぎん、これでお役ごめんだよ」というふうに聞こえる。

いや、まだだ……納戸部屋に入り、壁によりかかるようにして座り込むと、明かりとりの高窓からさしこむわずかな日ざしのなかで、ぎんは自分に言い聞かせた。まだ、もうひと仕事残っている。

色褪《いろあ》せた縞《しま》の着物の両袖《りようそで》のたもとは、主人のところからもらってきたものでふくらんでいる。これをきちんと始末してやらねばならない。ぎんは鋏を取り出した。

井筒屋の向かいの瀬戸物屋の主人は、こんなふうに言う。

「井筒屋の女中のことは、あたしもよくは知りませんでした。めったに口をきくこともなかったしね。だけど働き者のようだったから、井筒屋みたいな因業《いんごう》な野郎のところに、いい女中さんがいるもんだって、ちっとばかり面白くないような気がしたもんですよ。そうですか、あの娘はおぎんていったんですか。そういやぁ、名前も知らなかった」

鋏仕事を終え、ふたたび両袖をいっぱいにふくらませたぎんは、納戸部屋を出た。屋根にあがるには、一度隣の座敷に入り、そこの窓の手摺《てすり》からよじのぼるのがいちばん早い。

去年の二百十日のころ、大風に屋根のこけら板が飛ばされてしまったとき、恐ろしさに尻《しり》込《ご》みするぎんを叱《しか》りつけて屋根へ登らせ、無理無理修理をさせたのは主人夫婦である。屋根屋や大工を頼めば金がかかるが、ぎんなら一文も要らないし、落ちて死んでも困らないというわけだ。

だがそのおかげで、ぎんにも度胸がついた。いつかそのときがきたら、この屋根の上から雪を降らそうと思いついたのも、そのときだ。考えるだに楽しくて、わくわくしたものだった。

おかしなもので、窓を開けたときから鼻先の冷たくなるような冬の凩《こがらし》に吹かれていたはずなのに、手摺に足をかけてよじのぼるまで、それを感じなかった。おお寒いと思ったのは、屋根の上によじのぼろうと身をのばし、足元から吹き上げてきた風に、裸足の足やくるぶし、ふくらはぎを冷たくなでまわされたときだ。

鋏は納戸部屋に残してきたので、ぎんの両手は空いていた。屋根にのぼるのに、難しいことは何もなかった。下を歩いてゆく人たちに、着物の裾からのぞかれてしまうのは嫌だったから、急いでのぼることにした。

ぎんの頭上には、雲ひとつない真冬の青空が広がっていた。

たまたま通りかかった棒手振《ぼてふ》りの八百屋は言う。

「あんなところに若い娘さんがよじのぼってさ、最初は、猫の子でも屋根にあがって降りられなくなっちまって、それをどうにかするんでのぼってんのかなと思ったよ。そらやっぱりへっぴり腰だったからね。

だけど、下から『おーい、どうしたい』って声をかけても、あの娘はちらっとこっちを見ようともしなかった。下を見ると怖《お》じ気《け》づいちまうからかなって思ったけど、そういうことじゃなかったんだな。

一心にのぼってるっていう感じだったよ。足がちらちら見えてさ、ちょいと色っぽかったね」

ぎんは屋根の上に落ち着いた。

今川橋が見える。橋のたもとに軒を連ねる瀬戸物屋の店先に、大小の瓶《かめ》が並んでいる。今日は人出が多いようだ。師走だもの。いいお天気だもの。

ぎんは頭上を仰ぎ、ひどく近いところにあるように見えるお天道さまの輝きに目を細めた。神田堀と、そのまわりに広がる町屋の屋根の波に目をやった。

遠く、どこかで落ち葉をたいている。その煙が空にたちのぼり、ゆらゆらと青空のなかに溶けこんでゆくのが見える。煙は消えても、その匂《にお》いは風のなかに残る。凩は、どうかするとぎんを屋根から吹き飛ばそうかというほど強く吹くときもあるのに、ぴたりと静まるときもある。

あまり、風のないときがいい。凩の合間に、あたしは雪を降らそう。たもとに手を入れて、ぎんは息を整えた。

井筒屋に出入りしていた呉服屋の手代が言う。

「あの日は、井筒屋さんには用はなかったんですが、たまたま近くにおりました。向かいの瀬戸物屋さんが最初に気がついて、おい、ありゃなんだろうと指さしまして……。

はい、私はあの女中さんの名前を存じておりました。おぎんさんですね。可愛《かわい》い顔をした娘さんで、よく働いていました。こうなってしまうと悪口を言うのもなんですが、井筒屋のおかみさんは、けっして優しい気質の人じゃありませんでしたから、あの女中さんもよく勤めてるなと思っておりましたですよ。おぎんさんとじかに口をきいたことはありません。話しかけても、いつもにこっと愛想笑いするだけで、返事はしてくれませんでしたから。それだから、おぎんさんがどうしてあんなことをしたのか、私には見当がつきません。よほど、腹に据えかねたんでしょうかね……」

たもとから取り出した細かな紙切れは、ぎんの手を離れると、たちまち風に乗って舞い落ちる。あとから、あとから。

雪だ。あたしはこうやって雪を降らせるのが夢だった。それが、やっとかなった。目の下の町に向かって、凩に乗せ、ぎんは真っ白な紙吹雪をまき続けた。

ぎんの父親は、十六年前ぎんが生まれたころには、十軒店本石町《じっけんだなほんこくちょう》の「笹屋《ささや》」という酒屋の通い番頭をしていた。女房のおいちと、ぎんの二つ上に男の子がひとり。暮らしは豊かではなかったが、そのころは幸せだったと、おいちが呟《つぶや》くように話していたことを、ぎんはよく覚えている。

父親が患《わずら》った末に亡《な》くなったのは、ぎんが三つのときだった。性質《たち》の悪い肺の病で咳《せき》がとまらず、伝手《つて》を頼って診てもらった、腕のいいことでは評判の町医者にも、どうすることもできなかったのだという。笹屋でも、ずいぶんと気の毒がってはくれたのだが、これもまたどうしようもない。父親が死んでしまうと、母子三人は、文字通り世間にほうり出されることになった。

夫を亡くしたおいちは、女手ひとつでふたりの子供を育てるために、寝る間も惜しんで働いた。彼女には裁縫の腕があり、仕事の世話をしてくれる人もいたので、たとえ賃仕事でもとにかく働けば金にはなったのだ。

それでも、ひとりの女の生身の身体にできることには限りがあった。幼い子供の面倒をみながら、自分は食べ物を減らし、休みもとらずに働き続ければ、どこかで必ず無理が来る。おいちの場合は、それが目の病となって出た。

油を惜しみ、明かりをごく小さくして夜半まで細かな縫物をしていた報いが、まともにきてしまったのである。最初はかすむ程度だったのが、半年としないうちに、ほとんど見えないくらいにまで悪くなってしまった。

そのあたりのことは、ぎんには詳しい記憶はない。ときどき、おっかさんと兄《あん》ちゃんが手をとりあうようにして泣いているのを、ぼんやりと覚えているだけだ。

こうして暮らしは行き詰まり、ぎんが六歳の冬、あと数日で大晦日《おおみそか》という師走、真っ白な雪が屋根に降り積もる日に、おいちは子供ふたりを連れて心中をはかった。

そう、あの日は雪だった——

たえまなく手を振り上げ、青空の下に真っ白な紙吹雪を降らせながら、ぎんは思っていた。

忘れやしない。おっかさんと兄ちゃんが死んだあの日は、こんなふうに真っ白な吹雪の日。だからあたしは、いつかこうして、井筒屋の屋根の上から、同じような雪を降らしてやろうと思ってきたんだ。

眼下の道を行く人たちが、そろそろ騒ぎ出したようだ。こっちを指さして、てんでに何か叫んだり笑ったりしている。そら、あの驚きよう。ほら、あの顔この顔。目を丸くして、あんなに大きく口を開いて。

みんな、これが井筒屋の雪だよ。

おいちはねずみ取りの薬を食べ物にまぜ、それで死のうとしたのだった。薬は舌に苦く、それだから、がんぜないぎんは食べるのを嫌がり、それが彼女の命を救うことになった。覚悟のできていたおいちと、子供なりに母親の気持ちを理解していた兄は、首尾よくふたり、枕《まくら》を並べてあの世へ旅立ってしまった。

ぎんはひとり、残された。

おいちの姉、ぎんの伯母が、どうせあたしのところも貧乏人の子だくさん、ひとりやふたり増えても苦労は同じだと、快くぎんを引き取ってくれなかったなら、おそらく、ぎんも母親たちのあとを追う羽目になっていただろう。その年の冬は厳しく、長く、六つの子供の小さな足で、行くことのできる場所などなかった。

伯母のもとで育てられ、そのあいだに、ぎんは、母親が心中しなければならないところまで追い詰められたその理由を、伯母の口から聞かされることになった。ただ暮らしが苦しいというだけでなく、母が借金に苦しめられており、それが返せなければ、子供ふたりを残して岡場所へ売られてゆくことになる――そんな立場にまで追込まれていたことを、ぎんはこうして知ったのだった。

今川橋のたもとにある、井筒屋という高利貸しの名も、そのとき初めて聞かされた。

「あんたのおっかさんはね、ぎん」と、伯母は怒ったような口調で話したものだ。「最初、あんたのおとっつぁんの病を治そうとして、井筒屋にお金を借りたんだ。いいお医者に診てもらうためにね。でもおとっつぁんは亡くなってしまった。だけど借りたお金は返さないとならない。しかも、利息ってやつがついてくるからね。それがどんどんかさんでいって、とうとうあんたのおっかさんを押しつぶしちまったのさ」

子供ふたりも道連れにしていこうと思ったのは、たぶん、残していけば、ふたりとも井筒屋につかまって、借金のかたにどこかへ売られてしまうかもしれないと思ったからだろう――伯母はそんなことも言って涙を浮かべた。

「ほんとの話、あたしがあんたを引き取るときだって、あの井筒屋の因業親父《おやじ》、あんたをどこかへ奉公に出して、その給金で借金を返せって言ってきたんだよ。なんとか切り抜けたけど、本当にしつこかった。あの人でなし、いつかきっと罰があたるんだから」

伯母は勝ち気だが優しい人だったので、そういう井筒屋と渡り合い、ぎんを手元に引き取るためにどれだけの苦労があったのかということを話して、ぎんに恩を売るようなことはしなかった。だが、何も言われなくても、成長するにつれ、ぎんは自分の置かれている立場を思うようになった。

伯母さんには、どういう形でか恩返しをしなくちゃいけない。とにかく、まずはそれが肝心だ。十の歳《とし》からぎんは子守奉公に出、稼いだ金はすべて伯母に渡した。自分は何もほしいとは思わなかった。生きる目的は、ただひとつだと思っていた。

(どうして、あたしひとり生き残ったんだろう?)

それは、おっかさんや兄ちゃんの恨みをはらすためなんじゃないか。そのために、神様がはからって、あたしを生き残らせてくれたんだ。ぎんは、そんなふうに思いながら月日をすごしていった。

そして恨みをはらすには、井筒屋に近づくことができるようにならなきゃいけない。それはけっして難しいことじゃない。女中奉公でもすればいい。そういう機会をうかがっていればいい。井筒屋は逃げやしない。

でもその前に、伯母にはできるだけのことをして恩を返しておこう。そう思いつつ、ぎんは働き続けた。そうして、ぎんが十三になったころ、またとない機会が訪れた。井筒屋が住み込みの女中を探しているという噂《うわさ》を聞きつけたのである。

ぎんはそのころ奉公をしていた魚屋から暇をもらい、伯母には短い手紙を書いた。これまで世話になった礼を述べ、手持の金と、給金の残りをいっしょに包み、知り合いに頼んで届けてもらった。これから先どうするとか、井筒屋へ行くなどということは、これっぽっちも匂わさなかった。そんなことを知られたら、きっと止められると思ったからだ。それに、伯母に迷惑はかけたくなかった。

伯母も伯母の子供たちも、けっしてぎんを疎《うと》んじたり、意地悪するようなことはなかった。このままこの家にいれば、何事もなく生きていくことができるだろうとも思えた。

だが、心中の生き残りの子供であるぎんには、そういう生き方、そういう暮らしは、もう意味がないように思えたのだ。

おっかさんはあたしを連れていきたがった。だけどあたしは生き残っちまった。それは、ただ仇討《あだう》ちの機会をもらったというだけだ。それ以上の目的や、それ以外の意味なんて、あたしの一生にはない。

早く仇討ちを済ませ、おとっつぁん、おっかさん、兄ちゃんのいるところへ行って、のんびり暮らすんだ——そんなふうに、ぎんは考えた。

そんなふうだったから、何も知らない井筒屋にとっては、ぎんは願ってもない女中だったろう。ほかの娘たちなら寄り付きもしないような安い給金と、厳しい暮らし。がみがみとうるさいおかみさん。事実、井筒屋では女中が居つかなくて、これまでにもずいぶん人が入れ替わっていたという。何ひとつ文句を言わないぎんは、そこにしっくりおさまった。そして、今日のこの日まで、働き者の女中として過ごしてきた。

井筒屋の内側に入って、ぎんは、母を追い詰めて殺した高利貸しという商いの有様を、間近に、つぶさに見ることができた。井筒屋は担保をとらない素金《すがね》貸しだから、当然のことながら金利は高い。一分の利を取る。遊びに使う金を、今日借りて明日返すという身分の人や、かつぎ売りの商いのために、朝元手を借りて夕方精算するというような人たちもいるが、井筒屋がしぼりあげる相手は、たいていの場合、商いの資金に困って内々で借りにくる小商人か、ぎんの母親のような困窮者である。どちらも、井筒屋という船に乗り掛かったがさいご、深みまで連れていかれて溺《おぼ》れ死ぬのは目に見えていた。

高利貸しなんて商いが、なんでこの世にあるんだろうかと、ぎんは何度か真剣に考えた。どうして神様仏様は、こういう商いを放っておかれるんだろう。

目が届ききらないんだろうか、と思う。それだから、あたしみたいな生き残りをこさえて、それになんとかさせようとなさるんだろうか。

それでも一方では、井筒屋で女中奉公をしながら、ぎんは、贅沢《ぜいたく》ざんまい、人を人とも思わない主人夫婦の下で、こういう人たちにも、どこかにいいところがあるんじゃなかろうかとも思ってきた。何かひとつでもこの人たちがいいことをするのを見つけたら、そしたらあたしの考えも変わるかもしれない、と。それは希望でもあったのだ。

だから三年――そう、三年はあいだをおこうと決めていた。おっかさんも、おとっつぁんに死なれ借金を抱えて、三年は頑張った。だから三年、三年のあいだ、井筒屋夫婦にも時をあげて、そのあいだに彼らにも何かいいところがあるとわかったら、そしたらあたしも、雪を降らすことは見合わせよう、と。

だが、残念ながら、この師走《しわす》を迎えてその期限は切れた。しかも、ぎんは知っている。ついおといのことだ。亡くなったころのぎんの母親とおっつかっつの年ごろの女がひとり、井筒屋から泣きながら帰っていったのを。うちひしがれたその背中を、ぎんははっきりと見てしまった。

借金のかたに、その人は身を売らなければならないのかもしれない。ぎんの母親のように。そしてぎんの母親がそうしたように、それくらいなら死んだほうがましだと思い決めてしまうかもしれない。

神様仏様、あたしはもう充分待ちましたと、ぎんは思った。あたしはあたしのお役目を果たして、家族のみんながいるあの世で楽しく暮らしたいですよ。

だから今日、昼飯が済んで主人夫婦がいつもの習慣の昼寝を決めこんでいるときに、ふたりの部屋にあがっていったのだ。

奉公にあがるとき持ってきた、母の形見の裁縫鋏《ばさみ》を手にして——

今川橋の上は、いつのまにか、紙吹雪をまき続けるぎんを見守る見物人たちでいっぱいになった。最初のうちは、ぎんが何をまいているのかわからなかったが、白くひらひらと舞い落ちてくる紙切れを拾い集めた連中が、誰が最初ということもなく気が付いて言い出した。

「おい、これ、借金の証文だぞ。証文を細かく切ってまいてるんだ」

ぎんは青空の下、切り刻んだ証文をまいている。もう凩《こがらし》の冷たさも感じなくなった。

彼女の目の奥には、その昔、母と兄が逝《い》ってしまったときのあの雪、吹雪の色が、鮮やかに蘇《よみがえ》っていた。そしてその吹雪をよみがえらせるために、いっそう力をこめて、大きく腕を振りあげ、証文の細切《こまぎ》れをまき続けた。井筒屋夫婦は、ほとんど抵抗しなかった。まさかあのおとなしい女中が、三年ものあいだ、いつか自分たちを殺してくれようと考えながら奉公していたとは思わなかったのだろう。また思わなくて当然だ。

最初に、主人のほうを刺した。喉《のど》を狙《ねら》った。彼は背中の丸い、人を下からすくいあげるようにして見る癖のある卑《いや》しい老人だったが、身体は案外頑健で、最初のひと刺しでは息が止まらず、くぐもった声をあげて跳ね起きようとしたので、ぎんは急いで胸も刺した。それでやっと静かになったと思ったら、騒ぎに気づいたのかおかみさんのほうが起き出して、あやうく大声を出されるところだった。おかみさんのほうは、逃げ出そうとしたところを背中を狙って刺した。息が絶えるときまで、

「なんであんたがこんなことをするんだい」と、すすり泣くような声で繰り返していた。

ぎんは、それには答えなかった。じゃあ、どうしてあんたたちは高利貸しなんてしているのと、心のなかで問い返していた。

証文のある場所は知っていたし、それの入れられている手文庫の開けかたもわかっていた。住み込みの女中には、たいていのことがわかってしまう。あとはそれを取り出して、雪にしてしまうだけだった。

ぎんは後悔していない。あたしはこのために生まれてきたのだと思う。これでやっとおっ

かさんたちのところに行けるのだとも思う。

向かいの瀬戸物屋の親父は言う。

「あの娘、笑ってましたよ……」

ぎんの手元から雪が降る。まだまだ紙切れはたくさんある。見物の人たちも、騒ぐのはいいけれど、まだ近寄ってはこないでほしい。まだ、これをすべて降らしてしまうまで。

もっとも、近づいてきても、井筒屋のなかに入るにはかなり手間がかかるだろう。主人夫婦は、昼飯のあとの昼寝の際には、いつもちゃんと戸締まりをするからだ。まして今日は勝手口も締めてきてしまったから、なおさらだ。

それでよかった。ほしいのは、今少しの時間だけ。雪を降らし終えて満足したら、誰がいつ入ってきて、仲よく枕を並べて血を流している主人夫婦を見つけてくれたってかまわない。だが、今はまだ駄目だ。

ぎんは、昔伯母と交わした言葉を覚えている。おっかさんが恋しくて泣いたとき、

「あんたのおっかさんは、西方浄土ってところにいるんだよ」と、伯母は慰めてくれた。

「さいほうじょうどってどこ？」と尋ねると、

「夕焼けが真っ赤に見えるだろう、あっちのほうさ。あの夕焼けのなかにあるんだよ」と教えてくれた。

それだから、吹雪のあとは夕焼けを待つ。この屋根の上で、夕焼けが空を染めるまで待っているのだ。そうしたら、まちがいなくおっかさんたちのいるところに行ける。

西方浄土というところへ。

「おーい、そこの娘さん」

下の路上から、町役人らしい人が声をかけてきた。

「あんた、そこで何をしてるね。井筒屋の旦那《だんな》さんたちはどこだ？」

ぎんは答えず、にっこりと笑顔だけを返した。手元からは紙吹雪。ようやく傾きかけた日ざしが、ぎんの目元、痩《や》せた頬を、かすかに茜色《あかねいろ》に染めている。

幸せそうな笑みを浮かべたその顔を。

解説

縄田一男

初読の時もそうであったが、今回、この解説を書くために本書を読み返していて、やはり、同じところでページを繰る手が止まってしまった。

第十話「神無月《かんなづき》」。年に一度、神無月の夜、病弱な娘のために盗みを働く畳職人と、この不可解な盗人を追う岡っ引の哀切極まりない物語である。岡っ引と盗人を交互に描いていく端整な構成、抑制の利《き》いた文章、そして何よりも、〝神無月〟という題名が象徴するように、神に見捨てられた父娘を、唯一《ゆいいつ》、救うことの出来る可能性を持った男がその捕縛者である、という設定から生じるサスペンスと哀歓――この作品に接する時、思わず読者の手を止めてしまうのは、そうした内容が伝える充実ぶりゆえではあるまいか。

たとえていえば、「神無月」を読んでいて感じるのは、宮部みゆきが、一文字、一文字、細心の注意を払って筆を運ぶ際に生じる息づかいのようなものであろう。自らが書く物語が哀《かな》しみに満ちたものであればあるほど、それを描く筆致は冷静でなければならないし、作者自身、決してその中に溺《おぼ》れてはならない。そうした突き放した手法がどれほどの効果を生むことになるか――読者はまざまざと思い知らされることになるに違いない。

この作品で盗人について話をしている岡っ引と居酒屋の親父《おやじ》は、最後まで名前すら語られることはない。盗人のそれにしても、木札に記されたものが、一瞬、月明かりに照らし出されるだけ。唯一、一縷《いちる》の望みのように呼ばれるのは〝おたよ〟という娘の名前のみである。そして、神様が留守になった月に、小豆をたもとに入れ、あたかも何かの儀式のように行われる盗みも、一つの祈りのかたちに他ならないのだ。更にこうも思う――宮部みゆきがこの一巻で真剣に対峙《たいじ》しているのは、大方の人に取って名前すら問題にされないような取るに足らない無名者の人生である、ということを。

実際、第五話「庄助の夜着《よぎ》」で、怪異に搦《から》め取られたものか否《いな》かは判然としないものの、おゆうへの想《おも》いを秘めたまま姿を消す庄助は、「こういう男をつかまえて役立たずと呼ぶのなら、世の中は役立たずで足の踏み場もなくなってしまう」というほどの好人物。しかしながら、彼はいなり屋の前で行き倒れ寸前であったし、また、第十二話「紙吹雪」で、復讐《ふくしゅう》を果たした後、あたかも名舞台のラストシーンのように証文の紙吹雪を降らせるぎんのことを問われた瀬戸物屋の主人は当然のごとく、「そうですか、あの娘はおぎんていったんですか。そういやぁ、名前も知らなかった」といい放つではないか。

だが、宮部みゆきが敢《あ》えて拾い上げるのは、そういう人々の人生であり、よろこびと哀しみであり、そして昼と夜の顔である。その昼から夜へと移行する時間が逢魔《おうま》ケ時《とき》――私はかつて、宮部みゆきのことを〝逢魔ケ時に人間性回復の回路を仕掛ける作家〟と評したことがあるが、この一巻でも、そうした回路によって救い上げられた者、或《あ》るいはこぼれ落ちた者の人生が、様々な手法を駆使して語られてゆくことになる。

その本書『幻色江戸ごよみ』は第十三回吉川英治文学新人賞を受賞した『本所深川ふしぎ草紙』、『かまいたち』に続く宮部みゆきの三冊目の時代小説作品集。作者はこれまでにも、怪異を通して共同体の中での関係性の回復を描いた一連の人情ホラーとでもいうべき新分野を開拓、前述の〝夜の顔〟と記したところは、第三話「春花秋燈」で古道具屋の主人が「私らはね、てめえの欲とか我がままとか、他人様《ひとさま》への憎しみとか焼きもちとか、もろもろ汚いことを考えたり話したりするってのは、たいてい、夜のことでしょう。お天道さまのいないところで、そういうことを心の底のほうから取り出してみて、ひねくりまわす。／行灯《あんどん》てのは、そういうものを、みんな見てるんですよねえ」と行灯の来歴とともに語る人の心の闇《やみ》にも通じていよう。

そしてその夜の闇の中から浮かび上って来るのは、ものについた想い、もしくは人々の遠い記憶とでもいったものではないのか。

本書では、作者が連作を重ねていく上で様々なモチーフが重層的に絡《から》まり合っていく傾向があるが、まず、ものについた想いの方からいえば、こちらは、今、記した「春花秋燈」の行灯に端を発し、古着の怪異を扱った二作品――「庄助の夜着」と第八話「小袖《こそで》の手」に受け継がれていく。前者では、殺された女の浴衣《ゆかた》で作られた夜着の衿《えり》あてに庄助の新たな想いが重ね合わされ、後者では〝つくも神〟の由来を語った母親が、嫁入り前の娘が買って来た古着を手にして、その不吉さをふり払う。そしてその時、物語の中で示される禁忌には、硬派の歴史作家でもあり、優れた怪異譚《たん》の書き手でもあった綱淵謙錠《つなぶちけんじょう》がいった言葉、過去の時代に材を得た作品を書くことは、私たちの先祖の遠い記憶への探索である、というのと同様の意味合いが含まれているように思われるのだ。つまりは、怪異のもとを辿《たど》れば、庶民の生活誌へと行きつくのではないだろうか。

「庄助の夜着」「小袖の手」の二篇の中で、後者の母親が伝える差配の言葉「三造は、寂しかったのだろうな」が示すように、人の心に魔が忍び込む要素として共同体の中での孤立を挙げることが出来る。そして、この差配の言葉は、自分たちが三造を救えなかったことに対する慚愧《ざんき》の発露でもあろう。

同様のことは、本書収録の作品中、最も鮮烈なショッカーでもある第七話「だるま猫」にもいえる。幼い頃から両親との縁がうすく、親類をたらいまわしにして育てられた文次の夢は火消しになること。だが、その夢を、文次の臆病《おくびょう》者という彼自身の性《さが》が拒み、文次は己れの居場所を見失ってしまう。その彼に救いの手をさしのべたのが、一膳《いちぜん》飯屋の主《あるじ》、角蔵。物語は角蔵の持っていただるま猫の頭巾《ずきん》をめぐって、まずは主人公が他者との絆《きずな》を発見し、更には奇怪な契約の物語から背中に冷水を浴びせられるような恐怖を経て、二転三転、ラストは文次がこれからの人生を生き抜いていく支えの獲得へと見事に収斂《しゅうれん》していくのである。

また、第十一話「侘助《わびすけ》の花」では、正気と狂気の端境《はざかい》にある女の孤独が切ないほどに伝わって来て、この三作とは別種の趣きといえよう。

さて、「だるま猫」では、主人公が怪異との絆を断ち切ることで明日への希望を得るが、

第九話「首吊《くびつ》り御本尊」では、その怪異が主人公を救《たす》けてくれる。物語は、奉公が辛《つら》くて死のうと思った丁稚《でっち》を、土蔵の折れ釘《くぎ》にぶら下っている、かつて首をくくった奉公人の幽霊らしきものが励ます、というもの。番頭の八兵衛が、江戸中の商家には自分が出会ったような首吊りの神様がいて、お前のような奴《やつ》を励ましているんだ、という箇所等に接すると、これはもう宮部みゆきの独壇場だな、と思わずにんまりする読者も多いのではあるまいか。

この他にも第四話「器量のぞみ」は、生まれながらにして本人にはどうしようもない美醜といったものにふりまわされる人間の愚かさを諷刺《ふうし》した好篇。その感動的な結末もさることながら、ここで語られるヒロインお信の背筋をゾッとさせる恐怖は、これまでにないアイディアの勝利といえるだろう。

そして、これらにも増して本書が優れた完成度を持っているのは、本稿の冒頭で述べた「神無月」のような、作者が自家薬籠《やくろう》中のものとしている〝怪異〟を介さずとも、庶民の夜の顔を描き切った傑作が収められているからなのである。そうした作品で怪異に取って代わるものは、ある種の不条理であり、第六話「まひごのしるべ」では、子を失った親を通して、希望というものが本質的に持っている強靭《きょうじん》さ、残酷さが語られていく。また、第二話「紅の玉」において、病身の女房を持った飾り職人を破滅に追いやる老武士――彼こそ、不条理極まりない魔界からの使者でなくて何であろうか。作者の配慮は緻密《ちみつ》なまでに行き届いているのである。

思えば、火事の怪異から、生死の境を超えて、娘の幸せを願う母の想いが伝わる第一話

「鬼子母火」からはじまった本書は、「おっかさんはあたしを連れていきたがった。だけどあたしは生き残っちまった」という娘の復讐劇「紙吹雪」によって、見事な円環を示しながら幕となる。春夏秋冬――江戸の四季折々の風物を背景として描かれる十二の物語は、時として私たちの日常の枠を超え、死者から生者へ、生者から死者へと不思議な越境を繰り返しつつ、作中に生きることの証《あか》しを刻み込んでいく。殺伐として人間性を逆撫《さかな》でするような事件の多い昨今であるからこそ、こうした独自の視点から私たちの生に光を当ててくれる作品の存在がうれしい。宮部みゆき作品が圧倒的な好評をもって迎えられる理由も、どうやら、そのあたりにあるのではないだろうか。

（一九九八年七月、文芸評論家）

この作品は平成六年七月新人物往来社より刊行された。

宮部みゆき著

本所深川ふしぎ草紙

吉川英治文学新人賞受賞

深川七不思議を題材に、下町の人情の機微とささやかな日々の哀歓をミステリー仕立てで描く七編。宮部みゆきワールド時代小説篇。

宮部みゆき著

かまいたち

夜な夜な出没して江戸を恐怖に陥れる辻斬り〝かまいたち〟の正体に迫る町娘。サスペンス満点の表題作はじめ四編収録の時代短編集。

宮部みゆき著

火車

山本周五郎賞受賞

休職中の刑事、本間は遠縁の男性に頼まれ、失踪した婚約者の行方を捜すことに。だが女性の意外な正体が次第に明らかとなり……。

宮部みゆき著

龍は眠る

日本推理作家協会賞受賞

雑誌記者の高坂は嵐の晩に、超常能力者と名乗る少年、慎司と出会った。それが全ての始まりだったのだ。やがて高坂の周囲に……。

宮部みゆき著

魔術はささやく

日本推理サスペンス大賞受賞

それぞれ無関係に見えた三つの死。さらに魔の手は四人めに伸びていた。しかし知らず知らず事件の真相に迫っていく少年がいた。

宮部みゆき著

レベル7《セブン》

レベル7まで行ったら戻れない。謎の言葉を残して失踪した少女を探すカウンセラーと記憶を失った男女の追跡行は……緊迫の四日間。

幻色《げんしよく》江戸《えど》ごよみ

新潮文庫　み－22－9

平成十年九月一日発行
平成十七年七月三十日二十八刷

著者　宮《みや》部《べ》みゆき

発行者　佐藤隆信
発行所　株式会社　新潮社
郵便番号　一六二―八七一一
東京都新宿区矢来町七一
電話　編集部(〇三)三二六六―五四四〇
読者係(〇三)三二六六―五一一一
http://www.shinchosha.co.jp
価格はカバーに表示してあります。
乱丁・落丁本は、ご面倒ですが小社読者係宛ご送付ください。送料小社負担にてお取替えいたします。

印刷・二光印刷株式会社　製本・加藤製本株式会社

ISBN4-10-136919-4 C0193